나의 오늘을
기억해 준다면

나의 오늘을
기억해 준다면

Five minutes of
Amazing

크리스 그레이엄 · 웬디 홀든 지음

손영인 옮김

알에이치코리아

차례

나의 내털리, 마커스, 덱스터
그리고 알츠하이머병의 영향을 받고 있는
모든 이들에게 이 책을 바칩니다.
이 책에 나오는 여러 일화는 내 기억에 기반하여 썼으며,
따라서 다른 이의 기억과 다를 수 있습니다.
이 책에 실린 대화 가운데 정확하게 기억하지 못한 부분은
최대한 노력하여 재현했습니다.
사실과 다른 부분이 있다면 모두 제 실수입니다.

Prologue

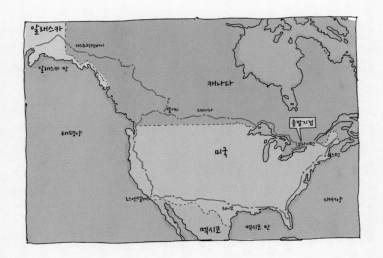

성공했다고 다 끝난 것은 아니다.
실패했다고 다 망친 것도 아니다.
중요한 것은 멈추지 않는 용기다.

원스턴 처칠

캐나다 온타리오주, 에스파놀라 근처

2015/5/4 _____

밤 10시가 넘었는데 내가 있는 곳이 어디쯤인지 전혀 알지 못했
다. 12시간 동안 자전거 안장 위에서 비바람과 싸라기눈을 맞으며
200킬로미터를 넘게 달리고 나니 온몸이 흠뻑 젖었고 비참한 기분
까지 들었다. 종일 센 맞바람에 시달렸고 엉덩이는 산산이 조각난
듯했다. 어딘가에 자리를 잡아 차 한 잔 우릴 물을 끓였으면 했다.

그날 난 엄청난 잘못을 저질렀다. 목표 거리를 넘어 더 달리기로
마음먹은 것이다. 멈추고 싶은 마음이 들었을 때 비키가 밤을 보내
라고 제안해준 야영지는 이미 40킬로미터 뒤에 떨어져 있었다.

"계속 가고 싶어."

전화를 걸어 왜 이렇게 늦은 시각까지 도로 위에 있는지 물어본 비키에게 난 그렇게 답했다.

"다리도 안 아프고, 아까 뭐 좀 먹어서 배고프지도 않아. 다른 야영지가 나오겠지, 뭐. 안 그래?"

아니올시다, 군인 양반.

수백 킬로미터를 가도 다른 야영장은 없었다. 여정 중 이런 시련은 자주 닥쳤다. 뱀과 늑대의 접근 위험이 있었지만 나는 도로 옆 야생에서 밤을 보내야만 했다.

처음엔 자전거 여행이 쉬울 줄 알았다. 종일 앉아 있는 건데 뭐 그리 힘들 게 있을까? 하지만 "나의 알츠하이머 치매 모험 : 기나긴 자전거 여행"이라고 제목 붙인 이 도전에 응함으로써 23년간 나의 군대 생활을 지독한 날씨, 얼굴을 때리는 바람, 잔인한 오르막길과 마주하는 생활로 바꾸었다. 튼튼한 자전거와 유머 감각, 그리고 시대와는 맞지 않는 영국인다운 담력을 갖춘 나는 위험한 야생동물을 피하고 도로를 지배하는 거대한 금속 괴물과 부딪치는 위기일발의 순간을 무사히 넘기며 여러 날을 보냈다.

해가 나기만 하면 나는 더위 먹은 한 마리 무스처럼 땀을 흘렸다. 그러다가 소나기가 내리면 시원하게 몸을 흠뻑 적셨다. 곧 젖은 채로 자전거를 타면 몸이 몹시 따끔거린다는 사실을 알게 되었지만. 맨체스터 출신이기 때문에 나는 갑작스럽게 내리는 비에는 익숙하다고 생각했는데 딱히 그렇지도 않았다. 게다가 안장에 닿는 부분이 받는 고통도 대단했다.

군인 시절이여, 돌아와. 모든 걸 용서할 테니.

"더 꼼꼼히 계획해야 했어."

나는 이 상황에서 유일하게 내 말을 들어줄 셜리Shirley를 보며 투덜댔다. 셜리는 자전거 브랜드 설리Surly에서 이름 붙인 내 자전거이다.

"비키 말대로 미리 확인해야 했는데… 혼자서 그렇게 서두르면 안 된다는 비키의 말을 들어야 했는데…. 아니, 애초에 북미 대륙을 자전거로 일주할 망할 생각을 절대로 하지 말아야 했는데!"

나는 6천 킬로미터 넘게 떨어진, 영국 옥스퍼드 주 브라이즈 노턴 공군 기지 근처 우리 집에 있을 비키를 떠올렸다. 인공위성 추적 시스템으로 내 이동 경로를 확인하면서도 도대체 내가 어디로 가는 건지 몰라 걱정하고 있을 게 분명했다. 시간제로 정원사, 간호사로 일하며 사진기능사 준비를 하는 비키는 갓 태어난 덱스터와 11살 케이티를 돌봐야 했다. 최근에 이사한 우리 집은 아직 풀지 못한 이삿짐 상자로 가득했는데, 이 집을 베이스캠프로 삼아 비키는 나의 비공식 '관제 센터' 역할을 하느라 매일 새벽 서너 시까지 깨어 있어야 했다. 정말 대단한 여자다.

비키를 처음 본 순간 난 우리가 운명이라는 것을 알았다. 나는 불우한 어린 시절을 보냈고, 두 번이나 결혼에 실패했다. 38살의 내게 필요한 것은 안정된 삶이었다. 비키를 만난 후 갑자기 생긴 여러 일을 헤아리지 못했고, 비키도 마찬가지였다. 하지만 비키는 예상치 못한 임신 소식을 알게 된 지 고작 하루 지나 내게 내려진 심각한 선고에도 전혀 동요하지 않았다.

"아마 멀쩡한 정신으로 살 날은 몇 년밖엔 남지 않았을 거야. 의사 말로는 7년 후에 죽을 수도 있대."

나는 여전히 진단으로 받은 충격에 휘청거리면서도 이 사실을 비키에게 일깨워주었다.

비키는 태연한 척 대꾸했다.

"그래서? 난 자기를 알지 못한 채 평생 사는 것보다 자기와 함께 보낼 수 있는 기적적인 5분을 택할 거야."

이 선언 한마디로 비키는 나와 배 속에 있는 아이를 포기하지 않겠다고 결심했다.

병이 심해지기 전에 알츠하이머병 연구 자금 모금을 하며 자전거 순회를 하고 싶다는 내 말에도 비키는 무조건 지지해주었다.

"그렇게 해, 크리스. 너무 늦기 전에 꼭 이뤄야지."

앞으로 가!

도전 앞에 한 번도 움츠러든 적이 없는 나는 조기 알츠하이머병 같은 사소한 일이 내 앞을 가로막게 두지 않았다. 여정 기록에 1킬로미터가 늘어날 때마다 집과 비키에게 1킬로미터 더 가까워지는 거라고 생각했다. 새벽 4시면 길 위에 올라 페달을 밟았다. 왼쪽 무릎이 성가시게 굴 때도 있었지만 대단한 통증은 아니어서 시간이 지나면 저절로 나을 거라고 짐작했다. 그렇다. 난 너무 대범하게 행동했고 멍청한 실수를 저질렀다. 일상적으로 생기는 혼동과 기억에 착오가 늘어나면서 그랬을지도 모른다. 하지만 어쩌랴, 인생은 이런 것을.

나는 생각을 멈춰야 했다. 생각은 위험했다. 계속 이동하면서 셜리와 짐수레, 그리고 내가 머물 곳을 찾아야 했다. 일인용 텐트를 치고, 열량과 비타민을 몸에 넣고, 잠을 좀 자야 했다. 하지만 그날 밤은 비키와 연락하게 해줄 와이파이가 있고 전기 울타리가 처진 안전한 야영장에서 보내기는 글렀다.

나는 산 채로 먹히지 않기만을 바랐다. 나 가지고는 한 끼 식사량도 되지 않겠지만 말이다. 육군 특공대원으로서 소총 SA80을 소지하며 보냈지만 이제는 소총 대신 폭죽과 스프레이 곰 퇴치제가 수중에 있었다. 스프레이 캔에 적힌 사용 안내문을 읽어보았지만 딱히 안심되지는 않았다.

공격적으로 행동하거나 돌진하는 곰을 퇴치하는 데 사용하십시오. 곰과 최소한 8미터 떨어진 곳에서 사용해야 합니다. 스프레이를 올바르게 사용하지 않으면 원하지 않는 결과가 생길 수 있으며… 곰이 더 가까이 다가가도록 유인할 수도 있습니다.

이럴 수가.

"만약 회색 곰이 우릴 공격한다면 네 목숨은 네가 챙겨야 해, 셜리. 밖에선 각자 알아서 살아남을 수밖에 없어."

나는 서둘러 텐트를 치면서 옆에 세워둔 나의 애마에게 말했다. 자전거에 달아놓은 영국 국기는 흠뻑 젖어 있었고 버건디색 자전거 몸통과 바퀴덮개에는 진흙이 튀어 있었다. 나는 다음 날 새벽 차가운 공기를 뚫고 길을 나서기 전에 닦아주겠다고 약속했다.

캐나다 하늘에 별빛이 하나둘씩 나타나고 야생 동물들의 야간 불협화음이 들리기 시작하자 나는 나일론 숙소 안으로 기어들어가 70킬로그램 장비 중 음식 바구니에서 휴대용 식기와 군대 식량을 꺼냈다. 반갑지 않은 방문객을 끌어들일 수 있으니 요리는 포기하고 찬 음식을 먹기로 했다. 초콜릿 한 개와 햄 치즈 샌드위치였다.

휴대용 전등 빛에 의존해 게걸스럽게 끼니를 때우고 나니 맛은 별로이긴 했어도 배에는 포만감이 느껴졌다. 배에서 나는 꼬르륵 소리에 맨체스터 변두리 마을인 보던베일 임대주택에서 늘 추위와 배고픔에 시달리며 형 토니와 누나 에인지, 여동생 리지와 보낸 어린 시절이 떠올랐다.

43살인 토니 형은 요양 시설에서 튜브를 이용한 방울 주입식으로 밥을 먹는다. 얼마나 지나야 나도 형처럼 될지는 모르는 일이었다. 하지만 그런 생각에 빠지지 말아야 한다. 아무런 도움이 되지 않으니까 말이다. 언젠가는 이 잔인한 병이 나 역시 꼼짝 못하게

하겠지만 지금으로써는 건강히 하루하루를 보내고 있으며 평생 단 하나의 모험에 도전 중이다.

게다가 난 부응해야 할 게 많다. 출발하기 직전 데이비드 캐머런 총리가 온 국민을 향해 발표한 바와 같이 그는 나의 '대단한 도전'과 '평생 단 한 번 이룰까 말까 한 벅찬 여정'에 '절대적으로 지지하고' 있었다. 비키는 내가 계획한 도전을 알리는 이메일을 영국 정부에 보냈고, 그에 대한 답으로 총리는 이렇게 말했다.

"이 여정은 우리 모두가 기억해야 할 가장 용기 있는 여행이다. 다음 세대를 위하여 생명을 구하는 연구에 기꺼이 도움을 준 그는 우리의 훌륭한 본보기이다."

어떤가? 빈민 지역에서 상처투성이로 자란 아이치고는 나쁘지 않다고 본다.

그러니 이제 나는 자리에 누워 눈을 좀 붙여야 했다. 다음 날에도 새벽 4시에 일어나 하루를 시작해야 하는 데다 험준한 지형이 기다리고 있기 때문이다. 특히 로키 산맥은 두 번이나 지나야 했다.

"셜리, 잘 자."

머리맡 전등을 끄고 어둠을 향해 말했다. 그리고 벌레가 들어가진 않았는지 살펴본 후 침낭 안으로 들어갔다. 그때 가까운 어딘가에서 바스락거리는 소리가 났고 이어서 끔찍할 정도로 새된 소리가 들렸다. 다시 전등을 켜고 숨을 멈춘 채 난 바깥소리에 귀를 기울였다. 하지만 적막만 흐를 뿐이었다. 나는 다시 몸을 꿈틀거리며 침낭 안으로 들어가 목까지 지퍼를 올렸고 전등을 껐다. 무언가가 날 공격해서 내가 소리를 질러 도움을 청한다고 해도 황야에서 내 목소리를 들어줄 사람은 아무도 없다는 생각은 하지 않으려고 애를 썼다.

확신이 서지 않는다면 우선 잠을 청하자.

1

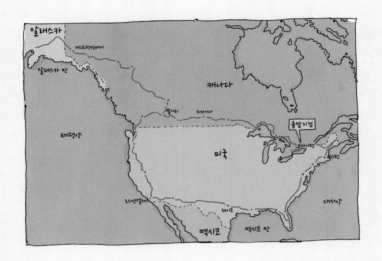

끝을 바라보며 여행을 할 수도 있다.
하지만 결국 가장 중요한 것은 여행 그 자체다.

어니스트 헤밍웨이

영국 옥스퍼드셔주, 브라이즈 노턴

2015/봄 _____

나는 자전거를 즐겨 타는 편이 아니었다. 그보다는 달리기와 축구
를 선호했다. 운동이라면 골고루 다 좋아하는 편이고, 여기저기서
하는 특이한 스포츠 행사에도 많이 참여했다. 그중 에베레스트산
에서 개최된 마라톤을 꼽을 수 있는데 생각해보면 좀 건방지긴
했다.

자전거 경기에 대한 관심도 적었다. 보통 사람들처럼 올림픽 때
사이클 경기장에서 달리는 영국 팀을 응원하는 정도였다. 하지만
2010년 미국 알래스카주 앵커리지에서 아르헨티나 남부까지 2만

킬로미터 거리를 자전거로 이동한 스코틀랜드 모험가 마크 보몬트의 모습을 본 이후 생각이 바뀌었다. 이미 194일간 자전거로 세계 일주를 한 마크가 로키 산맥과 안데스 산맥까지 올라가는 걸 보니 내 머릿속에 혼란스러운 씨앗 하나가 뿌리 내리는 느낌을 받았다.

마크처럼 나도 대단한 무언가를 이루고 싶었다. 나를 위해서, 그리고 가능한 한 많은 기금을 모아 자선단체와 내 가족에게 주고 싶었다. 또한 자전거 일주만큼 내 군 생활을 마칠 적절한 방법도 없을 거라고 생각했다. 영국 알츠하이머병 연구재단의 성과가 내 삶에 변화를 일으키기에는 늦었을지 몰라도 같은 운명의 위협을 안고 살아야 하는 내 아이들은 구할 수도 있기 때문이다. 불운을 겪은 육군 종사자의 가족을 지원하는 군인 자선단체The Soldiers' Charity에도 기부하고 싶었다.

원래는 나의 절친한 초등학교 동창인 닐 데드맨과 함께 이 모험에 나서려고 했지만 출발 직전에 닐은 포기했다. 살면서 그가 내린 가장 현명한 결정일 게 분명했다. 내 속도에 맞춰 따라가기 버거웠을 테니까 말이다.

이런 상황에도 불구하고 난 계획을 밀고 나아가기로 결심했다. 비키의 응원을 받으며 나는 자신을 한계까지 밀어붙이면서도 가능한 한 자립하기로 했다. 이 여정은 2015년 봄에 시작해 꼬박 1년이 걸릴 것으로 예상했다. 그 1년간 나는 북미 대륙의 혹독한 추위부터 애리조나와 캘리포니아의 이글거리는 더위까지 참아내야 했다. 그리고 다시는 자립하지 못하게 될 미래로부터 당분간 머리를 식힐 기회이기도 했다.

안타깝게도 내가 걸린 병을 기준으로 보자면 난 결코 혼자가 아니었다. 우리 가족에게 나타난 희귀 유전병이라는 특징을 제외하면 매시간 매분 새로운 사람이 차츰 뇌세포가 죽는 치매에 걸렸다는 진단을 받는다. 65세 이상 인구 중 3분의 1이 치매에 걸리게 된다는 통계가 있는데 그중 3분의 2가 여성이다. 육십 대 여성이 치매에 걸릴 확률은 유방암에 걸릴 확률보다 두 배나 높다. 이는 이 질병의 특징이자 세계가 마주하는 가장 큰 의학적 도전을 있는 그대로 보여주는 수치다. 알츠하이머병은 치매의 가장 흔한 형태다. 똑딱거리는 시한폭탄이며 전 세계 주요 사망 원인 중 하나다.

그리고 아직 치료법은 없다.

자전거 일주를 준비하면서 나는 내 정신과 육체의 인내력을 최대한 끌어올려야만 한다는 것을 알았다. 따라서 경로는 가능한 한 단순하게 짜야 했다. 미국과 캐나다로 정한 이유는 어느 정도 익숙하기도 했고 그곳이 마음에 들기도 해서다. 영어를 쓰는 지역인데다 사람들이 친절하며 지형, 역사, 문화가 다양하다는 이점도 있다.

지도를 올려놓은 식탁에 앉아 비키와 나는 쉴 새 없이 홍차를 마시며 가능한 한 해안선을 따라 캐나다 7개 주와 미국 26개 주를 지날 최선의 경로를 짰다. 원래는 캐나다 온타리오주에서 시작해 2만2천 킬로미터가 넘는 거리를 이동하는 것으로 계획을 세웠지만 시작 위치를 캐나다 동해안에 있는 노바스코샤주 주도인 핼리팩스로 변경해 맹랑하게 3천 킬로미터 넘는 거리를 추가했다. 수정된 경로를 본 닐 데드맨의 반응은 이랬다.

"노바스코샤에서 시작한다고? 또 거리를 늘린 거야? 2만2천 킬로미터로는 부족해서?"

그렇게 핼리팩스에서 시작해 매니토바, 서스캐처원, 앨버타, 브리티시컬럼비아, 유콘을 거쳐 알래스카 주 북서해안에 있는 앵커리지까지 갔다가, 온 길을 다시 내려가 워싱턴, 오리건, 네바다, 캘리포니아, 애리조나, 뉴멕시코까지 남쪽으로 갈 예정이었다. 그런 다음 텍사스, 루이지애나, 앨라배마, 미시시피, 조지아 그리고 플로리다 키스까지 미국 남부 전체를 가로질러 동쪽으로 이동 후 동해안을 따라 사우스캐롤라이나, 노스캐롤라이나, 버지니아, 메릴랜드, 델라웨어, 뉴저지, 펜실베이니아, 뉴욕, 코네티컷, 메인을 거쳐 북쪽으로 올라가 출발점으로 돌아가기로 결정했다.

"짐은 가볍게 꾸리고 빠르게 다닐 거야."

이제까지 하루에 내가 자전거로 가장 많이 이동한 거리는 코츠월드 교외를 따라 집에서 시런세스터 사이를 왕복으로 다녀온 61킬로미터였다. 그리고 이번 여정에 사용할 장비는 그 이후에 구입한 것이었다. 그간 살아온 방식대로 나는 이번에도 전진하기로 했다. 부족한 경험을 바탕으로 하루에 65킬로미터는 편하게 갈 수 있을 거라고 예측했다. 이를 참고한 뒤 구간별 거리, 날씨, 지형 등에 따라 매일 대략 얼마나 이동할 수 있을지 계산해 한여름과 한겨울을 어디서 보내게 될지 헤아려 보았다.

아울러 비키는 키 170센티미터에 몸무게 70킬로그램인 내 몸을 여러 도표로 분석하더니 필요한 영양소를 공들여 기록해주었다. 매일 적어도 6천 칼로리에 해당하는 음식을 먹고 물 6리터를 마셔야 한다고 했다. 따라서 그에 맞게 예산을 잘 짜야 했다. 전투 식량을 가지고 가겠지만 급할 때만 먹기로 하고 이동 중에 저렴한 고탄수화물 음식을 사 먹기로 했다.

"매일 피자랑 햄버거로 때운다? 마다할 이유야 없지!"

나는 비키에게 미소 지으며 말했다.

외딴 지역에서는 숙박 시설을 찾기가 어려울 수 있으니 잘 곳을 찾느라 신경 쓰기보다는, 비용도 아낄 겸 가능한 한 텐트에서 자기로 했다. 그리고 일주일에 하루는 쉬는 날로 정해 모텔에서 묵으며 땀과 때를 씻어내기로 했다.

경로 순서를 배열하고 나니 이제 장비를 챙겨야 했다. 가져가야 한다고 생각한 장비 목록을 길게 적어보았지만 사실 자전거 여행에 관해 내가 아는 건 거의 없었다. 다행히 마크 보몬트가 미국을 일주할 때 가져간 장비를 자세히 보았고 자전거광인 동료 몇몇에게 조언을 구하기도 했다. 나는 필요할 거라고 짐작되는 장비를 대충 생각해놓고 근처 자전거 전문 판매점 마운틴 마니아로 가 이렇게 말했다.

"북미 지역에서 2만6천 킬로미터에 해당하는 거리를 자전거로 이동할 건데요, 빌어먹게도 제가 자전거에 대해 잘 몰라서요. 좀 도와주실래요?"

상점 직원들은 분명 내가 제정신이 아니라고 생각했겠지만 내가 장비에 관해 문의하러 여러 번 들릴 때마다 참을성 있게 상담해주었다.

이들의 도움으로 나는 마침내 설리 롱 하울 디스크 트러커라는 자전거를 장만했고 브룩스 안장, 슈발베 바퀴, 보이저 원 짐수레, 슈퍼노바 전조등, 짐바구니 여섯 개도 장착했다. 돈이 꽤 들었다. 4천 파운드 가까이 들었는데 그것도 할인을 받아서였다. 일 년간 내 집이 될 텐트로는 힐레베르그 일인용 텐트를 골랐고 따라서 6백 파운드가 추가로 들었다. 해먹, 돌돌 말 수 있는 매트, 침낭, 베개, 경적, 조리 기구, 전투 식량, 물통, 약통, 각종 도구와 예비 부품도 가져가야 했다. 사계절 입을 수 있는 가볍고 통기성 좋은 옷과 햇빛 보호용 선글라스, 자외선 차단제, 헬멧, 휴대전화, 충전기, 여러 내비게이션 장비도 챙겨야 했다. 짐수레와 바구니에 물건을 가득 실은 자전거와 내 체중을 합치니 놀랍게도 138킬로그램이나 되었다.

'가볍고 빠르게' 다닐 거란 결심은 거기서 끝났다.

"이런, 구르카(18세기에 지금의 네팔 왕국을 건설한 지배 부족으로 호전적인 기질로 유명함) 짐을 그렇게 싸가지고 간다니 정말 이름에 걸맞게 지내다 오겠네!"

군대 시절 내 별명을 들먹거리며 어느 동료가 놀려댔다.

여정을 지원해줄 스폰서를 어떻게 찾아야 하는지 전혀 모르기도 했고 날 지원해줄 사람이 있으리라 생각하지도 않았다. 할 수 없이 최근에 받은 월급을 쏟아 부었다. 알츠하이머병 연구재단에서는 영국으로 돌아오는 비행기 표를 대주기로 약속해서 큰 도움이 되었다. 지역 로터리클럽의 극기심 강한 회원 일부는 주말 동안 옥스퍼드셔주 리지웨이에서 자전거로 240킬로미터를 달리며 천 파운드를 모금해주어 경비에 보탤 수 있었다.

인심이 후한 다른 친구 둘은 고프로 카메라와 옐로브릭 쌍방향 위성 추적 장비를 장만해주었다. 이 추적 장비는 원래 요트 위치를 추적하는 것으로 어떤 휴대전화 신호든 이용할 수 있고 문자를 보낼 수도 있다. 내가 몇 킬로미터를 이동할 때마다 나의 정확한 위도와 경도를 상호 정보 교환이 가능한 지도에 쏴주어 비키와 다른 사람들이 확인할 수 있게 해준다.

필요한 것은 갖추었으니 이제 모든 건 내게 달렸다. 부담을 느낄 필요는 전혀 없었다.

군대에서 받은 퇴직금 반 이상을 써버리고 난 후 내가 맞닥뜨린 문제는 이 모든 장비를 어떻게 균형 있게 싣고 다닐 것인가였다.

각 바구니 무게가 반대편 바구니 무게와 동일하지 않으면 나는 한쪽으로 쓰러질 수 있었다. 특히 바람이 세게 부는 날에는 더 위험했다. 전문가의 조언에 따라 페달에 발을 끼우고 몇 번 연습 삼아 자전거를 타봤는데 보조 바퀴 없이 자전거를 처음 타보는 아이처럼 비틀거리다 넘어질 뻔했다. 여러 번 연습해야 했지만 결국에는 중심을 잡는 요령이 생겼다.

사실 자전거를 잘 타는 것 외에 다른 준비할 게 있는 것은 아니었다. 첫 몇 주는 고생해도 다리 근육이 적응한 후에는 괜찮아질 것으로 예상했다. 마라톤에 참여한 바 있었고 어떻게든 해낼 수 있다는 확신이 있었다. 유일한 걱정거리는 어떻게 매일 쉬지 않고 계속 나아갈 것인지, 운동선수들이 '벽'이라고 부르는 고통의 극한점을 어떻게 뚫고 나갈 것인지였다. 몸이 적응하기만을 바랐다.

나는 최신 기술과는 전혀 친하지 않았기 때문에 나 대신 비키가 온라인 세계와 관련된 것들을 해결해주었다. 비키는 옐로브릭 계정을 만들어주었고, 이 여정의 일기장이 될 여러 SNS 페이지에 가입해주었다. 그리고 다른 사람들이 구글 지도와 관련 링크를 통해 내가 이동한 거리를 볼 수 있는 '롱사이클라운드Long Cycle Round'라는 사이트를 열었다. 그리고 저스트기빙Just Giving이라는 크라우드 펀딩식 자금 조달 사이트에도 페이지를 열어 친구들이 내게 기부할 수 있도록 했다.

꼼꼼하게 짠 계획에 모든 준비가 완료됐을 무렵, 막판에 작은 문제가 생겼다. 비행기표를 끊으려고 보니 캐나다 노바스코샤로 가는 표가 엄청나게 비싸서(도둑놈들 같으니라고!) 대신 캐나다 토론토로 출발점을 바꿔야 했다. 만약 시간이 된다면 여정 끝에 노바스코샤주 핼리팩스에 들려 버킷 리스트에 있는 거대한 북미 대륙 네 꼭짓점에 모두 가보기 미션을 달성하길 바랐다.

비행기 표를 구입하고 나니 남은 것은 보험을 정리하고 비키가 전화기 한 대와 노트북 두 대로 내 움직임을 확인할 수 있는지 점검하는 것뿐이었다. 그런 다음 깨끗이 빨아놓은 속옷만 챙기면 됐다. 피부에 딱 달라붙는 라이크라 바이크 바지를 입을 거여서 속옷을 자주 입을 일은 없을 듯해 두어 개만 싸갈 생각이긴 했다.

비키는 긴장이 됐는지 이런저런 잔소리를 시작했다.

"무리해서 달리지 마. 증세만 심해질 테니까. 비타민 꼭 챙겨 먹고. 몸이 쉬어야 한다는 신호를 보내면 반드시 따르도록 해. 생각을 명확하게 하지 못하면 치명적인 결정을 내릴 수도 있어."

나는 비키에게 가장 밝은 '신속한 위기 회피용' 미소를 보이며 쾌활하게 말했다.

"자기야, 걱정하지 마. 많은 사람이 이런 일을 해왔고 모두 멀쩡히 돌아왔어."

비키의 낯빛은 잠시 어두워졌다.

"알아. 하지만 그 사람들 중 알츠하이머병 말기인 사람은 없었어 …."

맞는 말이다.

최악의 순간은 비키 그리고 가족과 작별 인사를 하는 순간이었다. 그 순간은 앞으로 내가 보낼 일 년 중 최고의 순간이 될 터였다. 떠나기 마지막 밤 비키와 나는 마치 난파선에 남은 부부처럼 침대 위에서 서로를 부둥켜안은 채로 있었다. 비키는 내게 봉투 세 개를 건네더니 짐에 넣어두라고 했다.

"누군가의 포옹이 필요할 때 열어봐. 그 전에는 절대로 안 돼."

비키는 단호하게 지시했다.

나는 정말로 이번 여행을 기대하고 있었지만 한편으로는 내 이기적인 욕심에 비키를 일 년씩이나 혼자 두는 건 아닌지 걱정되었다. 덱스터도 생각해야 했다. 출국일은 우리 소중한 아들이 태어난 지 3개월 후로 잡혔다. 나는 이미 이전 결혼을 통해 십대 아이 둘을 두었지만, 나를 그리고 아이를 위협하는 병의 존재를 아는 상태에서 다시 아버지가 되었기에 다른 기분이 들었는지도 모른다.

나는 이미 십대인 내털리와 마커스에게 좋은 아빠가 되지 못했다. 아이들은 엄마와 노르웨이에서 살았고, 아이들의 어린 시절 대부분 나는 파견 가 있었다. 지금 가장 슬픈 점은 이 두 아이에게 주지 못한 사랑을 보상해주거나 행복한 추억을 줄 시간이 너무나 부족하다는 사실이다.

사실 나는 아버지에게 사랑받지 못했다. 내가 떠올릴 수 있는 아버지에 관한 뚜렷한 기억은 두 가지뿐인데 둘 다 좋지 않다. 첫 번째 기억은 1979년 내가 세 살 때 있었던 일이다. 나와 어머니가 텔레비전을 보며 소파에 앉아 있는데 거실에 돌아다니던 아버지의 모습이 간신히 기억난다. 아버지는 이상한 소리를 냈고 어머니와 나는 고개를 들었다. 아버지 입 주변에 거품이 묻어 있는 게 보였다. 손에는 아버지가 마치 주스인 것처럼 마셔버린 액체 세제통이 들려 있었다.

"안 돼, 존!"

어머니는 소리치며 벌떡 일어나 통을 뺏으려고 했다. 아버지는 어머니와 몸싸움을 했고 화를 내셨다. 같은 날 낯선 사람 두 명이 우리 집으로 와 아버지를 데려갔다. 아버지는 몇 번 악을 썼지만 곧 혼난 아이처럼 끌려 나갔다. 이후 적어도 일 년간은 아버지를 보지 못했고 아버지 얘기를 해주는 사람도 없었다. 애초에 아버지에게 무슨 문제가 있는지 의사들도 정확히 알지 못해서 결국 아버지는 정신병원으로 보내졌다.

아버지에 관한 두 번째 기억은 토니 형과 같이 아버지를 보러 병원에 갔을 때다. 에인지 누나는 함께 가지 않았던 것 같고 동생 리지는 병문안 가기에는 어렸다. 메이클즈필드에 있는 파크사이드 병원은 넓은 땅 위에 세워진 붉은 벽돌 건물로 무섭게 보였다. 분위기를 압도하던 소독약 냄새가 여전히 생생하다. 우리가 안내받은 부속 건물 지붕은 특이한 원형으로 나중에 내가 지내게 된 막사와 비슷했다. 아버지는 약에 취해 제정신이 아닌 채로 침대 위에 아기처럼 웅크려 계셨다. 흔히들 얘기하는 '정신은 안드로메다로 가버린 듯한' 모습이었고 관으로 음식을 섭취하고 계셨다. 당시 치매 환자들에게 어떤 약을 투여했을지 어찌 알 수 있을까. 아버지는 우리를 알아보지 못하셔서 형과 나는 주변을 돌아다니다 근처 방으로 탁구를 하러 갔다. 어머니만 아버지 옆에 창백한 얼굴로 조용히 앉아계셨다.

이후 일 년이 채 지나지 않은 1981년 11월 1일 아버지는 세상을 떠났다. 내가 6살 됐을 무렵이었다. 아버지 존 리처드 그레이엄은 낙천적이고 약속 시각을 잘 지키지 않는 것으로 유명한 정비공이었다. 자식 넷을 두며 행복한 결혼생활을 했지만, 마흔둘의 나이에 정신병원에서 혼자 돌아가셨다.

아버지를 아는 몇몇 사람은 말년에 아버지가 본인 나이보다 두 배는 늙어 보였다고 했다. 어머니는 집으로 걸려온 전화로 아버지 소식을 들으셨고 밖에서 놀던 우리를 집안으로 불러 소식을 전해주셨다. 이 정도밖에 기억나는 게 없다. 아무도 아버지 얘기를 해주지 않았고 아버지 사진도 보여주지 않았다는 것만 기억난다. 아버지의 존재는 지워진 듯했다. 어머니의 모습은 비통했지만 아버지를 화장하는 자리에서는 한 번 미소를 지으셨다. 자기 장례식에도 늦게 도착할 양반이라고 수년간 잔소리하셨는데 실제로 아버지의 시신이 늦게 도착했기 때문이다.

아버지의 사망 진단서에는 사인으로 기관지 폐렴과 초로성 치매라고 적혔지만 한동안 어머니와 아버지 가족은 뇌에 물이 찼다거나 만성 유전성 무도병으로 퇴행성 신경 질환이라는 설명만 여러 번 들었다. 어찌 됐든 어머니는 아버지의 죽음을 극복하지 못하셨고 우리 형제도 여러 면에서 극복하지 못했다.

아버지의 진짜 사인은 'PSEN1'이라는 희귀한 유전 돌연변이이며 우리 가족 중 아무나 조기에 알츠하이머병을 물려받을 수 있다는 사실을 당시 우리는 전혀 몰랐다. PSEN은 프레세닐린Presenilin을 가리키는데 알츠하이머병을 조기에 발병하게 하는 유전자로 알려져 있다. 결함이 있는 PSEN 유전자 때문에 뇌에 해로운 단백질이 쌓이면 처음에는 뇌세포 간 연결이 끊어지고 나중에는 뇌세포가 죽어 정신이 황폐해진다. 단백질이 쌓이는 현상은 모든 알츠하이머병 환자에게 나타나지만 결함 유전자 때문에 우리 가족에게는 몇 십 년 일찍 일어나는 것이다.

할아버지는 조기 알츠하이머병으로 46세에 돌아가셨지만 그 시절 아무도 조상으로부터 병을 물려받았다는 수치를 인정하지 않았다. 대신 제2차 세계대전을 겪은 할아버지에게 전투 신경증이 생겨서 돌아가셨다고 했다. '머리가 돌았거나', '저능하거나', '머리가 이상한' 사람들이 겪는 설명할 수 없는 신경 질환을 그때는 보통 전투 신경증 탓으로 돌렸다. 셀마 고모가 치매로 마흔이 넘기 전에 돌아가셨을 때도 친척들은 어떤 연관성도 보지 못했으며 고모가 폭행을 자초해 '정신이 이상해졌다'고 오히려 고모를 비난했다. 아버지가 돌아가셨을 때는 유전이 의심되는 가능성을 숨기거나 무시했다.

다행히 1980년대 이후 의학자들은 이 질환에 대해, 특히 인간 DNA 중 14번 염색체에서 일어나는 우리 가족의 희귀한 유전 돌연변이에 대해 훨씬 많은 것을 알고 있다. 예를 들어 증상이 나타나는 평균 나이는 37세이며 평균 사망 나이는 44세라는 것이 밝혀졌다. 그리고 이 병의 영향을 받는 가족 중 실제로 병에 걸리게 될 확률은 50퍼센트라는 것도 알려졌다. 어떻게 해서 유전자가 활성화되는지, 그리고 더 중요한 문제인 어떻게 병을 고칠 수 있는지는 의사들도 아직 모른다.

토니 형이 37세에 알츠하이머병 진단을 받았을 때 난 33세였고 두 아이의 아빠였다. 나 역시 병에 걸릴 수 있다는 얘기를 듣고 검사를 받기로 했다. 그렇게 해서 아직 눈에 띄는 증상은 나타나지 않았지만 내게도 돌연변이 유전자가 있다는 충격적인 소식을 듣게 되었다. 그리고 4년 후, 비키를 만난 지 얼마 되지 않았을 때 내 안에 있는 폭탄이 폭발했다는 것을 알게 됐다.

비키의 임신 소식에 나는 이 새로운 적을, 내가 사랑하는 모든 사람으로부터 나를 떼어놓겠다고 잔인하게 위협하는 악한 돌연변이를 이길 수 있도록 내 모든 노력을 쏟기로 한층 더 결심했다. 말 그대로 죽을 때까지 이어질 싸움이었다. 그리고 자전거로 북미 대륙을 한 바퀴 도는 이 고난의 여정은 적과의 첫 시합이 될 거였다.

총검을 꽂아라!

다행히 내게는 든든한 지원군이 있었다. 비키뿐만 아니라 누나와 동생, 학교 동창들, 서로를 농담 삼아 '같은 배를 탄 동료 선원'이라 부르는 군대 동료들 말이다. 다들 개인적으로, 혹은 공개적으로 내게 용기를 북돋는 말을 보내주었다. 캐나다 행 비행기에 올라탄 날, 친구 닐은 페이스북에 평범한 글을 남겼다.

"내 절친 크리스 그레이엄은 2만6천 킬로미터에 해당하는 자선 기금 모금운동을 하러 오늘 아침 토론토로 출발했다. 매우 자랑스럽다. 잘하고 오길 바란다. 넌 대박을 터뜨릴 거야, 확실해!"

이런 친구들이 있으니 내게 포기는 없다. 이 군인에게 실패는 용납되지 않는다.

영국을 떠나는 날이 왔다. 나는 좌석 벨트를 매고, 숨을 크게 들이쉰 뒤, 등받이에 몸을 기댔다. 아이슬란드 수도 레이캬비크를 거쳐 대서양을 건너줄 아이슬란드 항공 비행기는 활주로를 따라 속도를 내기 시작했다. 마침내 비행기는 이륙했고 나는 커다란 모험과 치매를 거치는 기나긴 여행의 첫 구간을 향해 하늘로 올라갔다.

확신이 서지 않는다면 계속해서 나아가자.

2

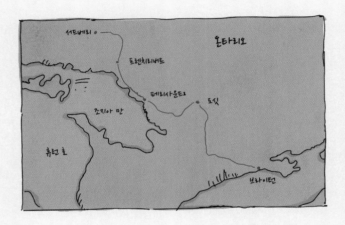

인생은 자전거 타기와 같다.
균형을 유지하려면
계속해서 앞으로 나아가야 한다.

알베르트 아인슈타인

캐나다 온타리오주 브라이턴

2015/4/26 _____

나는 이어폰을 귀에 꼽고 아이폰을 켰다. 비키의 사랑스러운 목소리가 내 머릿속에서 들렸다. 서리가 내린 4월의 아침, 나는 이 무모한 모험을 시작하러 2번 고속도로를 타고 토론토에서 서쪽으로 향했다. 다음 도착지는 앵커리지다.

주머니 사정으로 노바스코샤에서 출발하지 않는 대신 동료 딘 스토크스와 그의 부인 니콜의 집에서 여정을 시작하게 되었다. 나는 옛 육군 원사에게 무턱대고 전화를 걸어 며칠 재워줄 수 있는지, 공항으로 마중 나와 자전거 등 짐 전부를 옮겨줄 수 있는지 물었다.

"난 혼다 어코드 한 대뿐이라고!"

딘은 항의했다. 하지만 그는 더 큰 차를 구해와 마중 나왔을 뿐만 아니라 여정을 시작하기 전에 나를 지극정성으로 보살펴주었고, 온전한 몸으로 돌아오기만 한다면 여정 후에도 그렇게 해주겠다고 약속했다. 게다가 내가 캐나다 도로에 적응할 수 있도록 첫째 날에 자전거를 함께 타겠다고도 했다.

"결국 이 일을 시작한다니 믿겨지지가 않아!"

흥분한 비키의 목소리가 전화기를 통해 들려왔다. 뒤로는 니콜이 우리를 배웅하며 손을 흔들어주었다. 비키의 목소리 뒤에서 덱스터의 옹알이 소리도 들렸다. 콧물 범벅에 충혈된 눈으로 엄마에게 안겨 있을 어린 아들의 모습이 생생하게 떠올랐다. 영국은 새벽 네 시일 테고 비키는 피곤에 지쳤겠지만 나와 통화할 땐 내색하지 않았다.

내가 '긴 머리카락의 대령님'이라는 별명을 붙여준 그녀는 아직 자기가 어떤 일에 휘말리게 되었는지 모르는 듯했다. 처음부터 나는 이 혼자 하는 탐험의 주목표를 자립으로 삼아왔지만 구멍이 숭숭 난 나의 뇌 상태를 볼 때 현실적으로 맞지 않은 목표였다. 비키가 길잡이로서 도와주지 않았더라도 여정을 끝낼 수 있었겠지만 훨씬 더 어려웠을 테고 더 오래 걸렸을 것이다. 솔직히 말해 아직도 길 위에서 헤매고 있을지도 모른다!

여정 첫날, 내가 잘 출발했고 얼마간은 길을 안내해주거나 용기를 북돋아주지 않아도 된다는 것을 확인한 비키는 마침내 안심하고 자러 갔다. 비키의 성격상 몇 시간만 자고 일어나 내가 잘하고 있는지 다시 확인하겠지만 말이다. 낙하산 연대 소속이었고 밀림지대 훈련 강사인 데다 나와 함께 시에라리온에서 근무한 바 있는 46세 딘이 첫날 내 옆에 있다는 것이 안심이 됐나보다. 비행기에 실으려고 해체한 자전거를 딘이 이용하는 자전거 가게 직원이 재조립한 후 시험 삼아 25킬로미터 정도 달려보았다는 것도 비키의 마음을 놓이게 했다. 자전거를 타고 베이컨 샌드위치를 먹으며 딘과 얘기하다가, 앞으로 다닐 도로에서 시야 확보는 절대적으로 중요한 만큼 짐수레에 조명을 하나 더 달기로 했다.

다시 자전거 가게로 갔다. 주인 샌디와 수리공 크레이그는 적절한 제품을 친절히 추천해 주었다. 가게에서 나오기 전, 난 둘에게 말했다.

"감사해요. 일정 마치고 집에 돌아가는 길에 들릴게요. 차 한 잔 하며 어땠는지 말씀드릴게요."

"기다릴게요!"

둘은 엄지손가락을 치켜들며 답했다.

딘이 나와 함께 가주겠다고 얘기해줘서 정말 안심이 되었다. '함께'라는 말을 쓰긴 했지만 딘은 내 속도에 맞추기가 힘들다고 먼저 인정하기도 했다. 난 138킬로그램이나 끌고 가야 했는데도 말이다!

딘이 나중에 이렇게 말했다.

"크리스가 건강해서 참 다행히라고 생각했어요. 난 늘 크리스한 테 뒤처져 있었죠. 세차게 부는 바람에 맞서 앞으로 가는 게 참 힘들더라고요. 특히 해변을 지나 북쪽으로 올라갔을 땐 더 힘들었어요. 두 번 쉴 때마다 발은 페달에 낀 채 넘어져 다쳤어요. 하지만 더 크게 다친 건 제 자존심이었죠."

10킬로미터쯤 갔을 무렵 다행히도 딘은 니콜의 전화를 받았다. 캐나다 의사인 니콜은 최근에 지진을 겪은 네팔 피해자들을 치료 하러 서둘러 가야 한다고 했다. 네팔행 준비에 딘의 도움이 필요하 니 집으로 오라는 전화였다. 그 순간 솔직히 약간 겁이 났다.

"날 떠나는 거예요? 날 혼자 내버려두는 건가요?"

휘둥그레진 눈으로 내가 물었다.

딘은 어쩌겠냐는 식으로 어깨를 으쓱하며 답했다.

"미안해. 그렇지만 니콜이 와달라잖아. 이제 2만5천990킬로미터 밖에 안 남았어. 일 년 뒤에 보자!"

나는 딘이 사라지는 걸 쳐다보며 심호흡을 한 번 크게 내뱉었다. 그의 말이 맞았다. 정말 시작이었다. 혼자 있는 시간에 익숙해져야 했다. 지금이든 나중이든 시작해야 했다. 다시 출발하기 전에 특별 히 골라 휴대전화에 저장해놓은 음악을 틀었다. 50곡 정도 다운받 아 놓았는데 대부분 기분을 신나게 해주거나 리듬에 맞춰 자전거

를 탈 수 있는 빠른 곡이었다. 음악 재생을 하자 나온 노래를 듣고는 난 웃지 않을 수 없었다. 바로 제임스 블런트James Blunt의 앨범 〈정신병원으로 돌아가다Back to Bedlam〉에 수록된 〈눈물과 비Tears and Rain〉였다. 언젠가 난 정신병원 같은 곳으로 가게 될 것이고 얼음물 같은 비가 얼굴을 때리기 시작해 눈물이 났으니 내게 딱 맞는 곡이었다.

　내 정신의 여러 문을 지나 걸어 들어갈 수 있다면 얼마나 좋을까. 추억을 끌어안을 수 있다면 얼마나 좋을까.

　한때 기병 장교였던 제임스 블런트가 부른 가사처럼 뇌에 문이 여러 개일지는 모르겠지만 일 년의 대부분을 혼자 보내야 하는 앞날이 기다리고 있으니 추억을 끌어안고 갈 것임은 확실했다.
　등과 다리가 더 편하도록 자세를 맞춰가면서 자전거를 타고 가는 일에 익숙해지자 귀에 들리는 음악에 더 집중했다. 다행히 여정의 첫 부분은 비교적 길이 단순하고 이정표가 잘 정비되어 있어 기억력에 큰 부담이 가지 않았다. 사실 내 기억력은 크게 약해지고 있었다. 내 상태를 관찰하는 여러 병원에서 인지 검사를 받았을 때도 결과는 그리 좋지 않았다.
　예전에 런던에서 초기 진단을 받은 적이 있다. 나는 세 가지 물건을 기억해야 했는데, 세 번째 물건까지 맞추고 나자 첫 번째 물건이 무엇이었는지 기억이 나질 않았다. 다음은 여러 물건의 사진을 보고 무엇인지 맞추는 과제였다. 담당 의사는 카드 한 장을 보여주더니 뭐냐고 물었다.

"삽이죠."

나는 자신 있게 대답했다.

"잘했어요. 삽으로 문장 하나 만들어 보세요."

나는 장난기 섞인 미소를 지으며 도전했다.

"삽에 똥이 묻은 것처럼 찰거머리같이 딱 달라붙었다?"

그 말에 의사도 웃었다. 하지만 5분 후 의사는 같은 사진을 보여줬고 난 사진 속 물건이 무엇인지 떠올리려 애를 썼지만, 바로 전에 말한 문장을 기억해내지 못했다.

난 분명 시련에 처해 있었지만 내 계획을 들은 담당 의사 닉 폭스는 전적으로 지지해주었다.

"응원합니다. 아직 할 수 있을 때 하고 싶은 것은 다 하세요."

원래부터 부족한 내 방향 감각은 혼자 북미 대륙 주변을 자전거로 도는 데 전혀 도움이 되지 않겠지만 GPS 내비게이션과 여러 추적 장치를 이용해 매일 예상 경로를 짤 수 있을 거라고 비키를 안심시켰다. 하지만 이는 길 위에서 늘 휴대전화나 위성 내비게이션을 쳐다보고 있어야 한다는 뜻이었고 따라서 안전에 문제가 될 수 있다는 것을 실제로 여정을 시작하고 나서야 알게 됐다. 게다가 장비 대부분이 휴대전화 연결이 잘되고 배터리가 있다는 조건이 맞아야 쓸모가 있었다.

크리스 그레이엄, 어리석기는.

여정의 첫 며칠은 위험이 다가오는 게 확실히 보였다. 가장 큰 위협은 2미터가 훨씬 넘는 높이에 앉은 운전수가 모는 거대한 트럭이었다. 이들은 보통 음악을 듣거나 CB 수신 라디오로 동료 운전수들과 수다를 떨며 운전하기 때문에 나처럼 존재감 적은 생명이 앞에 있다는 사실을 거의 알아차리지 못했다. 반면에 나는 사이드 미러에 어렴풋이 비치는 모습으로 트럭의 등장을 알아차렸다. 〈쥬라기 공원〉에서 자신이 탄 지프차 가까이로 티라노사우루스 렉스가 다가오는 걸 사이드 미러로 바라보는 운전수가 떠올랐다. 사이드 미러에는 '사물이 거울에 보이는 것보다 가까이 있음'이라고 써 있었다.

트럭이 가까이 오는 몇 초 사이에 나는 무엇이 최선의 선택인지 결정해야 했다. 넘어져 다칠 위험을 무릅쓰고 셜리를 갓길로 휙 돌릴지 아스팔트 위에 계속 남아 트럭이 일으키는 강력한 바람에 날아가 버릴지 택해야 했다. 타르와 자갈이 섞인 캐나다 도로 상태는 대체로 양호했지만 최근에 내린 눈에 대비해 뿌려진 소금과 자갈이 엉겨 갓길에 겨우내 쌓여 있었다.

따라서 내가 갈 수 있는 길은 아주 좁았다. 솜 들어간 장갑을 끼고도 손가락에는 쥐가 나고 손바닥에는 상처가 날 정도로 핸들을 꽉 잡고 똑바로 가야만 하는 길이었다. 팔굽혀 펴기 자세로 고정되어 가는 것과 마찬가지였다. 게다가 계속 밖에 있자니 손이 마비될 정도로 시렸고 그 상태로 가다 보면 브레이크를 잡을 수가 없었다. 자전거를 멈추고 손가락을 펼치려고 해도 손가락은 톱니바퀴처럼 구부러진 형태를 유지했다.

잠시 핸들을 놓고 비틀거리며 차도로 옮기거나 작은 빙산을 피하려고 차도로 방향을 바꿀 때마다 트럭이 경적을 울리며 내 곁을 지나갔다. 그 충격에 난 깜짝 놀라 안장에서 튕겨져 나갔다. 팔꿈치와 다리는 까졌고 엉덩이는 심한 상처를 입었다.

몸에 상처를 입거나 무릎이 까지는 일은 내게 특별한 일도 아니다. 난 항상 어딘가 다쳐 있었다고 누나와 여동생, 학창 시절 친구들은 기억했다. 그것도 아주 어렸을 때부터. 고작 18개월이었을 때 식탁보를 잡아당겼고 갓 끓인 차 주전자가 내 위로 떨어졌다. 그렇게 오른팔에 3도 화상을 입었다.

그날 어머니의 가장 친한 친구인 조앤 힐 아주머니가 우리 집에 와 계셨는데, 그 일을 아직도 생생하게 기억하신다.

"크리스가 입은 화상이 심해서 도러시와 함께 바로 펜들버리 어린이 병원으로 데려갔어요. 크리스는 3일간 입원해야 했죠. 피부 이식을 여러 번 받았지만 흉터를 줄이는 데엔 별로 도움이 되지 않았어요. 상처가 심하니까 의료진과 사회복지사는 도러시가 크리스를 학대하다 생긴 일이 아닌지 의심하기까지 했죠. 정말 끔찍했어요."

어머니가 많이 고생하셨을 것이다. 갓 태어난 리지와 치매 증세를 보이기 시작한 아버지를 돌보는 것만으로도 힘드셨을 텐데 말이다. 주전자 일은 하나도 생각나지 않지만 그때 생긴 흉터는 평생 지니고 있다. 어깨부터 팔꿈치 안쪽까지 흉터는 남아 있고 피부 이식에 쓰인 다리 부분에는 털이 자라지 않는 사각형 흉터가 있다.

여덟 살 때는 불명예스러운 일도 있었다. 보던베일 이턴 로드에 있는, 테라스가 있고 방이 세 개인 임대 주택에서 살았을 때였다. 나는 '우리 애기'라는 별명이 붙은 리지와 이층 침대를 같이 썼는데 어떻게 하다가 침대 머리판 사이에 몸이 끼게 됐다. 나는 한시도 가만히 있지 못하는 아이였고 늘 에너지가 넘쳐났는데 잘 때조차 그랬다. 그 날도 쉬지 않고 움직이며 자고 있었는데 아마 〈슈퍼맨 2〉에서 내가 가장 좋아한 장면으로 클라크 켄트가 나이아가라 폭포에서 한 아이를 구하는 모습을 재연했나보다. 어떻게 하다가 침대 머리판 나무살 사이 15센티미터 공간으로 몸을 끼워 넣어 허리가 걸리게 됐다. 오랜 시간 도와달라고 소리 지르고 나서야 어머니께서 새벽 2시쯤 깨셨는데 우리 방에 오시기 전까지 내가 악몽을 꾸고 있다고 생각하셨다. 어머니는 구급차를 부르셨고 경찰도 도착했다. 현실적인 이유로 어머니는 나무살을 자르지 말고 날 꺼내달라고 하셨다. 침대 머리판을 새로 살 형편이 아니었기 때문이다.

날 꺼내려고 1시간가량 낑낑거렸지만 헛수고였다. 그러다가 누군가 버터를 듬뿍 발라보자는 영리한 제안을 했다. 이 사연은 '베드타임 스토리'와 '침대에 갇힌 죄수를 버터로 풀어주다'라는 제목으로 지역 신문에 실렸다. 한 기사에는 나를 '짓궂은 아이'로 묘사하며 내가 그 일을 '신나는 모험'으로 여겼다고 쓰기도 했다. 어머니는 한밤중에 자신과 동네 사람 모두를 깨운 내게 엄청 화를 내셨지만 특히 멀쩡한 버터 덩어리를 망치게 되어 더욱 화가 나셨던 것 같다.

어머니는 굉장히 고된 상황에서도 본인이 할 수 있는 최선을 다해 자식을 챙기셨지만 애정을 듬뿍 담아 표현하는 분은 아니셨다. 근처 초등학교에서 사무직으로 일하는 것 외에 다른 두 가지 일도 병행하느라 무척 바쁘셨다. 게다가 아버지가 정신병원에 입원하신 후 우울증으로 고생하셨는데 특히 아버지가 돌아가시고 나자 증세는 더 심해졌다.

난 아버지께 실제로 무슨 일이 있었는지, 그 일로 어머니는 어떻게 변하셨는지 친구들이나 그 아무에게도 말한 적이 없다. 그레이엄 가문답게 나 역시 입을 다물고만 있었다. 닐 데드맨이나 다른 학교 친구들은 내게 아버지가 없다고만 알고 있었다.

"저흰 크리스 집에 그런 일이 있었다는 건 전혀 몰랐어요. 크리스는 늘 낙천적이었고 심각해지는 법이 없었거든요. 우울해하거나 화내지도 않았고요. 토니 형은 어둡거나 걱정이 있는 듯한 모습을 보이기도 했지만 크리스는 전혀 그러지 않았어요."

닐의 말이다.

사실 내가 어찌나 활발했던지 닐의 아버지께서 날 입양하고 싶다고 얘기한 적도 있다고 한다. 닐의 아버지는 종종 우리와 축구를 하셨는데 내가 괜찮은 아이라며, 기꺼이 키울 수 있을 것 같다고 닐의 어머니께 말씀하셨다고 한다. 내가 불쌍해서 그런 말씀을 하셨다기보다는 어렸을 때 아버지 역할을 해줄 사람이 있다면, 특히 운동을 해보라고 격려해줄 사람이 있다면 큰 도움이 될 거라고 생각하셨나보다. 난 축구를 매우 좋아했고 발이 빨라서 트래퍼드 학생 팀과 소년 축구 클럽에 선발되기도 했다. 난 줄곧 맨체스터 유나이티드의 굉장한 팬이었다. 아버지가 열성 팬이었다는 걸 기억하는 토니 형 덕분이었다.

한번 빨간 팀(빨간 색인 맨체스터 유나이티드의 유니폼에 빗대어 이 팀을 응원한다는 것을 뜻함-옮긴이)이면 죽을 때까지, 영원히 빨간 팀이라는 말이 있다. 한편 나와 친한 닐 데드맨이 맨체스터 시티를, 그 시시한 파란 팀을 응원한다는 사실을 여전히 받아들이기 힘들다.

내가 가장 좋아하는 맨체스터 유나이티드 선수는 브라이언 롭슨이었다. 팀에 충실하며 똑똑하고 자신을 내세우지 않으면서도 다재다능한 선수였다. (나중에는 주장을 맡기도 했다.) 나는 어렸을 때 롭슨이 뛰는 경기를 직접 보러 갈 형편이 되지 않아서 텔레비전으로만 보았다. 난생처음 실제로 본 경기는 경쟁 팀인 맨체스터 시티의 경기였다. 그것도 닐의 아버지께서 티켓을 주셔서 갈 수 있었다.

'비눗물 마을'(언덕 위 상류층 마을에서 보낸 세탁물을 받아 빨래를 해주며 생계를 꾸린다는 의미)이란 별명이 붙은 보던베일에 살아서 좋았던 점은 다른 사람들 살림살이도 비슷해서 우리 집이 특별나게 눈에 띄지 않았다는 것이다. 채권자가 문을 두드리거나 악마처럼 보이는 텔레비전 시청료 수납차가 동네에 나타나 돌아다닐 때마다 불을 다 끄고 숨는 집이 분명 우리만은 아니었다. 하교 후 어머니가 퇴근해서 집에 오시기 전까지 날씨가 어떻든 집에 들어가지 못하고 밖에서 돌아다니거나 친구네 집에 빌붙어 보내는 아이들도 우리만이 아니었다. 친구들과 떨어져 다른 고등학교에 들어가서야 내가 불우하다는 불편한 사실과 마주할 수 있었다.

그렇다고 늘 운이 없었던 것은 아니다. 건축 부지에서 놀다가 5파운드 지폐 한 장을 발견한 적도 있다. 돌 부스러기 사이에서 삐져나온 지폐를 보고도 내 눈을 믿을 수 없었다. 나는 신이 나서 바로 집으로 달려가 돈을 어머니께 드렸다. 그 순간 난 영웅이었지만 얼마 지나지 않아 경찰에게 잡히게 됐다. 우유 수레에서 우유 한 병을 훔쳤다는 이유였다. 내가 뭔가를 훔친 게 그 날이 처음도 마지막도 아니었지만 변명을 해보자면 동생 리지에게 주려고 다른 집 문 앞에 배달된 오렌지 주스를 가끔 집어간 수준이었다.

우리 그레이엄 아이들은 학교에서 무상 저녁 급식을 받을 정도로 가난했다. 이는 분명 불우한 집 아이여서 누릴 수 있는 최고의 이점이었다. 나는 끼니마다 엄청나게 먹었고 다른 아이들이 남긴 음식까지 뺏어먹었다. 어린 시절 내내 배가 고팠다. 비키 말로는 어른이 되어서도 달라진 건 없었다.

"저 체구로 저렇게 많이 먹는 사람은 처음 봤다니깐."

비키는 종종 푸념을 늘어놓곤 했다. 학교 급식에 불만 있는 몇몇 고급 취향의 아이들도 있었지만 난 그 정도면 훌륭하다고 생각했다. 토스트 한 장이나 시리얼 한 입으로 아침 식사를 때운 뒤 나는 샴페인 병에서 펑 하고 튕겨나가는 코르크 마개처럼 밖으로 뛰쳐나갔다. 따라서 저녁이면 목이 말라 헉헉댔고 종일 반쯤 굶주린 채 보냈다.

저녁 때 집에 들어가면 어머니는 우리 넷을 부엌으로 데려가 표면이 거친, 긴 의자가 연결된 식탁에 앉히고 저렴한 고기 부위와 채소를 넣어 끓인 스튜를 주셨다. 하지만 일요일 저녁에는 늘 정찬을 차려주셨다. 모두가 배불리 먹을 정도로 많은 양은 아니었지만 맛있었다. 어머니는 때로 우리에게 밥을 차려주신 후 자신은 끼니를 거르셨다. 대신 손에 커피와 담배를 들고 식탁 옆에 서서 식사하는 우리를 바라보셨다. 식사 시간을 놓치고 집에 늦게 들어가는 날이면 나는 토마토소스를 뿌린 작은 링 모양 스파게티나 콩 조림 같은 캔 음식으로 끼니를 때우기도 했다. 아버지께서 돌아가신 후 토니 형의 뒤를 따라 나도 내가 하고 싶은 대로 지내며 골칫덩이가 되었다.

숙제를 하거나 집안일을 돕는 대신 난 닐 데드맨, 크레이그 콜

더, 케빈 몰슨 혹은 존 올리어와 축구공을 차며 돌아다녔다. 우리는 볼린강 옆에서 땅을 파거나 뗏목을 만들며 놀기도 했다. 나의 가장 행복한 어린 시절은 볼린 숲을 휘졌고 다녔던 보던베일의 뜨겁고 긴 여름 방학이었다. 등교하는 날이든 아니든 나는 거의 매일 해가 지고 나서도 한참 후에 젖은 흙투성이 옷차림으로 추위에 벌벌 떨며 집에 들어갔다. 화가 난 어머니는 내게 귀싸대기를 때린 후 밥을 아주 조금 주고 하루 이틀 동안 밖으로 나가지 못하게 하셨다.

내 기억으로는 누나와 리지는 나와 형만큼 혼나지 않았다. 어머니가 보셨을 때 두 딸이 우리 형제보다 말을 더 잘 들었나보다. 한편 누나와 리지는 천진난만한 내 얼굴 덕에 내가 어떤 잘못을 저질러도 피해갈 수 있다며 불평하기도 했다. 리지는 내게 '금쪽같은 새끼'라는 별명까지 지어주었을 정도다. 내가 장난칠 때마다 우리 네 남매가 다 혼났다고 리지는 기억했다.

"어머니는 우릴 긴 의자에 나란히 앉히시곤 육군 원사처럼 왔다 갔다하며 누구 짓이냐고 물으셨죠. 에인지 언니와 난 크리스 오빠를 쳐다봤지만 오빠는 천사 같은 미소만 지을 뿐 아무 말도 하지 않았고요. 범인이 밝혀지지 않았으니 어머니는 우리 모두에게 벌을 주셨어요. 오빠는 그 정도로 끔찍했어요!"

리지는 기회가 될 때마다 날 따라다녔고 난 그런 리지를 데리고 다녔다. 형이 내게 꺼지라며, 따라다니며 귀찮게 굴지 말라는 말을 자주 했기 때문에 난 소외당하는 기분을 잘 알고 있었다. 친구들과 만든 뗏목 가운데에 올려둔 낡은 타이어에 동생을 앉히고 뗏목을 밀어 둑에서 떨어져 강을 따라 내려가곤 했다. 그렇게 던햄까지 내려갔다가 뗏목이 부서져버리면 리지와 나는 흠뻑 젖은 채로 집까지 걸어갔다. 리지가 배고프다거나 목마르다고 하면 근처 가게에 들어가거나 아무 집 정원 울타리를 넘어 먹을 거나 마실 거를 훔쳐다 주기도 했다.

친구들에게 숲에서 밤을 새보자고 한 적도 있었다. 리지도 따라나설 테니 리지에게는 비밀로 했다. 어머니가 양로원으로 출근하신 후 난 몰래 깨끗한 침대보와 음식을 챙겨 우리의 비밀 장소로 가져다두었다. 그날 밤 식구 모두 잠이 들자 나는 방 창문으로 몰래 빠져나가 배수관을 타고 내려간 뒤 숲으로 달렸다. 슬프게도 다른 아이들은 겁먹었는지 나타나지 않았다. 하지만 혹시라도 올 친구를 기다리며 난 동틀 때까지 기다렸다. 지평선 위로 떠오르는 해를 보며 나는 추워서 몸을 덜덜 떨면서도 어린아이답게 놀라워하며 신기해했다.

집이라고 많이 따뜻한 것도 아니었다. 난방을 켤 만큼의 형편이 아니었기 때문이다. 거실에 50펜스 동전을 넣고 쓰는 가로대 세 개짜리 가스난로가 있었지만 거의 쓰지 않았을 뿐더러 가로대 두 개는 고장이 나 하나만 불이 들어왔다. 따라서 집안에는 습기가 많았고 나무로 만든 창틀은 썩어서 손가락으로 찔러도 구멍이 생길 정도였다. 우리는 일주일에 한 번만 목욕을 했는데 사실 그 동네에서는 특이한 일도 아니었다. 하지만 아버지가 돌아가신 후 내게 야뇨증이 생겨 가끔 목욕하는 습관은 문제가 되었다. 자다가 쉬를 했다는 게 너무 창피해서 어머니께 말씀도 못 드리고 축축한 데를 피해 다른 곳으로 옮겨 자곤 했다. 내게서 오줌 냄새가 난다는 걸 깨닫고는 더욱 부끄러웠다.

그렇게 늘 축축해지고 속옷에 쓸리다 보니 피부가 헐었고 수업 중에 화장실에 가고 싶다고 선생님께 말씀드리는 일도 자주 생겼다. 결국 어머니께서는 '방광이 약하다며' 날 병원에 데려가셨고 의사는 날 입원시켰다. 그렇게 포경 수술을 받은 게 여덟 살 때였다. 정말 아팠다. 수술이 끝나고도 계속 병원에 입원해야 해서 더욱 힘들었지만 어머니께서 에이팀 장난감과 레고 한 상자로 달래주셨고 누나와 리지는 몹시 질투했다. 하루 이틀 후 나는 새 장난감과 함께 퇴원했다. 그러나 그 이후로도 이불을 적시곤 했다.

말할 필요도 없지만 난 꾀죄죄한데다 냄새도 났다. 내가 처음 좋아한 여자 아이를 집 근처까지 데리고 간 적이 있는데 그 아이는 내가 사는 동네와 내가 처한 상황을 보더니 기겁했고 나보고 '거지'라고 하더니 가버렸다. 이후 난 절대로 누구를 집으로 데려간 적이 없다.

어머니께서 이 얘기를 들으셨다면 아마도 굴욕에 시달리셨을 것이다. 우리와 비슷한 형편에 처한 여성들이 그렇듯 어머니는 빈

털터리일지라도 자존심을 잃지 않으셨고 거의 불가능한 상황에서도 최선을 다해 살아가셨다. 남이 우리에게 자선을 베풀 때마다 수치스럽다고 여기셨고 〈앨트린챔 메신저〉라는 무료 지역 신문 1면에 '불우한 아이들'을 팬터마임 공연에 초대했다는 기사와 함께 형과 누나와 내 사진이 실리자 경악하셨다. 리지가 태어난 날이자 여왕 즉위 기념일이었던 1977년 6월, 볼린 애비뉴에 길거리 축제가 열렸다. 진통을 느끼기 시작한 어머니는 며칠간 아무것도 못할 것을 예상하고 집으로 가 부엌 바닥을 꼼꼼히 닦은 후 조앤 아주머니에게 연락해 병원으로 데려가 달라고 하셨다.

리지는 내게 소중한 동생이고 항상 날 잘 따라주었다. 우린 18개월 터울 남매가 아니라 쌍둥이에 더 가까웠다. 에인지 누나는 나보다 세 살 많은데 우리 집에서 가장 똑똑했다. 그레이엄 집안에서는 처음으로 대학 입시를 준비하는 그래머스쿨에 입학하기도 했다. 어머니께서는 물론 엄청 자랑스러워 하셨다. 반면 난 돌대가리여서 학교에서 중요하다고 여긴 건 체육 시간뿐이었다. 하지만 누군가 탐험해주길 기다리는, 저 멀리 펼쳐진 거대한 세상에 대해 알려주는 지리와 역사도 좋아했다. 1982년 포클랜드 전쟁이 터졌을 때난 여섯 살이었는데 군인이 되어 여왕을 위해 싸우는 생각에 사로잡히기도 했다.

내 조국과 어머니를 자랑스럽게 해드리는 게 내 꿈이었다.

어머니가 자신의 상사인 에릭 아저씨와 사귀기 시작했을 때 난 여덟 살이었다. 에릭 아저씨는 결혼한 적이 있었고 자식도 있었다. 아저씨와 어머니는 영국 소녀단인 걸가이드 단원복을 만드는 공장에서 일했다. 과부인데다 다른 만나는 사람도 없고 찢어지게 가난해 비유하자면 오줌 쌀 요강조차 없던 어머니는 아마도 아저씨가 우리 모두를 빈곤에서 구해주길 바라셨을 것이다. 두 분이 사귄다는 소식에 익숙해지기도 전에 에릭 아저씨는 우리 집으로 들어와 아버지 역할을 꿰찼다. 특히 통제 불가능했던 토니 형과 내 앞에서 아버지 노릇을 했다.

일 년 후 어머니와 에릭 아저씨는 등기소에서 결혼했다. 에인지 누나와 리지는 태미걸이라는 가게에서 산 보라색 옷을 같이 맞춰 입었다. 토니 형과 나는 억지로 세수를 하고 머리를 빗고 셔츠를 입고 넥타이를 맸다. 형이나 나나 에릭 아저씨를 좋아하게 되진 않았다. 게다가 얼마 지나지 않아 나는 반항하기 시작했고 아저씨에게 소리도 질렀다.

"내게 이래라 저래라 하지 마세요. 우리 아빠도 아니잖아요!"

아버지에 관한 기억이 딱히 뚜렷이 나는 건 아니었지만 내가 생각하던 아버지라는 존재를 유치하게 그리워했고 어머니의 애정을 받는 새로운 사람을 고집스럽게 거부했다. 돌이켜보면 에릭 아저씨는 나쁜 사람은 아니었다. 어쨌든 우릴 때린 적도, 우리에게 소리 지른 적도 없으니까 말이다. 하지만 어머니는 하룻밤 사이에 변하셨다. 훨씬 조용해지셨고, 본인이 더는 우리를 훈육할 수 없으니 아저씨에게 우리를 맡아달라고 권유하기도 했다. 난 그런 어머니를 원망했지만 철이 없어서 그랬을지도 모른다.

에릭 아저씨가 우리 가정에 제공해준 경제적 안정 덕에 나는 최고의 크리스마스 선물을 받을 수 있었다. 아저씨가 등장하기 전에도 어머니는 크리스마스 때가 되면 매번 야단법석을 떠셨다. 어떻게 가능했는지 모르겠지만 크리스마스 아침에 거실로 내려오면 트리 밑에 선물이 한가득 쌓여 있었다. 에인지 누나는 이렇게 말했다.

"카탈로그로 장사하는 브라이언 아저씨가 파는 건 다 사셨을 거야. 빚을 내셨을 테니 한동안 고생하실 걸?"

빨간 BMX 자전거를 선물받은 날, 나는 기분이 매우 좋았다. 우선 경찰한테 잡히지 않도록 더 빨리 도망갈 수단이 생겼기 때문이고, 그간 집에서 날 못마땅하게 여긴다고 생각했는데 그런 선물을 받게 되어서였다. 소중한 (물려 입은) 맨체스터 유나이티드 티셔츠를 입고 그 자전거에 탄 채 엄청 기뻐하는 표정으로 찍은 가족사진까지 있다. 하지만 곧 자전거에 흥미를 잃고 다시 나의 첫사랑인 축구로 돌아갔다. 가능한 한 집밖에서 지내며 말이다.

서른 몇 해 후 나는 맨체스터에서 8,700킬로미터 떨어진, 캐나다를 지나는 중간 지점에서 그 첫 BMX 자전거보다 훨씬 더 좋은 자전거를 타고 한창 모험 중이었다. 놀랍게도 어머니와 에릭 아저씨는 어머니가 돌아가실 때까지 함께하셨고 나도 결국 아저씨를 받아들이게 되었다. 내 앞날에 대한 두 분의 염려는 나를 형성해준 길고 행복했던 군대 생활 덕에 줄어들었다.

내가 군대를 떠날 준비를 할 무렵 당시 66세의 어머니가 형과 나를 보며 하신 걱정은 반항하는 십대를 보며 하신 걱정과는 꽤나 다른, 더 심각한 걱정이었다. 큰 아들 토니는 말 그대로 무력해져 서 요양 시설에 가야 하는 처지가 됐고 나 역시 같은 운명을 따라 야 하는 상황에 놓이게 되었으니까 말이다. 형을 바라보는 어머니 의 마음엔 파크사이드 정신병원에서 생의 마지막을 보낸 아버지 의 불행한 기억이 떠올랐을 것이다.

적어도 내가 계획한 이 말도 안 되는 자전거 일주가 어머니에게 는 그간 살아오신 것과는 다르게 앞날을 긍정적으로 내다보고 앞 으로 생길 좋은 일에 집중할 계기가 되었다. 어머니는 테스코 앨트 린챔 지점에서 계산원으로 일하셨는데 그곳에서 만나는 사람들한 테 일일이 내 얘기를 하며 그런 군인 아들을 두어 얼마나 뿌듯한 지 자랑하셨다고 한다. 난 그런 어머니를 사랑한다.

어머니의 자랑에 맞춰드리겠다고 결심한 나는 아직 포기할 생 각이 없었다. 폭우가 내리고 있었지만 여전히 수백만 번의 페달질 이 남아 있었다. 비를 맞고 있으려니 이상하게도 고향에 있는 것처 럼 마음이 편했다. 내가 향하는 마을에 그레이엄이라고 이름 붙인 걸 보니 캐나다 사람들은 내가 올 줄 알고 있었나보다. 게다가 몇 백 킬로미터 앞에는 옐로브릭이라는 역시 알맞은 이름이 붙은 도로와 점점 늘어나는 버킷 리스트 중 하나를 완료할 수 있는 곰돌이 푸 동상이 날 기다리고 있었다. 적어도 당장은 기대하기 좋은 일들만 있었다.

확신이 서지 않는다면 미소를 짓자.

3

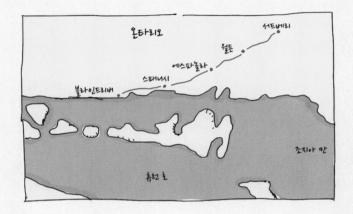

길이 이끄는 대로 따라가지 마라.
대신 길이 없는 곳으로 가 길을 남겨라.
멀리 갈 위험을 감수하는 자만이
자신이 얼마나 멀리 갈 수 있는지 깨닫게 될 것이다.

———

T. S. 엘리엇

캐나다 매니토바주 영웅들의 도로

2015/5/23 _____

'고삐 풀린 무스 주의'는 캐나다 도로가 아니라면 흔히 볼 수 없는, 반짝반짝하는 도로 표지판에 적힌 글이다. 나는 햇빛이라는 뜻인 선샤인이라는 마을 근처에서 이 표지판을 보았다. 유감스럽게도 잿빛 하늘에서 보슬비가 내리는 바람에 마을 이름과는 완전히 반대인 환경에서 자전거를 타야 했지만 말이다.

고삐가 풀려 있든 묶여 있든 무스와는 아직 맞닥뜨리지 않았지만 첫 며칠간 흑곰을 다섯 마리나 보았다. 그야말로 숨이 저절로 멈추는 장면이었다. 관광객이라면 대부분 차 안에서 안전하게 야생 곰 구경을 하겠지만 자전거를 타다가 곰을 발견하는 것은 전혀 다른 상황이어서 굉장히 조심해야 했다. 모퉁이를 돌다가 갑자기 야생 동물과 마주하게 되는 상황이라면 모를까(실제로 이런 일도 두어 번 있었다.) 보통은 가던 길을 멈추고 동물이 날 볼 수 있도록 한 다음 동물이 무거운 발걸음을 숲으로 옮길 때까지 기다렸다. 일부 어른 곰은 사람보다 커서 마음만 먹는다면 날 심하게 해쳤을 수도 있다. 다행히 동물들이 삶을 유지하는 주목표는 먹는 데 있다. 나와 비슷하게 동물 역시 '배와 코만 있는' 존재여서 나처럼 삐쩍 마른 간식거리를 괴롭히기보다는 도로 옆 쓰레기통이나 차에서 누가 던진 음식에 더 큰 관심을 보였다.

캐나다 고속도로를 빠르게 지나며 본 다른 특이한 도로 표지판으로는 '야생 동물 주의', '사슴 횡단 지역'이 있었다. '들소 서식지'나 차 위로 뛰어드는 수사슴 그림과 함께 표기된 '충돌 조심'이라고 쓰인 표지판도 있었다. 산불 위험 역시 큰 문제인 듯했지만 내가 경험한 날씨로는 불이 날 위험은 별로 없을 듯했다. 호수마저도 아직 얼어 있었으니 말이다.

몹시 매서운 바람을 맞느라 눈이 아파서 앞을 거의 보지 못한 채 달린 적이 대부분이었다. '당신의 발견을 기다립니다'라는 표어가 붙은 거대한 주 온타리오에서 그렇게 다니는 것은 매우 위험하지만 말이다. 언덕은 사람을 잘 속였다. 오르막길과 내리막길이 너무나도 자주 나타났고 경사도 고될 정도로 가팔랐다. 하지만 어쩌랴,

이런 게 인생인 것을. 나는 계속 웅크린 채로 맞바람을 가르며 페달을 밟아야 했다. 가면서 '자전거 짝꿍'을 만날 일은 거의 없었다. 동쪽에서 서쪽으로 자전거를 타는 사람이 왜 나 하나뿐인지 곧 알수 있었다. 내가 맞바람을 헤치며 10킬로미터를 가는 동안 반대 방향으로 가는 사람은 바람을 등으로 받으며 같은 시간에 20킬로 미터를 갔을 것이다. 하지만 나는 내가 택한 방향으로 가야만 일정을 맞출 수 있었다. 그렇지 않았다면 겨울에 알래스카와 캐나다를 지나야 했을 테고 그것이야말로 무모한 도전이 됐을 것이다.

도로 위에서 동료 기사(騎士)를 마주칠 때마다 가능하면 가던 길을 멈추고 인사를 건넸다. 단지 지형이나 일기 예보를 물어보는 것으로 대화가 끝나더라도 말이다. 자전거를 타는 사람들은 처음 보는 사람들과도 적극적으로 어울리는 편이며 대부분 조언을 해주거나 즐거운 여행을 기원해주거나 도로 위에서 겪는 고생에 관해 푸념을 주고받는다.

안장 위에서 3주를 보내고 나니 나도 진지하게 푸념을 늘어놓을 거리가 생겼다. 춥고, 축축하고, 배가 고팠으며, 엉덩이는 마비가 됐고 오른쪽 무릎이 심하게 아팠다. 장만한 자전거가 내게는 좀 크다는 점은 아직 장점보다 단점이어서 최적의 자세로 앉을 수가 없었다. 어느 날 나는 이런 글을 올렸다.

"일정은 지연되고, 트럭 운전수들은 미친 듯 운전하고, 여관엔 빈 방도 없고, 접속은 잘 안 돼서 힘 빠지는 날이었지만 그래도

110킬로미터 넘게 달성!"

이렇게 초반에는 넘겨야 할 고난이 꽤 많아서, 춥고 아프니 어디 들어가서 쉬라며 비키가 권유한 적도 여러 번 있었다. 하지만 나중에 보니 이런 일은 내게 닥칠 문제 중 가장 보잘 것 없는 것이었다.

비키와 나는 온갖 상황에 대비했음에도 불구하고 내가 이용하려고 했던 가게와 야영장이 대부분 내가 도착할 무렵인 겨울에는 운영을 안 한다는 점을 고려하지 못했다. 따라서 밤을 보낼 다른 곳을 찾거나 예산을 배정한 것보다 더 자주 모텔을 이용해야 했지만 새벽에 일어나 출발하기 전에 몇 시간 눈 붙일 용으로 모텔을 이용하기에는 돈이 아까웠다.

게다가 모텔에서는 밥을 해먹을 수 없어서 사 먹어야 했다. 매일 고속도로 위에서 엄청난 양의 칼로리를 태워댔기 때문에 평상시에도 엄청났던 내 식욕은 정도를 크게 벗어났다. 아마도 매일 1만 칼로리는 먹었나보다. 생각했던 것보다 훨씬 많은 군대 식량이 이미 내 배 속으로 들어갔다. 비키가 꼼꼼하게 계산해준 하루 음식 섭취량은 체중이 주는 걸 막으려는 데에 맞춰 있었지만 실제로는 괜한 걱정을 한 셈이 됐다. 살이 빠지다니, 그럴 리가.

나의 하루는 오트밀죽 세 그릇으로 시작했다. 젯보일 가스 버너를 사용할 수 있는 여건이라면 물 섞은 오트밀을 끓여 죽을 마련했다. 그리고 낮에 샌드위치를 살 만한 데가 있다면 가서 사먹었다. 아니라면 바게트 빵 여섯 개 사이에 햄을 넣고 마요네즈를 발라 그날 식량으로 삼았다. 매일 밤 고칼로리 파스타나 피자로 저녁을 먹을 수 있는 곳이 나타나기를 바랐다. 팀 호턴스라는 패스트푸드 체인점이 특히 마음에 들었다. 그곳에서 난 스테이크 샌드위치를 먹어치웠다. 서브웨이 덕에 12인치 샌드위치도 엄청나게 많이 먹었고 도미노 피자 포인트도 엄청 쌓였을 것이다. 배고파질 때마다 (사실 너무 자주 배가 고팠다) 너트, 초콜릿, 쫀득쫀득한 에너지바를 먹었지만 한 번도 배부르게 먹었다는 느낌이 들지 않았고, 이러다 음식이 다 떨어지는 건 아닐지 정말로 걱정됐다.

물은 또 다른 문제였다. 바구니에 1리터짜리 생수 6병을 실었고 비닐 가방에 2리터 카멜백 물통을 넣어 배낭처럼 매고 자전거를 타는 중에도 빨대로 물을 마셨다. 가다가 멈출 때마다 물통에 물을 채웠고 박테리아에 감염되지 않도록 매일 살균 알약을 넣었다. 문제는 물통에 모래가 들어가기도 했고 물을 너무 많이 마셔 생수병을 추가로 사야 했는데 비용이 만만치 않았다. 물론 그것도 문을 연 상점을 발견해야 가능했다.

텐트를 칠 수 있는 야영장도 없고 모텔이나 여관도 문을 닫았다면 어디가 됐든 야숙 가능한 곳을 찾아야 했다. 어렸을 때 불린 숲으로 가출한 경험이 도움이 됐지만 그때 경험도 곤충과의 사투에는 도움이 되지 못했다. 농담이 아니라 북미 대륙에는 상상할 수 있는 온갖 종류의 곤충이 다 있다. 그것도 무리를 지어 거대한 구름 형태로 다닌다. 속도를 줄이거나 잠시 멈출 때마다 벌레들이 내 냄새를 맡고 나타났다. 움직일 때마다 자전거 옷에서도 윙윙거리는 소리가 났는데 가끔 벌레 소리로 착각할 때도 있긴 했다.

공중에서 득실거리던 벌레떼는 눈, 코, 입 주변으로 내려와 몹시 사납게 윙윙대다 내 피를 벌컥벌컥 빨아들였다. 눈에 보이지 않을 정도로 작아서 '쌀겨모기'라고도 불리는 등에모기와 굶주린 구르카족처럼 집요하게 공격하는 일반 모기들이었다. 그 외에도 사슴파리, 커다란 왕개미, 말벌, 소나무 딱정벌레, 진드기가 있었다. 내가 만난 최악의 벌레는 먹파리로 나중엔 공포증까지 생겼다.

나는 벌레가 들끓는 곳에서 근무한 적도 있고 시에라리온 밀림에서는 말라리아에 걸린 적도 있다. 하지만 캐나다는 정말이지 내한계를 시험했다. 그간 경험한 것과는 전혀 달랐다. 어린 시절과도 분명 달랐다. 보던베일에서 본 최악의 벌레라고 해봤자 게으르고 뚱뚱한 금파리였는데 낮이고 밤이고 사람을 괴롭히지는 않았다. 16살이 될 때까지 맨체스터 밖으로 나가 본 유일한 곳인 웨일스 해변에서 짜증 나게 하는 모래파리 정도만 겪어보았다.

우리 가족은 내가 어렸을 때 여행을 가본 적이 없었다. 아버지가 돌아가신 후 우리는 조앤 아주머니와 그녀의 남편 빌, 그리고 나보다 여덟 살이 많은 쌍둥이 형제와 함께 카디건 만(灣)에 있는 크리키에스로 놀러갔다. 우리는 텐트에서 야영했다. 나는 토니 형이랑 여기저기 돌아다니며 음식을 훔쳐 먹었다. 어른들이 주는 음식으로는 성이 차지 않았다. 당시 난 '반짝거리는 눈을 한 짓궂은 녀석'

이었다고 조앤 아주머니는 말씀하셨다. 내가 얼마나 아버지를 닮았는지 얘기해준 사람도 아주머니였다. 건방져 보이는 표정이나 '살짝 외국인처럼 보이는' 갈색 피부가 닮았다고 했다. 우리 가족이 부르는 '미친 유전자'만이 아니라 이국적인 특징도 물려받았다는 걸 알게 되니 기분이 좋았다.

이후에도 조앤 아주머니네와 어머니의 다른 친구 분인 발 골딩 아주머니 가족과 함께 웨일스에 몇 번 더 갔었다. 이 분들과 대화를 나눌 때에야 아버지가 어떤 분이셨는지, 병이 아버지를 장악하기 전에 아버지와 어머니가 얼마나 행복하셨는지 그려볼 수 있다. 발 아주머니와 어머니는 위센쇼에서 함께 자랐다. 따라서 아주머니는 어머니가 얼마나 어려운 생활을 했는지 잘 알고 있다. 어머니는 삼남매 중 막내였다. 어머니의 오빠는 심장병으로 죽었고 어머니는 언니인 메이 이모와 지냈다.

어머니는 이십 대 초반 시절 밤에 앨트린챔으로 놀러 나갔다가 아버지를 만났다. 두 분은 바로 서로에게 반했다. 본격적으로 사귀기 시작하며 두 분은 포코트역 시계탑에서 종종 만났는데 아버지는 항상 늦게 도착했다. 늘 그랬듯 일찍 도착한 어머니가 한 번은 반대편 도서관으로 들어가 기다렸다. 30분 후 아버지는 당황해하며 나타나 어머니를 찾아 두리번거렸다. 어머니가 나타나자 아버지는 큰소리를 쳤다.

"도대체 어디에 있던 거야? 여기서 한참 기다렸잖아."

"거짓말하지 마, 존 그레이엄! 난 길 건너편에서 널 기다리고 있었다고."

이런 어머니의 대답에 두 분은 깔깔거리며 웃었고 그렇게 데이트를 했다고 한다. 아버지의 그런 단점을 알고서도 어머니는 아버지를 나쁘게 평가하지 않으셨나보다. 이후 얼마 지나지 않아 두 분은 앨트린챔 등기소에서 결혼했다.

"존은 멋진 남자였지. 둘은 꽤 잘 어울렸어. 도러시에게 존은 진정한 사랑이었어. 둘은 정말 근사한 커플이었고."

밸 아주머니가 말씀하셨다. 아버지도 삼형제 중 막내였다. 아버지는 브로드히스에 있는 버튼버그 게이지라는 압력계를 만드는 회사에서 정비공으로 일하셨다. 결혼 후 부모님은 근처 바인 코티지로 이사했다. 중국 음식점 뒤로 난 좁은 골목을 따라 들어가야 나오는 동네여서 사람들이 '뒷동네'라고 부르는 곳이었다.

아버지가 삼십 대 중반이었을 무렵 처음 치매 증상을 보인 일을 조앤 아주머니는 기억하셨다.

"가족이 다 웨일즈로 휴가를 가게 된 적이 있었어. 존이 우리 고양이를 돌봐주겠다고 했지. 그런데 집에 오니까 방문은 다 열려 있고 현관문도 잠겨 있지 않은 거야. 출근하는 날을 잊어버려서 일요일 아침에 일어나 자전거로 공장까지 간 적도 있었어. 물론 공장은 잠겨 있었지. 그렇게 기억력이 악화되더니 주변 모든 사람들이 눈치 채기 시작했어. 특히 같이 일하는 사람들이 알게 됐지."

나처럼 아버지도 처음엔 건망증을 대수롭지 않게 생각했다. 우리 이름을 헷갈리게 부르다가 농담이었다는 식으로 넘기셨다. 하지만 병이 점점 더 아버지의 뇌를 장악하게 되자 아버지가 변했다고 조앤 아주머니는 말씀하셨다.

"뭐가 문제인지 아는 사람은 없었지만 문제가 심각해지고 있다는 건 분명했어. 죽음 앞에서 존은 웃고 있었어도 말이야. 몸을 덜덜 떨기 시작하더니 감정 기복이 심해졌지. 과격하게 행동하거나 화를 내기도 했고 분노를 이기지 못하고 물건을 부수기도 했어. 존의 어머니 힐다는 존이 앓고 있는 게 유전병일 수도 있다는 가능성을 믿지 않으려 하셨지. 그게 사실이라면 매우 수치스러울 거라고, 남들이 자신을 이상하게 생각할 거라고 여기셨으니까. 존이 정상이 아니라면 도러시가 힘들어질 거라고도 생각하셨어. 아무도 존에 관해서도 얘기하고 싶지 않았고 애들에게는 어떤 영향이 갈지 예상하고 싶지 않았어."

아버지가 끝내 정신을 놓아버리자 어머니는 대처하기가 불가능해졌다.

"주변에 뭐가 됐든, 그게 표백제든 뭐든 무조건 마시려고 했어. 도러시는 이 병원 저 병원에 전화했고 결국엔 존을 입원시켜야 했어. 입원시킬 때도 몸싸움이 났는데 정말 비참하고 엉망진창이었어."

그건 나도 안다. 나도 있었으니까. 슬프게도 그건 기억이 난다.

아버지가 파크사이드 병원에 입원하게 되자 어머니는 매주 아버지를 보러 가셨다. 때로 조앤 아주머니의 남편이 데려다주기도 했다.

"진짜 정신병원이었어. 복도를 지나갈 때마다 미친 환자들과 마주쳐서 도러시는 무서워했지. 돈도 거의 없었는데 존은 매일 담배 50개피는 피워야 직성이 풀렸어. 담배를 주지 않으면 엄청 화를 냈지. 간호원들에게 담배를 피우지 못하게 해달라고 부탁했지만 흡연을 막지 않겠다고 했대. 피우지 못하게 하는 게 쉬운 일도 아니고 존의 권리를 무시하는 행동이랬다나."

내가 어렸을 때 아버지가 담배를 피우셨는지 기억은 나지 않지만 어차피 아버지에 대한 기억이 별로 없기는 하다. 어머니도 담배를 피우셨고 내가 그걸 얼마나 싫어했는지는 기억이 난다. 잠시 담배를 끊으셨지만 다시 피우셨다. 나는 담배 냄새를 참지 못할 정도로 싫어했다. 어머니와 같이 있다 보면 내 옷에 담배 냄새가 붙는 것도 싫었다. 이런 이유로 나는 한 번도 담배를 피우거나 마약을 하지 않았다. 그냥 내 취향이 아니다.

조앤 아주머니의 말씀에 따르면 아버지는 병원에서 두어 번 탈출해 근처 술집으로 가 술 한 잔 마시고 담배 한 대를 피웠다. 그러고 나면 병원 직원들이 와 아버지를 격리 병동으로 데려갔다.

"구속복을 입히거나 전기 충격을 가하거나 그런 건 아니었어. 그냥 의자에 앉히고 존이 줄담배를 피우면서 서서히 건강을 악화하도록 내버려뒀지. 다른 사람을 괴롭히지 못하게 진정제를 투여하기도 했어. 나중에는 도러시도 못 알아보는 지경까지 갔지."

그동안 어머니는 무너지고 계셨다. 아버지가 돌아가시고 한 푼 없이 네 자녀와 남게 되자 어머니는 신경쇠약에 걸리기도 했다. 한 번은 입원해야 할 정도로 상태가 심각했다. 하지만 결국엔 회복하셨고 바쁘게 지내야 견딜 수 있다는 걸 깨달으셨다.

"도러시에게 많은 일이 생겼지만 사실 누구에게나 일어날 수 있는 일이기도 해. 국립아동학대예방협회에도 연락을 해보고 사회복지국에도 가봤지만 해줄 수 있는 게 없다는 답만 들었지. 너희 앞날이 걱정됐어. 결국엔 내가 도와줄 수 있는 건 한계가 있더라고."

조앤 아주머니는 슬픈 듯 덧붙였다. 어머니가 그 시절을 어떻게 보내셨을지 그려볼 때마다 난 어머니와 아버지가 애처롭다는 생각밖엔 들지 않는다. 캐나다 야생 지역에서 비키 외에 말 붙일 사람 없이, 이어폰에서 들리는 노랫소리 외에 어떤 말소리도 없이 있다 보니 부모님이 겪은 일과 비키와 내가 마주하게 될 일에 관해 아주 오래 생각하게 되었다. 땅 구멍에 머리를 집어넣어 위험을 피하려는 타조처럼 그런 우울한 생각은 하지 않으려고 애를 써보기도 했다. 걱정되지 않는다는 말은 아니다. 이런 생각은 분명 내게 영향을 미친다. 하지만 어설프게 농담하면서 기분을 전환하고 두려움을 상쇄해보기도 했다. 내가 아는 것이 있다면 삶에서 명백한 단 한 가지는 죽음이라는 것이다. 순교자는 아니지만 나는 남들에

비해 더 일찍 죽음을 맞이해야 한다.

그래서 무섭냐고? 글쎄, 한 번도 죽어본 적이 없어서 모르겠다.

이런 생각이 머릿속을 맴도는 동안 이 여행이 육체적인 도전만이 아니라 정신적인 도전도 될 거라는 점을 깨닫게 되었다. 지난 수년간 처음으로, 특히 알츠하이머병 진단을 받은 후 나는 완전히 혼자 있게 되었다. 따라서 많은 시간을 혼자 생각하며 보내야 했지만 혼자 있는 걸 내가 얼마나 즐길 수 있는지도 알게 됐고 혼자 있는 게 낫다는 기분까지 들기도 해 놀랍기도 했다.

인적이 드문 곳에서 별똥별을 비롯한 수많은 별이 펼쳐져 있거나 창백하고 커다란 달이 떠 있는 광대한 하늘 아래 보잘 것 없는 존재로 누워 있자니 스스로 굉장히 겸허해졌다. 때로 백일몽에 빠져 지내는 나는 그간 하늘을 자주 쳐다보았지만, 근처에 마을이나 도시가 없어 광해의 영향을 전혀 받지 않는 외딴 곳에서 보는 하늘은 전혀 다른 모습이었다. '거대한 하늘이 있는 땅'(미국 몬태나 주의 애칭–옮긴이)이라고 불리는 곳에서 본 하늘은 낮에도 굉장했다. 나는 그저 특이한 구름 떼가 움직이는 걸 보기 위해 자전거를 멈춘 적도 있었다. 태양이 떠오르면서 땅을 다양한 색조로 천천히 물들이는 장면에는 늘 감탄했다.

"지금 이 순간 바로 이곳에서 이걸 보는 유일한 인간은 나뿐이야. 같은 장소라고 해도 이것과 동일한 장면은 두 번 다시 볼 수 없겠지."

나는 셜리에게 진부한 표현을 써가며 말했다.

혼자서 그렇게 지내면서 나는 군대식으로 말하자면 주어진 특명 수행을 중단하고 생각에 빠져 지냈다. 몇 시간을 연달아 자연의 윤곽을 따라가며 나는 내 마음의 지형 속으로 사라지기도 했다. 이런 얘기에 익숙한 사람이라면 과거와 현재 사이를 지속적으로 떠다니는 생각의 흐름에 마음을 맡긴 것이 일종의 명상을 한 거라고 말할 수도 있겠다. 명상인지는 잘 모르겠지만 마라톤에 여러 번 참여한 나는 운동화가 땅을 두드리는 소리에만 집중하며 혼자 하는 운동을 늘 즐겼다. 이번에는 페달이 회전하는 소리에 박자를 맞추고 있다.

왼발, 오른발, 왼발, 오른발…

자전거로 지나가며 손을 흔든 사람들의 눈에는 아마도 자전거를 타며 휴가와 인생의 전성기를 보내는 건강한 청년이 보였을 것이다. 내가 무엇을 대상으로 싸우고 있는지 전혀 감을 잡지 못했을 것이다. 가게나 야영장에서 만나 대화를 한 사람들은 모두 매우 친절했다. 내가 군인 출신이며 모금운동 중이라는 사실을 밝히면 애국심이 의심받지 않는 이 나라에서는 특히 큰 호감을 샀다.

여정 내내 거의 모든 집과 건물 밖에서 자랑스럽게 펄럭이는 국기를 보며, 특히 미국에 도착하자마자 만날 수 있는 성조기를 보며 나는 감탄하지 않을 수 없었다. 북미 사람들이 얼마나 자기 나라를 자랑스러워하는지 다시 목격할 수 있었고 이는 참으로 신선했다.

나도 누구보다 애국심이 강하다고 할 수 있고 셜리 뒤에 작은 영국기를 흔쾌히 꽂고 다녔지만, 만약 집밖에 대형 국기를 게양했다면 인종차별주의자라고 오해받을지도 모른다.

나는 캐나다인들과 미국인들이 군인, 경찰, 소방관, 의사에게 얼마나 감사하는지를 보고 다시 한 번 감동받았다. 수많은 고속도로와 다리의 이름은 조국을 위해 목숨을 잃은 군인들의 이름에서 따왔다. 평생 자랑스러운 영국군의 일원으로 살아온 나는 그런 군인을 기리는 안내문을 볼 때마다 가던 길을 멈추어 글을 읽고 경의를 표했다.

그중 한 곳에서 비키에게 전화를 걸어 동영상으로 순국한 캐나다 군인을 기리는 커다란 감사패를 보여주었다.

"정말 멋지지 않아? 우리나라에도 도로명에 이름이 오를 만한 군인들이 몇 명 있는데 말이야."

비키는 웃으며 답했다.

"맞아. 거기에 자기도 들어가야지!"

비키는 내 컨디션이 어떤지 물었고, 나는 이제 50킬로미터 정도만 가면 그날 목표 거리를 달성한다고 알려주었다.

"다음에 나오는 야영장에 전화를 했더니 문을 열었더라고. 와이파이가 되는 곳이래. 자기가 갈 거라고 알려줬어. 그리고 구글 스트리트 뷰로 보니까 가는 길에 맥도날드랑 가게가 있나봐. 들려서 필요한 것 사둬."

"잘됐네. 도착해서 차 한 잔 끓여 마시고 페이스타임 할 게."

"종합비타민 먹는 거 잊지 마."

세포막을 보호해 최상의 정신 건강을 유지해준다는 오메가 오일 캡슐과 비타민 E, B가 들은 종합비타민을 잊고 있을까봐 걱정됐는지 비키가 말했다.

"알겠습니다, 부인!"

나는 비키를 놀리듯 답하며 경례했다. 노래 들으려고 셔플 버튼을 누르니 벤 헤이나우의 〈내게 필요한 것Something I need〉이 흘러나왔다. 내가 고른 많은 노래가 그렇듯 이 노래 가사 역시 지금 내 상황에 잘 어울렸다.

사람들로 가득 찬 이 세상에 날 사랑하는 사람 한 명이 있죠.

완벽하다.

확신이 서지 않는다면 노래를 따라 부르자.

4

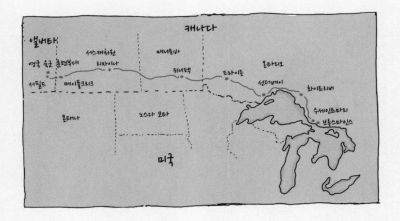

인생은 10단 변속 자전거와도 같다.
모두에게 변속 기어가 있지만
대부분 한 번도 쓰질 않는다.

찰스 슐츠

캐나다 앨버타주 서필드 영국 육군 훈련 부대

2015/6/3 _____

여정 중에 기회가 된다면 옛 육군 동료를 찾아가야겠다고 늘 생각
은 하고 있었지만 캐나다 횡단고속도로를 따라 이틀간 자전거로
360킬로미터를 이동하고 나서야 내가 이 날을 얼마나 기다렸는지
깨닫게 되었다.

아픈 몸을 며칠 쉬게 할 기회일 뿐만 아니라 제대로 된 침대 위
에서 잘 수도 있을 것이고 원하는 만큼 샤워도 할 수 있을 테고 따
뜻한 음식을 먹고 자전거를 손볼 수도 있을 테니까 말이다.

한편 비키는 상근직으로 돌아가 혼자 애들을 돌보며 내 경로를 지켜보는 와중에 우리에게 필요한 돈을 벌 준비를 했다. 이 모험에서 비키가 차지하는 비중은 우리가 처음에 예상했던, 일주일에 한 번 내가 여관에 묵을 때 하는 안부 전화를 받는 정도에서 크게 늘었다. 도와주는 사람 없이 일정을 소화하기가 힘들다는 게 여정 초반부터 드러났다.

5월까지 야영장 대부분이 문을 닫는다는 사실 외에도 우리가 쓰는 경로 안내 시스템이 자전거가 아니라 자동차 경로에 맞추어 안내한다는 사실도 여정을 시작하고 나서야 알게 됐다. 경로 안내 시스템은 자전거로 주간 고속도로를 지나는 것이 불법이라는 점을 참고하지 않았다. 매일 비키는 다른 오래된 길로 우회하는 경로를 짜야 했다. 비키에게 점점 더 의존하게 되자 내가 잘 곳에 도착하기 전까지, 즉 영국 시각으로 새벽 서너 시까지 비키 역시 자러 가지 못했다. 비키는 그 시각에 눈을 붙인 뒤 다시 일어나 덱스터를 돌보고 케이티가 학교 가는 걸 도와야 했다. 어떻게 매일 그렇게 생활할 수 있는지, 게다가 일까지 하는지, 나로서는 알 길이 없다.

연락이 되지 않거나 인공위성 추적 시스템이 작동하지 않아 한두 번 이성을 잃은 적 외에 비키는 놀랍게도 일정 내내 침착했다. 한번은 캐나다 서스캐처원주 후미진 곳에서 9시간을 연락도 못하고 보낸 적이 있다. 어느 여관에 도착해서야 인터넷이 연결됐지만 신호는 매우 약했다.

'아, 젠장. 낯선 사람이 공격이라도 한 걸까? 도로를 벗어난 걸

까, 아니면 길을 잃어 헤매는 걸까?'

무엇 때문에 신호 패턴이 불규칙한지 모르는 상태에서 비키는 별별 생각을 했다.

"여관에 전화를 걸었는데 크리스라는 손님은 없다고 하니 더 겁이 나더라고요. 위치 신호는 아예 끊겨서 크리스는 사라진 셈이 됐고요. 기마 경찰대에 신고해야 하나 고민하며 안절부절못하며 집 안을 돌아다니는데 아침 다섯 시 반이 돼서야 크리스와 연락이 됐어요. '도대체 어디에 있는 거야?' 제 첫 마디였죠. 먼저 연락해본 여관이더라고요. 다시 전화하니까 다른 직원이 받았고 '네, 계십니다.'라고 답하더니 크리스가 있는 방으로 연결해주더라고요. 정말 죽는 줄 알았어요!"

내가 실수로 옐로브릭을 잘못 설정해놔서 신호가 자주 끊겼다는 걸 나중에 알게 되었다. 비키는 참을성 있게 일반 세팅으로 바꾸려면 어떤 버튼을 눌러야 하는지 알려주었고 변경을 완료하고 나서야 진정할 수 있었다. 하지만 비키는 늘 이렇게 말했다.

"잠을 설친 날이 좀 되긴 했지만 치매에 걸린 상태로 야생에서 곰을 피해 다니며 매일 일정에 맞추기 위해 애를 써야 하는 사람은 제가 아니니까요. 크리스가 굉장한 일을 하고 있다는 사실을 전 한 번도 잊은 적이 없어요."

멀리서 비키가 보내준 지원 덕에 여정은 계획대로 잘 진행됐고 따라서 난 조금 자만하기 시작했다. 당초 하루 이동거리로 잡은

65킬로미터를 넘어 매일 평균 160킬로미터를 기록하다보니 전체 일정이 과연 계획한 것만큼 오래 걸릴지 의문이 들기도 했다.

'살아 숨 쉬는 하늘의 땅'이라 불리는 서부 온타리오주와 서스캐처원주에 들어와서는 소나무와 호수가 주로 보이는 길을 반복해서 달렸다. 휴런 호 북부 호숫가에 있는 브루스마인스라는 곳에서 미국 국경 근처에 있는 수세인트마리까지 가는 길은 굉장히 좋았다. 예상 외로 날씨가 따뜻해서 주변에는 나비가 날아다니고 진한 소나무 수액 향이 나고 다양한 야생화가 화려한 모습을 뽐내기 시작했다. 반가운 햇빛은 티셔츠와 사이클용 반바지 표시가 날 만큼 내 피부도 멋지게 그을렸다. (여정을 끝날 무렵 난 뉴캐슬 유나이티드 프리미어리그 팀 팬처럼 보였다.)

하지만 수세인트마리에 도착하자 하늘은 어두워지더니 온 세상은 다시 비에 젖었다. 주변은 다 황폐해보였고 캐나다 원주민 퍼스트네이션에 속한 오지브웨족만 거주했다. 보통 인생을 허비하거나 술에 취한 채 지내는 것으로 알려진 그들을 보며 나도 모르게 적개심을 느끼고 속으로 인종 차별을 하게 되어 놀랐다. 나는 계층이나 종교, 인종에 상관없이 만나는 사람 모두에게 늘 인사를 건넸다. 상대가 악마라고 해도 대화를 나누려고 했을 것이다. 하지만 이 사람들은 극빈할 뿐만 아니라 백인을 극도로 경계했다.

도심에 위치한 야영장에는 편의시설이 별로 없었고 이용하는 사람은 아무도 없어서 나는 전략적으로 생각하기로 했다. 텐트를 칠 때마다 비가 내리는 것에 싫증이 난 상태였다. 텐트를 다시 접어 출발하려면 텐트가 다 마를 때까지 기다리거나 젖은 채로 출발해야 했기 때문이다. 군인 시절처럼 그곳을 정찰하며 어디에 자리를 잡아야 가장 고생을 덜 할 수 있을지 궁리했다. 결국 난 변기 바로 옆에 침낭을 폈고 일인용 화장실 바닥에서 그날 밤을 보냈다. 살면서 더 심한 곳에서 잔 적도 있다. 물론 그리 많진 않지만.

취침 소등!

그날 밤은 비키가 준 세 통의 편지 중 하나를 처음으로 열어본 밤이기도 했다. 편지가 젖을까봐 비를 가장 덜 맞는 바구니 깊숙이에 넣어 두고 다녔다. 봉투 하나를 뜯어보니 색색의 하트가 그려진 카드가 나왔다.

> 슬프거나 일이 생각대로 풀리지 않아서 자기의 미소가 잠시 사라졌다면, 내가 옆에 있진 못하지만 마음속으로 꼭 안아줄게. 내가 얼마나 자기를 생각하는지 알았으면 해.

바로 기분이 좋아진 나는 다음에 대비해 나머지 두 봉투는 열지 않고 그대로 넣어두었다. 결국 그 두 개는 집으로 돌아갈 때까지 열지 않고 그대로 가져갔다.

비키의 메시지에도 불구하고 처음 몇 주는 편의시설 없는 곳에서 보낸 밤과 잔인할 정도로 일찍 시작한 하루와 예상치 못할 정도로 험한 도로와 계속해서 바뀌는 기후 탓에 힘이 들었다. 초반에는 개도 문제가 됐다. 대부분 떠돌이 개가 성가시게 굴었지만 텃세를 부리는 주인 있는 개도 있었다. 자기가 사는 곳을 지나가는 날 발견한 개들은 덥석 물려는 듯 날 따라왔고 때로는 두세 마리가 한꺼번에 덤비기도 했다. 다행히 육군 원사들과 수년간 지낸 덕에 날카로운 목소리로 소리 지르는 법을 알고 있었다. 그 목소리를 이용해 소리를 지르면 달리던 개들은 잠시 멈추곤 했다. 그래도 소용이 없다면 경적을 울리기도 했다. 문제는 내 자전거는 경주용이 아니라 수송용에 더 가까워서 빨리 도망치는 게 불가능했다. 운이 좋았는지 물린 적은 없다.

선더베이를 향해 계속 페달을 밟으며 나는 언덕을 올라갔다. 원판 브레이크에 이상이 생겼는지 특히 내리막길을 갈 때 자전거가 말을 잘 안 들었다. 다행히 비키가 온라인으로 가까운 자전거 수리점을 찾아주었고 다음 구간까지 잘 갈 수 있었다. 계속해서 대형 트럭을 피하면서 비와 강풍을 맞으며 몸을 숙이고 가야 했다. 저자세로 빠르게 움직이라는 군대의 가르침을 정확하게 따랐다.

날씨가 잠잠해진 덕에 화이트리버에 있는 위니 더 푸 동상에 들릴 수 있었다. 1914년 캐나다 중위 해리 콜번은 덫사냥꾼에게서 새끼 흑곰 한 마리를 사 부대 마스코트로 삼았고 참전으로 런던에 갈 때도 이 곰을 데려갔다. 콜번은 '위니펙', 때로는 '위니'라고 부르는 이 새끼 곰을 프랑스 전쟁터로 가기 전 런던 동물원에 맡겼

다. 위니를 보러 동물원을 찾은 수많은 사람 중에는 작가 밀른의 아들인 크리스토퍼 로빈도 있었다. 위니를 무척 좋아하게 된 크리스토퍼 로빈은 자기 곰인형 이름을 위니로 바꾸기까지 했다. 그 이후 이야기는 널리 알려진 대로다.

시간 변경선을 지나 나온 드라이든Dryden 시는 아이러니하게도 드라이 한 것과는 거리가 멀었고 숲속의 호수라는 아름다운 이름이 붙은 레이크오브더우즈Lake of the Woods 마을은 알고 보니 그림 같은 풍경의 모기 번식 지대였다. 쓰라린 근육으로 대홍수를 헤치며 불규칙하게 뻗어 있는 위니펙 시와 무스조, 프렌치리버트레이딩포스트, 잭피시, 룬, 와일드구스, 스위프트커런트, 앤털로프, 메디신햇과 같은 희안한 지명이 붙은 곳을 지나갔다. 인적 없는 도로에는 '야생 동물 주의'라고 쓰인 표지판이 드문드문 나타났다. 가는 내내 나는 곰이 나타날까 경계했다.

내 걱정거리는 야생동물만이 아니었다. 온타리오에서 양쪽엔 숲이 있는 황야에 난 이차선 고속도로를 달리고 있었을 때 굉장히 이상한 일이 일어났다. 당시 이 도로를 이용하는 사람은 극소수여서 종일 차 세 대밖에 볼 수 없었다. 나는 잠시 멈추고 셜리와 짐수레가 쓰러지지 않도록 핸들과 안장을 잇는 가로대 양 옆으로 두 발을 단단히 딛고는 오줌을 싸고 간식을 먹고 물을 마셨다. 어린 시절 자다가 이불을 적셨을 때부터 나는 남들보다 화장실을 자주 가야 했다. 북대서양 조약을 맺은 나라에서 내 방광이 제일 약할 거라고 자주 비아냥거리기도 했다. 하루에 수 리터의 물을 마셔댔으니 늘 오줌이 마려웠지만 자전거에서 내려 볼일을 볼 만한 사적인 공간을 찾을 여유는 없었다.

영국 공군의 테러대책 특별부대 못지않은 진취 정신으로 나는 '남몰래 볼일 보기'라는 작전을 수행했다. 양 다리를 자전거 양쪽으로 벌린 자세로 지도를 읽는 척하며 자전거 앞쪽에 묶어 놓은 작은 비닐봉지를 이용하는 것이다. 매번 유용하게 써먹은 방법이다.

볼일을 본 후 위성 내비게이션을 켜서 위치를 확인하고 일정 계획을 상의하려고 비키에게 전화를 걸었다. 군대에는 확신이 서지 않는다면 물어보라는 말이 있다. 기억력이 떨어질수록 모든 것을 확인하고 재확인하고 일어날 수 있는 일을 계속해서 예측해야 한다는 것을 알고 있었다. 도로 위에서 실수 하나만 해도 치명적일 수 있었다.

귀에 이어폰을 끼고 비키가 하는 말을 듣고 있는데 갑자기 차 한 대가 다가오는 소리가 들렸다. 고개를 들어보니 반대편에서 짙은 초록색 소형 트럭이 내 쪽으로 천천히 오고 있었다. 그리고 내가 서 있는 곳 바로 옆에 멈추었다.

"이상하네. 누가 나타났어."

나는 비키에게 조용히 말했다.

"누군데? 무슨 일이야? 괜찮은 거야?"

내 목소리 톤이 바뀐 걸 알아챈 비키가 물었다.

나는 곁눈질로 45세쯤 된 덩치가 크고 제멋대로 자란 검정 머리카락과 수염을 기른 한 사내가 트럭에서 나와 날 쳐다보는 것을 확인했다. 순간 목덜미에 난 솜털이 쭈뼛 섰다. 아무리 마라톤에 참가한 경력이 있다고 해도 내가 서 있는 자세로는 아무 데도 빨리 갈 수 없었다. 자전거를 버리고 달아나는 게 낫겠지만 그렇다고 모든 짐을 버릴 수도 없는 노릇이었다. 그래서 난 샌드위치를 계속 씹으며 진정하려고 애썼다.

"이보쇼, 손 좀 빌릴 수 있을까?"

이 낯선 자가 고속도로를 넘어 외쳤다. 그 자가 하는 말을 비키도 다 듣고 있다고 생각하니 이상하게도 마음이 놓였다. 비키가 해줄 수 있는 건 없겠지만 말이다.

"뭐라고?"

나는 영국식 발음으로 일부러 거칠게 내뱉었다.

그 자는 먹이를 보는 듯한 눈길로 계속해서 날 쳐다보며 말했다.

"뭐 좀 도와달라고. 트럭에서 뭘 꺼내야 하거든."

나는 두려움을 숨기려고 필사적으로 노력했다.

"뭐?"

신경질을 내며 내가 대꾸했다.

비키가 외치는 게 들렸다.

"그냥 거길 떠나, 크리스! 그 사람한테 가지 마!"

나는 샌드위치를 내려놓고 소리쳤다.

"이렇게 외진 곳에 차를 세워놓고 나를 부르는 이유가 대체 뭐야?"

그 자는 아무 말도 하지 않고 계속 날 쳐다보기만 했다. 그가 총을 꺼내 겨누지 않기를 간절히 바랐다.

"크리스? 크리스?"

비키가 점점 더 겁에 질리고 있는 게 전해졌다.

겉으로는 비꼬려고, 속으로는 긴장감을 줄이려고 난 이렇게 물었다.

"도대체 거기 뭐가 있는데? 악어라도 신고 다니시나?"

"아니. 그냥 뒤에서 뭐 좀 꺼내달라고 하는 거야."

사내는 무표정한 얼굴로 답했다.

나는 그 자가 비키까지 겁먹게 했다는 것에 짜증 나 단호하게 말했다.

"아니. 절대로 해주지 않을 거야. 왜 여기에 차를 세운 거야? 내가 속아 넘어갈 거 같아?"

"나, 참. 그냥 도와달라고 한 거뿐이야."

그는 별 거 아니라는 듯 어깨를 으쓱였다.

"어쨌든 도와주지 않을 거야. 어서 꺼지라고, 이 자식아!"

나는 욕을 써가며 소리쳤다.

그런 뒤 그곳을 빠져나갔을 수도 있었지만 서 있던 자리에 그대로 남아 날 욕하는 그 자를 쳐다보았다. 비키는 숨을 삼키고 이어진 침묵을 듣고 있었다. 나는 일부러 비키에게 말을 건네 내가 바깥세상과 연결 중이라는 사실을 그 자에게 알렸다. 이후 간식을 마저 먹은 뒤 사이드 미러로 그 자의 움직임을 살피며 유유히 그곳을 벗어났다. '유유히'라고 했지만 사실 심장이 밖으로 터져 나올 듯한 기분이었다.

나쁜 의도를 지닌 사람임이 분명했다. 만약 내게 무슨 일이 생겼다면 비키 외에는 알아차릴 사람이 아무도 없었을 것이다. 비키는 내가 길을 잃고 연락이 끊겨 무슨 일이 있는지 자기가 알지 못하게 될 것을 가장 두려워했다. 내가 앓는 병 때문에 방향을 잃고 길을 잘못 들어 아무도 없는 곳에서 탈수로, 혹은 다리가 부러져 죽을까봐 걱정했다. 위급 상황시 옐로브릭 장비에 있는 빨간 단추를 누르면 위성 추적 업체에 내 정확한 위치와 위급 신호가 간다는 점만이 비키를 안심시켜주었다.

하지만 우리 중 아무도 내가 살해당할 수도 있다는 가능성을 염두에 두지 않았다. 혹시 아까 그 자가 악의를 갖고 다시 내 쪽으로 온다면 난 정말 난처했을 것이다. 총을 쏘거나 트럭으로 날 받아버리면 분명 망하는 거였다. 그 자의 모습이 작은 점이 될 때까지 사이드 미러로 계속 지켜보며, 비키에게는 몇 분마다 연락하며 속도를 내 그곳을 벗어났다. 그 자의 모습이 사라진 후에도 혹시라도 내 뒤를 쫓아올까봐 30여 킬로미터 정도는 경계하며 갔다. 옛 군대 동료들을 얼른 만나면 좋겠다는 생각만 하며 달렸다. 부대 위치를 알리는 첫 표지판을 발견하고 나서야 나는 안심이 되었다.

북미에서 근무한 적은 몇 번 있었지만 서필드 영국 육군 훈련 부대는 처음이었다. 이곳은 영국군이 장갑차와 탱크 훈련, 실전 훈련, 북극 군사 행동 등을 하는 전 세계에서 가장 큰 훈련 시설이었다. 또한 북미에 있는 모든 영국 부대로 보내는 우편물을 관리하는 영국 군사 우편국도 그곳에 있었다. 이 부대에 근무하는 옛 동료가 있을지 매우 궁금했다.

연쇄살인범이 내 뒤를 쫓고 있지 않다는 게 확실해지자 나는 앨버타주를 가능한 한 빨리 가로질렀다. '야생 장미의 고장'이라 불리는 주에 들어왔지만 장미는 단 한 송이도 볼 수 없었다. 하지만 서필드에서 멀리 떨어지지 않은 곳에서 군대 초기 시절부터 알고 지낸 옛 동료 마크 프레셔스를 만났다. 마크는 퇴역 후 캐나다 사람과 결혼해 메이플크리크라는 동네에 살고 있었는데 그곳에서 나는 피로를 좀 풀 수 있었다. 그런 뒤 영국 부대 근처에 사는, 내가 처음 모신 부대선임하사관 스탠 호그를 찾아가 짐을 풀었다.

내가 도착했을 때 스탠은 자기 집 정원에 있는 호숫가에 나무를 심고 있었다. 그중 한 그루는 내게 존경을 표하는 의미로 심겠다고 했다. 어쩌면 내가 나무 심는 걸 도와줄까 해서 듣기 좋은 말을 했는지도 모르겠다. 여하튼 스탠은 내게 물었다.

"나무에 이름을 붙이고 자네가 여기 올 때마다 잘 자라고 있는지 확인하면 좋을 듯한데, 무슨 이름을 붙이겠나?"

"그거야 당연히 구르카죠."

나는 씩 웃으며 답했다.

막사가 아닌 편안한 침대에서 자긴 했지만 부대에서 오랜 시간을 보내며 옛 동료들과 안부를 주고받고 새 동료들을 만나기도 했다. 영국 군사 우편국 앞에서 동료 몇몇과 사진을 찍기도 했다. 우편국에 비키가 보낸 편지와 통신비를 낮춰줄 심 카드가 도착했길 바랐지만 슬프게도 아직 도착하지 않았다. 하지만 장비 일부는 영국으로 돌려보낼 수 있어 다행이었다. 고프로 카메라는 최신 기술을 활용할 수 있다는 점에서 좋았지만 내가 효과적으로 사용할 수 있는 장비는 아니어서 거의 건드리지 않았다. 사진은 스마트폰으로 찍었기 때문에 카메라는 별도로 필요하지 않았다. 여분으로 갖고 있던 위성 내비게이션과 쓰지 않는 잡동사니 몇 개도 비키에게 보냈다.

서필드 영국 육군 훈련 부대에는 캐나다 출신 군인들도 많았기 때문에 원래 내가 알던 동료는 많지 않았지만 다들 내게 친절을 베풀어주었고 용기를 북돋아주었다. 예전처럼 육군 신분증이 있는 퇴역 군인이 부대에서 무료로 하룻밤 묵을 수 있었다면 아마 나는 더 많은 부대에 들렀을 것이다. 하지만 보안이 심해지면서 규정도 바뀌어 이제는 부대에서 밤을 보내는 게 불가능해졌고 슬프게도 마음이 맞는 동료들과 함께 시간을 보낼 수 없게 됐다. 군복 생활에서 내가 가장 그리워하는 것은 분명 동지애였지만 한편으로 그때의 생활은 어린 시절 4년간 지낸 아동보호시설을 떠올리게도 했다.

　무엇이 결국 어머니를 벼랑 끝으로 몰았는지 난 결코 알 수 없을 것이다. 그게 무엇이었든 에릭 아저씨가 우리 집에 온 다음 해에 어머니는 서둘러 사회복지사를 불러 토니 형과 날 데려가라고 하셨다. 형은 어머니 말을 듣지 않았고 나도 그땐 말썽을 좀 부리긴 했으니 어머니는 괴로우셨을 거다. 그에 비하면 누나와 리지는 천사였고 우리 꼬임에 넘어갔을 때에만 잘못을 저질렀다. 그 일 년간 형과 나는 거의 매일 밤 혼이 났지만 형은 뻔뻔하게도 집에 늦게 들어왔고 나는 계속해서 배수관을 타고 내려가 창틀에서 뛰어내려 강이나 숲으로 갔다. 그을린 피부색에 제멋대로 행동한 내게 〈타잔〉에 나오는 주인공 이름인 '자이'라는 별명이 붙었다. 어른이 된 지금도 고향 술집에 들리면 "왔어, 자이!"라고 인사하는 누군가를 만날 수 있다.

　난 분명 반항도 하고 몰래 도망치기도 했으며 심부름도 거부했다. 어머니가 뭘 하라고 시켜도 내빼기만 했다. 날 훈육한다는 건 불가능에 가까운 일이었지만 변명을 하자면 난 체육 때문이라도 결석하지 않고 매일 등교했다.

　토니 형이 먼저 집을 떠났다. 형이 14살이었을 때 그냥 그렇게 사라졌고 아무도 그 이유를 묻지 못했다. 형은 아동보호시설에서 지내다가 맨체스터에 사는 독실한 기독교 중년 부부의 집에 입양됐다. 이후 형과의 연락은 완전히 끊겼다. 발 골딩 아주머니 말에 따르면 어머니는 글을 읽고 쓰는 데 서툴렀고 그들이 형을 완전히 데려갔다는 걸 모르셨다.

"도러시가 나중에 말하길 어디에 서명하긴 했는데 내용이 뭔지 몰랐고 시간이 지나서야 그 사람들이 토니를 아예 데려갔다는 걸 알게 됐대. 도러시는 엄청 화를 냈고 사회 제도가 자길 배신했다고 생각했어."

반면에 형은 살짝 다르게 기억했다. 형의 운명이 정해진 법정 심문에 어머니가 직접 나오셨다고 했다. 어느 게 진실이든 어머니는, 우리 가족 모두는, 그때 그렇게 형을 잃었다. 한때 사랑스러웠던 맏이는 집으로 돌아오지 못했다.

형이 사라졌다는 사실에 특별히 충격을 받았다는 기억은 없다. 오래전부터 형은 자기 혼자만의 삶을 살았기 때문에 형이 그립다는 느낌은 없었다. 늘 자기 방식대로 살아온 형이 궁금했고 형과 친해지고 싶다는 마음이 들기는 했다. 하지만 나는 누나와 리지와 훨씬 더 친하게 지냈다. 특히 리지와는 같은 학교를 다녀서 더 가깝게 지냈다.

내가 충격을 받은 건 형이 보내진 후 바로 나도 집에서 나가게 된 일이었다. 12살인 내게 미리 얘기해준 사람은 아무도 없었다. 낡아서 곧 허물게 될 그 집은 내게 유일한 집이었다. 무법자 같은 나와 더는 지낼 수 없다고 어머니와 에릭 아저씨가 결심하기 전까지 말이다. 어느 날 남자 사회복지사 두 명이 들어와 날 현관문 밖으로 데려갔고 어머니는 조용히 지켜보고만 계셨다. 잔뜩 겁에 질린 채, 그 사람들이 모는 차 뒷자석에 앉아 우리 집이 있던 작은 길을 빠져나가던 장면이 내게 가장 슬픈 유년 시절의 기억이다. 그전에는 동네를 벗어난 적이 거의 없었다. 그곳은 내가 아는 세상의 전부였다. 날 어디로 데려가는지, 어떤 곳일지 궁금했다. 괴롭힘을 당할까? 아니면 더 심한 일을 당하게 될까? 토니 형도 거기 있을까? 집에는 언제 돌아가게 될까?

내가 도착한 곳은 집에서 2킬로미터도 채 떨어지지 않은 보던 마을 랭함거리에 있는 비치마운트라는 아동보호시설이었다. 지금은 세련된 건물이 서 있지만 당시에는 범죄를 저지른 아이들이 가는 곳이었다. 그곳 직원은 날 등록하고 검사한 후 아이들로 가득한 방에 넣고 나갔다. 나는 불안에 떨며 주위를 살폈다. 거기서 그들과 어울리며 지내는 거 외엔 다른 도리가 없었다.

처음에는 무서웠지만 그곳에서 지내는 건 생각보다 나쁘지 않았다. 아니, 여러 면에서 집보다 나았다. 건물은 따뜻했고 습기도 없었으며 깨끗했다. 매일 따뜻한 음식을 먹을 수도 있었다. 그곳 아이들은 어울릴 만한 최고의 상대는 아니었지만 사실 아무 잘못도 저지르지 않았는데 오게 된 아이들도 많았다. 요크셔의 토막 살인범으로 알려진 피터 섯클리프의 손에 어머니가 죽어 오게 된 아이도 있었다. 나는 가장 어리기도 했고 키가 150센티미터도 되지 않아 제일 작았지만, 놀림의 대상이 된 적은 한 번도 없었다. 곤란

한 상황이 닥쳐도 뻔뻔하게 피할 수 있었기 때문인 것 같다. 어른이 되어 170센티미터라는 아찔한 키로 자란 후에도 내 몸집은 적의 공격 대상이 되기에는 너무 작다고 농담을 하곤 했다.

비치마운트에 있는 아이들과 꽤 빨리 친해졌지만 도착한 지 2주 만에 나는 앨트린챔 반대편 세일에 있는 훨씬 큰 노던덴 로드라는 보호시설로 옮겨졌다. 그 시설은 건물 두 채로 아이들 서른 명을 수용했다. 역시 초반에는 매우 불안했지만 나름 괜찮은 곳이었다. 그곳에 있던 2년간 난 예전 학교로 매일 등교할 수 있어서 소외감을 줄일 수 있었고 쉬는 시간에는 리지도 볼 수 있었다. 날 내보낸 어머니께 화가 난 적은 없었다. 어머니를 향한 감정은 대부분 안쓰러움이었다. 화가 났다기보다는 수업이 끝난 후 바로 보호시설로 돌아가야 해서, 학교 친구들과 축구를 하거나 강에 가서 해적 놀이를 할 수 없게 되었다는 것이 짜증 났다.

어머니는 영구적으로 나를 입양 보낸다는 서류에 서명하지 않았고 나를 한두 번 찾아와 집으로 가고 싶으냐고 물어보기도 하셨다. 나는 가지 않겠다고 했다. 에릭 아저씨를 좋아하지 않았고 내가 보호시설에서 지내게 된 것은 아저씨 탓이라고 여겼다. 얼마 후 어머니는 집에 돌아가고 싶으냐고 묻는 걸 그만두셨고 이후 날 찾아오지도 않으셨다.

집이 너무 그리워질 때마다 나는 보호시설에서 빠져나와 며칠 친구들과 지내거나 리지를 보러 갔다. 경찰은 날 찾으러 다녔지만 나는 시에서 대여해주는 농장에 숨거나 친구네 집에서 비디오를 보며 시간을 때웠다. 별다른 의심을 하지 않은 친구의 부모는 내가 실종됐다는 사실을 전혀 모르고 있었다. 한번은 우리 집 맞은편에 있는 집 창고에서 두어 밤을 지냈고 리지는 샌드위치와 탄산음료를 가지고 몰래 날 보러 오기도 했다. 나와 같이 있으면서 내 이야기를 들으려고 뭐든 했을 것이다. 11살이었던 리지는 날 무척이나 그리워했다. 친구들과 어울리는 것을 즐길 만큼 나이가 든 에인지 누나는 리지를 집에 혼자 두곤 했다. 게다가 어머니와 에릭 아저씨 사이에는 한 살 배기 이부 여동생 앨리슨이 있었다. 시의회에서 우리 동네를 재건축하기로 결정하자 나의 가족은 15킬로미터 떨어진 올드필드 브라우에 있는 주택조합건물로 이사 갔다.

아동보호시설에서 내가 배불리 밥을 먹으며 지내는 걸 본 리지는 샘을 냈다. 화학섬유로 만든 최신 운동복도 엄청 부러워해서 나는 바로 벗어주었다. 어차피 새 옷을 또 받을 수 있기 때문이다.

"엄마한테 나도 보호시설로 보내달라고 계속 졸랐어. 오빠는 거기서 아주 행복하게 잘 지내는 거 같았으니까."

리지가 나중에 말했다.

하지만 나는 리지에게 다들 너무 그리워 지독히도 슬펐던 밤이 있었다는 말을 한 번도 하지 않았다. 지켜야 할 모든 규정이 얼마나 짜증 나는지, 닐, 크레이그와 축구도 못하고 장난도 못 치는 상황이 얼마나 싫었는지는 말해주지 않았다. 닐과 마찬가지로 크레이그도 우리 집 근처 볼린 애비뉴에 살았다. 낙천적인 아이로 우리와 금방 친해졌다. 나는 늘 보호시설에 있어야만 하는 게 정말로 싫었다. 사춘기를 거치면서 온갖 감정이 복잡하게 얽힌 시기에는 특히 더 힘들었다. 하지만 내겐 본을 받을 만한 대상이 필요했다. 시설에서 만난 남자 직원 대부분 내게 잘해주었고 엄하게 대한 적도 없기 때문에 난 운이 좋았다고 할 수 있겠다.

노던덴 로드에 도착한 지 얼마 되지 않은 어느 날 처음으로 날 찾는 전화가 왔다. 요즘에는 드문 일이지만 당시 난 전화기를 한 번도 사용한 적이 없었고 뭘 어떻게 해야 할지 몰랐다. 매우 조심스럽게 수화기를 들고 귀에 갖다 대니 선을 따라 어떤 목소리가 들려왔다.

"여보세요? 크리스니?"

"여보세요?"

전쟁 영화에서 본 워키토키 같은 장비에 말을 하자니 조금은 두려웠다. 하마터면 말 끝에 '오버'라고 붙일 뻔했다.

"나 토니야."

육체가 없는 목소리가 말했다.

"누구요?"

"토니라고 이 바보야. 네 형."

"아… 안녕."

"네가 거기 있다고 누가 알려주길래 잘 지내는지 궁금해서 전화했어."

"아… 그래."

"그래, 잘 지내는 거야?"

"으, 응. 잘 지내."

"그래."

긴 침묵이 이어졌다. 형이 다시 말했다.

"너만 괜찮으면 다시 전화할게. 그냥 어떻게 지내나 보려고….".

"응… 좋아."

"그래. 그럼 안녕."

"안녕…."

형이 전화를 끊은 뒤에도 나는 수화기를 쥔 채 한참을 있었다. 전화 거는 법을 아는 건 아니었지만 형에게 전화해도 되는지 물어볼 생각을 못했다는 게 아쉬웠다. 형은 말한 것처럼 한 달에 한 번 정도 전화를 해 내 안부를 물었다. 그제야 형이 실은 나와 친해지고 싶어 한다는 것을 깨달았고 마음속 따뜻한 감정을 처음 느꼈다.

당시 형은 계속 맨체스터에 살면서 스트레포드 몰에 있는 게이트웨이 슈퍼마켓에서 일했다. 하루는 학교 점심시간에 리지와 함께 형을 보러 가기도 했다. 형은 반가운 눈치였고 그날 우리는 토니 형이 사는 아파트에도 갔다.

그 후 얼마 지나지 않아서 나는 자전거 한 대를 훔쳐 형에게 주었다. 형이 더 편하게 다녔으면 했고 어쩌면 자전거로 날 보러 올 수도 있지 않을까 해서였다. 이렇게 우리가 더 친하게 된 것에 형은 기뻐할 거라 생각했다. 하지만 훔친 물건이라는 것을 알아차렸고 양부모 덕에 기독교인이 된 형은 내게 꺼지라고 했다. 그렇게 형은 사라졌다. 형이 새 가족과 포이스주에 있는 뉴타운으로 이사 갔다는 소식은 나중에 들었다. 18살에 형은 그곳 교회 청년회에서 미래의 부인이 될 젠을 만났다. 형은 반항하는 십대의 모습을 버리고 동네 작은 슈퍼마켓에 일자리를 얻었다. 어머니가 에릭 아저씨와 웨일즈로 캠핑을 갔다가 뭘 사려고 잠깐 들린 슈퍼마켓에서 계산을 하려다가 신기하게도 토니 형과 마주하게 되었다.

형은 자기를 내보낸 어머니를 용서하기까지 오랜 시간이 걸렸고 1995년 1월 결혼했을 때에도 어머니를 초대하지 않았다. 하지만 결국에는 형의 방식으로 어머니를 용서했다고 난 생각한다.

노던덴 로드에서 2년 지낸 후 나는 스트레포드에 있는 마플그로브 아동보호시설로 옮겨져 집에서 더 멀어졌다. 거기서 난 매일 두 번 긴 시간 버스를 타고 학교에 다녔다. 하지만 시설을 옮기고 나서 좋은 일도 있었다. 첫 번째 좋은 일은 유니콘이라는 지방 축구팀에 들어가게 된 것이었다. 데릭 헤일 감독이 날 무척 마음에 들어해서 하교 후 날 데리러 왔다가 축구 훈련 후 보호시설로 데려다주겠다고 나섰다. 그렇게 해주는 사람이 없다면 축구팀에 들어가지 못했기 때문이다. 나는 무척 기뻤다. 게다가 그 팀에는 닐도 있어서 우리는 다시 어울릴 수 있었다.

다음으로 생긴 좋은 일은 축구 시합 중 싸움에 휘말려 팀에서 쫓겨났지만 세일에 있는 육군사관학교에 입학한 것이다. 마침내 그곳에서 나는 그동안 바라왔던 질서와 규율을 접할 수 있었고 포클랜드 전쟁 시절부터 간절히 입고 싶었던 카키 군복을 입을 수 있었다. 나는 군사 훈련을 통해 학교에서 가르쳐준 것을 전부 흡수했다. 무기 체계를 공부했고 여러 계급도 외웠다. 예전과는 다르게 군화에 광을 내기도 했고 장비 관리에 신경 쓰기도 했다. 크로스컨트리 달리기 경주에 참여도 해보고 여러 부대를 방문해 새로운 경험을 해보기도 했다. 코흘리개 소년으로 입대한 날부터 어른이 되어 퇴역한 날까지 나는 군대에서 보낸 삶을 사랑했다.

군대에서 보낸 수십 년간 굉장한 자부심을 안고 군복을 입었기에 군복을 벗고 군대를 떠나 있자니 여전히 매우 낯설다. 캐나다 서필드 영국 육군 훈련부대에 와서 군인들에 둘러싸여 지낼 수 있어서 매우 좋으면서도 그간 그리웠던 생활이 기억나 씁쓸했다. 훌륭히 대접해준 멋진 동료들과 며칠 보내고 나니 다시 길 위에 서서 혼자만의 모험을 할 준비가 되었다.

확신이 서지 않아도 버티자.

5

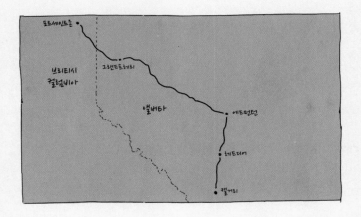

우울하거나 앞날이 어두워 보인다면 …
희망조차 품을 가치가 없다고 느껴진다면,
자전거에 올라 길을 따라 달려 보라.
달리는 것 외엔 아무 생각하지 말고.

아서 코넌 도일 경

캐나다 앨버타주, 캐나다 횡단고속도로

2015/6/13 _____

나무 외엔 본 게 없는 상태로 몇 주를 보내고 나니 캐나다 중부 평원이 나타났다. 옥수수 밭은 눈길이 미치는 곳까지 넓게 펼쳐져 있었고 발길을 옮겨도 멀리 농장과 높이 선 곡물 저장고가 드문드문 찍힌 점처럼 보이는 밭은 계속 이어졌다.

대자연이 나를 어디로 내몰려고 했든 이곳은 험한 날씨를 피할 곳도, 잠시 쉴 공간도 없는 그런 지형이었다. 사실 서필드 영국 육군 훈련 부대에서 출발한 후 궂은 날씨가 며칠 이어졌는데 상황이 하도 심하다 보니 비키는 다시 쉬었다가 가라고 했다.

"자신을 너무 밀어붙이지 마. 지금 쉬지 않으면 내일은 한 발짝도 움직이지 못하는 수가 있어."

비키가 꾸짖었다. 나는 좀 더 가겠다고 늘 고집을 부렸기 때문에 우리는 때로 말다툼을 하기도 했다. 하지만 쉬어가라는 비키의 말은 보통 맞았고 그 말을 듣고 나서야 내가 얼마나 지쳤는지 알아차리곤 했다. 매번 비키의 말을 잘 듣는 나는 시키는 대로 다음 야영장에 자리를 잡았다. 그곳에서 이런 글도 올렸다.

"맞바람이 세게 불고 폭우가 쏟아지는 바람에 어쩔 수 없이 오늘은 임시 휴일로 삼고 날이 갤 때까지 이곳에서 기다리기로 했다. 같은 상황이었던 어제는 종일 달렸지만 말이다. 때론 땀을 억지로 쥐어짜낼 필요가 없다!"

쥐어짠다는 표현이 나와서 하는 말인데 비키나 나나 예상하지 못한 아주 고통스러운 문제가 발생했다. 며칠 전부터 아랫도리가 마비된 듯한 느낌이 들었다. 다리를 움직일 때마다 피부가 속옷 솔기에 스쳐서 아팠기 때문에 일정 초반부터 속옷 없이 사이클용 바지만 입었다. (원래 사이클용 바지는 속옷 없이 입어도 된다!) 문제는 일정 시작 후 한 3주 후부터 소변을 보려고 하면 시원하게 볼일을 보지 못하고 소변이 뚝뚝 떨어지기만 했다. 그런 상태가 계속되는 와중에 목을 축이기 위해 물을 더 마시게 되니 고통은 괴로울 만큼 심해졌다.

"나 죽을 정도로 아파. 뭔가 심각한 병에 걸린 거 아닐까."

비키에게 문자를 보냈다.

"인터넷으로 찾아볼게."

몇 분이 지나 비키는 내게 전화를 걸어 어떤 증상이며 이유는 무엇인지 생생하게 설명한 웹사이트 내용을 읽어주었다.

"전립선염이래. 일명 '자전거 타는 사람들 증후군'이라고도 하지. 종일 안장에 앉아 있으면 전립선에 있는 음부 신경이 짓눌려서 생기는 거래. 치료하지 않으면 발기 부전, 성기 염증, 성관계 후 고통으로 이어지며…."

"그만! 그래서 어떻게 하래?"

겁에 질린 내가 소리쳤다.

"당장 자전거 수리점에 가서 안장 바꿔."

비키는 가장 가까운 자전거 수리점 주소를 문자로 보내주었다. 서쪽으로 50여 킬로미터 떨어진 곳이었다. 나는 노인처럼 비틀거리며 가능한 한 빨리 달렸다.

전혀 동요하지 않은 수리점 직원이 유쾌하게 말했다.

"네, 같은 문제로 안장을 교체하러 오는 분들은 늘 있죠. 말씀하신 것처럼 자전거를 오래 타셔야 한다면 가운데가 파진 안장을 쓰시면 됩니다."

"여기서 살 수 있나요?"

나는 다리를 비비꼬며 물었다.

"그럼요."

직원은 이상하게 생긴 안장을 꺼내 보이며 답했다.

"이걸로 교체해드릴 테니 가서서 욕조에 뜨거운 물을 받아 오래 들어가 계세요. 그런 뒤 볼일을 보시면 아마 해결될 겁니다."

감사하게도 그 말이 맞았고 가까운 모텔에서 나는 이 문제를 해결할 수 있었다. 살면서 그토록 열렬하게 안도한 적은 없는 듯하다.

기다란 구멍이 난, 특별 제작된 안장 덕에 편안해진 아랫도리와 함께 나는 바로 도로 위로 돌아갔다. 마치 공기로 만든 방석 위에 둥둥 떠다니는 기분이었다. 음악을 틀어보니 로비 윌리엄스의 〈양쪽으로 흔들흔들Swings Both Ways〉이 나와 크게 웃었다. 암, 그렇고 말고!

캘거리 시의 고층건물을 뒤로 하고 나는 눈으로 덮였지만 아직은 흐릿하게 보이는 로키 산맥을 향해 스키 초보자용 코스를 따라 달렸다. 브레이크가 고장이 나 레드디어라는 동네로 절뚝거리며 들어가 부품 몇 개를 교체해야 했지만 기분 좋게 위기를 넘겼고, 정상에 오르고 싶은 욕망과 함께 다시 길 위에 올랐다.

여정 중 내게 처음으로 깊은 감명을 준 풍경은 땅에서 하늘로 치솟아 오른 산의 모습이다. 멈춰서 사진 몇 장을 찍기도 했지만 그 모습을 제대로 담지는 못했다. 매우 환상적이었다고 밖에는 표현할 방법이 없다. 살아있다는 것에 감사한 마음이 들게 한 경치였다. 이 세상 제일 꼭대기에 있는 듯한 투명한 하늘과 아름다운 그 모든 것을 바라보고 있자니 서둘러 산으로 올라가고 싶었다. 스스로 겸손해지는 기분이었다. 몇 시간 모든 감각이 압도당하는 경험을 했으면서도 새로운 경치가 나올 때마다 나도 모르게 발길을 멈추게 되어 좀 우습기도 했다. 이런 식으로는 아무 데도 도착하지 못할 거였다.

캘거리 부근에서 나는 북쪽으로 방향을 바꿔 에드먼턴을 향했다. '백야의 땅'이라고 불리는 유콘주로 갈 차례였다. 장엄한 로키산맥의 동쪽을 따라 달리다가 해발 천 미터에 위치한 '알래스카의 출입구'인 유리카 로드하우스라는 작은 마을에서 산맥을 가로지를 계획이었다. 이 구간의 최종 목적지는 앵커리지에서 '마지막 개척지'라는 애칭이 붙은 주 안으로 3천3백 킬로미터, 즉 몇 주는 가야 도착할 곳에 있었다.

6월 중순 나는 에드먼턴에서 약 650킬로미터 떨어진 외딴 곳에서 상황 보고용 동영상을 올렸다.

"안녕하세요. 지금 전 140킬로미터 정도 떨어진 포트세인트존으로 가는 중입니다. 날씨는 나쁘지 않지만 뒤로 보이는 것처럼 구름이 몰려오고 있네요. 오늘 브리티시컬럼비아주로 들어갑니다. 시간대가 바뀌는 거죠. 비가 오지 않았으면 좋겠어요. 그럼, 다음에 뵙죠. 안녕!"

다음 날 비키와 통화하며 이 자전거 타기 놀이가 얼마나 쉬운지 큰소리쳤더니 비키는 좀 있으면 밴쿠버에서 덱스터와 자기를 만나기로 되어 있다는 사실을 바로 상기시켜주었다. 계속해서 기운을 낼 수 있도록, 또 내가 잘 지내고 있는지 비키가 확인할 수 있도록 처음부터 계획한 일정이었다.

"하하, 최대한 즐기고 있어. 5주 후면 생후 5개월 된 자기 복제아기 돌보느라 정신없을 테니까!"

그날만 손꼽아 기다리는 중이다.

늘 날 응원해주는 가족과 친구들이지만 기나긴 자전거 일주를 하는 동안 이들로부터 엄청난 격려 메시지를 받았다. 누나와 리지는 놀라울 정도로 날 지지해주었고 닐 데드맨은 이런 글을 남기기도 했다.

"힘내, 친구. 모두 널 굉장히 자랑스러워하고 일정을 진행할 때마다 지켜보고 있어. 계속해서 소식 알려주고 재미없는 동영상도 올려줘! 많은 사람에게 넌 영웅이야. 네가 내 친구라는 게 자랑스러워! 그러니 어서 페달을 밟으라고!"

글을 읽고 난 웃음을 터뜨렸다.

"닐, 축구 시즌 시작에 맞춰서 돌아가고 싶어."

진짜였다. 맨체스터 유나이티드 경기를 보지 못한 지 수개월이 지났다. 한 번 빨간 팀이면….

휴식을 취하려고 들린 곳에서 나는 세면대를 이용해 옷을 빨아 땀과 소금기를 씻어냈다. 빨래한 옷은 젖은 채로 입든 말려서 입든 딱히 차이가 없었다. 옷이 말랐다고 해도 곧 땀에 젖을 거였고 옷을 젖은 채로 입어도 날이 더우면 몇 분 내로 말랐기 때문이다. 나는 텐트와 피크닉 테이블 위에 널어놓은 빨래 사진을 찍어 올렸다.

"자전거로 여행하는 사람의 일은 끝이 없군. 손빨래를 해야 한다니! 쇼킹해. 난 이런 일에 소질 없는데 말이야."

비키가 댓글을 달았다.

"다음 달에 내가 갈 때까지 빨랫감을 모아두는 거 아냐?"

학창시절 친구 레이철도 덧붙였다.

"빨래할 때도 됐지. 냄새가 여기까지 나더라고."

주요 목적지를 잇는 기나긴 도로를 지나는 동안에는 열심히 자전거 바퀴를 굴리는 일밖엔 할 게 없었다. 거친 맞바람 때문에 안장 위에서 힘든 며칠을 보내야 할 때도 있었다. 끈적끈적한 더위와 폭우, 게다가 쉴 새 없이 괴롭히는 벌레도 마주해야 했다. 억수로 쏟아지는 비에 옷이 젖지 않도록 말 그대로 홀라당 벗어 가방에 넣어야 할 때도 있었다. 자갈 크기의 우박이 날아와 날 때릴 때도 있었다. 나무 위에 쏟아져 잎사귀를 투두둑 떨어뜨릴 정도로 큰 우박도 내렸다. 번개를 피할 만한 지붕이 거의 없어서 나는 반쯤 벌거숭이 상태로 (금속!) 자전거 옆에 서서 번개에 맞지 않게 해달라고 기도하기도 했다. 하지만 내게 정해진 불운은 이미 닥친 게 아닌가,라는 생각이 들기도 했다.

자전거에서 날 떨어뜨릴 듯한 강풍도 계속해서 괴롭혔다. 실제로 한두 번 넘어지기도 했다. 발을 페달에 끼고 달릴 때 극히 위험한 상황이었다. 이미 엉덩이엔 군데군데 상처가 났고 다리에도 긁힌 자국이 나 있었다. 뿐만 아니라 바람에 실려 온 벌레와 모래알이 두 눈을 찌르는 느낌은 마치 작은 돌멩이로 세게 맞는 고통과 같았다. 결국 선글라스를 쓰기 시작했고, 나중에는 방탄 고글까지 받아서 쓰게 됐다.

비키는 매일 일기예보뿐만 아니라 풍속, 풍향도 확인해주었고 그날 내가 마주할 상황이 어떨지도 예측해주었다. 여러 정보를 소화해야 하는 어려운 일을 갑자기 맡게 된 것이다.

"오늘은 80킬로미터밖에 가지 못할 거야. 앞에 가파르게 경사진 곳이 나오고 맞바람도 불 테니까."

완벽할 것처럼 보인 어느 날, 잘 가고 있는데 비키가 멈추라고 했다.

"슈퍼셀 구름이 모이고 있어. 60킬로미터 정도 가면 바로 맞닥뜨리게 될 거야. 중간에 쉴 만한 곳도 야영장도 없어. 그냥 지금 멈춰."

날씨가 갑작스레 바뀔 것에 대비해야 한다는 건 알고 있었지만 그날 내 시야에 들어온 하늘은 맑았고 시간을 지체하기 싫었기 때문에 그 말에 심술이 났다. 하지만 비키의 말을 들어야 했기에 알았다고 했다. 물론 비키의 예상이 맞았다. 비키는 우리 팀의 머리 역할을 했고 나야 자전거를 타는 원숭이일 뿐이었다. 사실 비키가 앞을 예상하고 일정을 조정해준 덕에 나는 한두 번밖에 고생하지 않았다. 그것도 바람이나 벌레 탓이었으니 어차피 비키가 해결해줄 수 있는 문제는 아니었다. 여정 대부분을 나는 다양한 나라에서 다양한 시대를 보낸, 삶의 다양한 추억을 불러일으키는 음악을 듣고 자연과 교감하며 매우 차분하게 보냈다.

다니면서 나는 거의 소음을 내지 않았기 때문에 야생 동물을 훨씬 많이 볼 수 있었다. 아마 차로 다녔다면 그러지 못했을 것이다. 동물들이 나를 발견하기 훨씬 전에 내가 먼저 무스, 흑곰, 사슴 등을 발견했고 그들이 내가 근처에 있다는 걸 알아차렸을 때에는, 나는 이미 획 하고 지나간 상태였다. 뒤에서 뭐가 다가오는지 알려주는 사이드 미러도 얼마나 고마운지 모른다. 꽁무니에 바짝 붙어 있는 회색곰은 결코 내가 원하는 것이 아니기 때문이다. 어디서 읽었는데 회색곰은 마음만 먹으면 시속 50킬로미터 넘는 속도로 달릴 수 있다고 한다. 나는 자전거 위에 차려진 음식이 되고 싶지 않았다.

밖에서 잘 땐 야생 동물을 훨씬 더 경계해야 했다. 특히 음식을 찾으러 오는 녀석들을 굉장히 조심해야 했다. 그래서 텐트에서 몇 미터 떨어진 나무가지에 줄을 잇고 음식을 담은 바구니를 걸어두라는, 다들 시험 삼아 따르는 조언을 나도 시도해보았다. 걱정됐던 점은 내가 워낙 누가 업어 가도 모를 정도로 깊게 자는 편이기 때문에 포식자가 날 덮치기 전에는 아무런 소리도 듣지 못할 거라는 사실이었다. 한 번은 아무도 없는 어느 야영장에서 밤을 보내고 다음 날 아침에 일어났더니 가까이에 있던 커다란 상업용 쓰레기통이 완전히 뒤집어져 엉망이 되어 있었다. 그런 짓을 할 만한 동물은 곰, 그것도 아주 큰 곰이었을 텐데 나는 아무것도 듣지 못했다.

이차선 고속도로 위에서 모퉁이를 돌다가 양쪽에 무리지어 있는 아메리카들소 떼를 만난 적도 있다. 일반 소보다 덩치가 크고 바이킹 스타일 뿔이 있는데다 위협적으로 콧김을 부는 털투성이 짐승들이 도로 양쪽 풀밭에서 풀을 뜯고 있었다. 미처 알아차리기도 전에 나는 무리 사이에 있었다. 발길을 멈추고 들소 떼가 다른 곳으로 이동할 때까지 기다리는 방법도 고려해봤지만 이들은 아주 만족스러워 보였고 다른 데로 갈 생각이 없는 듯했다. 들소 떼가 놀라지 않도록 시속 2킬로미터 이하로 바로 속도를 줄였지만 전부 동시에 머리를 들었다. 나는 조용히 발이 고정된 페달을 풀어 넘어질 경우 바로 일어나 달릴 수 있도록 준비했다. 그리고 양 옆을 살피며 계속해서 아주 천천히 들소 떼 사이를 지나갔다. 새끼들소도 여러 마리 보였는데 새끼와 어미 사이를 지나지 않도록 조심했다. 하지만 모두 매우 가까이에 있다 보니 이들의 냄새를 맡을 수도 있었고 풀내음 섞인 따뜻한 입김까지 느낄 수 있을 정도였다.

속도를 조금 내기 시작하니 들소 몇 마리가 나를 따라 역시 속도를 올리기 시작해 좀 겁이 났다. 더 빨리 달리니 들소 떼는 나를 따라 나란히 달렸다. 시속 8킬로미터 정도로 속도를 올리자 들소들은 발굽으로 땅을 두드리고 커다란 먼지 구름을 일으키며 말 그대로 네 발을 땅에서 모두 뗄 정도로 뛰기 시작했다. 초현실적인 경험이었다. 들소들은 마치 나를 그들 무리 중 한 마리라고 여기는 것 같았다. 들소 떼는 나와 함께 90미터 정도 뛰더니 결국 포기했다. 사이드 미러로 들소 떼가 물러나는 모습을 보며 난 안도했다. 끔찍한 결과가 날 수도 있었던 만남이었지만 이상하게도 신비로웠다.

외딴 곳에서 노숙을 하고 일어난 어느 날 아침, 다른 동물을 가까이서 보는 경험도 했다. 평소처럼 나는 차를 우려 마신 후 출발하려고 일찍 일어났다. 새벽 햇살을 받으며 텐트 밖에 앉아 있는데 다람쥐 한 마리가 겁도 없이 다가와 궁둥이를 깔고 앉은 뒤 나를 쳐다봤다. 너구리 몇 마리를 본 적도 있고 도로 위에서는 스컹크인 듯한 동물을 한 번 본 적도 있지만 선덜랜드 축구팀 유니폼을 입은 듯한 야생 다람쥐를 이렇게 가까이서 본 것은 처음이었다.

내가 너무 오래 혼자 지낸 탓이었겠지만 그 짧은 시간 이 녀석과 일종의 교감을 나눈 듯한 느낌을 받았다. 우리는 서로의 눈에 시선을 고정했다. 나는 아무런 말도 하지 않았지만 그렇게 앉은 채로 수염을 실룩이며 날 쳐다보는 이 작은 녀석이 무슨 생각을 하고 있을지 무척이나 궁금했다. 내가 녀석의 마음 가장 깊은 곳을 들여다보려는 동안 녀석은 갑자기 앞으로 돌진하더니 내 귀중한 얼그레이 티백 하나를 휙 낚아채고는 달아났다! 난 웃을 수밖에 없었다. 티백을 꼬챙이에 껴서 녀석을 요리해 아침으로 먹었어야 했다는 후회를 하기는 했지만 말이다.

차를 좋아하지 않는 군인을 난 한 번도 만난 적이 없으며 나 역시 군대에 가서 차를 좋아하게 되었다. 그렇다고 맨체스터 파운틴 가에 위치한 직업군인관리소에서 인력 모집 담당자가 차 한 잔을 주며 날 환영해준 것은 아니다. 1991년, 만 15살 반이었지만 훨씬 어려 보이는 얼굴로 그곳을 찾아갔을 때 그곳 직원들은 당황해하며 내게 전단지 몇 장을 주고는 좀 더 나이 들어서 오라고 말했다. 군인이 되고 싶은 내 욕망을 분명히 드러냈지만 나는 열여섯 번째 생일까지 기다렸다가 아동보호시설에서 근무하는 사회복지사와 함께 법적으로 군대에 지원할 수 있는 나이가 됐다는 증명 서류를 가지고 다시 그곳을 찾아가야 했다.

학창 시절 남에게 얘기하지는 않았지만 나는 해군이나 낙하산 부대 특공대원이 되고 싶었다. 포클랜드 전쟁 때 우리 군이 발 빠른 대처로 이기는 걸 보면서 군을 향한 나의 관심은 치솟았고 초록색 베레모, 영국 특공대원만 쓸 수 있는 군모를 쓰겠다고 굳게 다짐했다. 사관학교에 다니던 시절에는 여러 정예군을 다루는 책을 엄청 읽기도 했다. 하지만 먹을거리를 고를 처지는 아니었고 결정해야 할 시각은 점점 다가왔다. 곧 고등학교를 졸업할 테고 마플 그로브 아동보호시설에서 나와 나 같은 애들이 가는 사회복지시설로 옮겨질 예정이었다. 이는 내가 원하는 바가 아니었고 집으로 돌아가 에릭 아저씨와 어머니와 함께 살 생각도 없었다.

주니어리더스라는 영국군 청소년 훈련 연대에 등록하면 사실상 바로 군대에 지원할 수 있다는 정보를 받았다. 하지만 제도가 바뀌고 있기 때문에 왕립 공병으로만 지원할 수 있다고 했다. 그렇지 않으면 6개월을 기다려야 했다. 나는 단 하루도 지체하고 싶지 않았다.

"특공대원 과정을 이수할 수는 없나요?"

"나중에 그런 기회는 많이 생길 거야."

내게는 선택권이 별로 없었다. 난 입대 허락을 받으러 어머니를 찾아갔다.

"네가 정말 원한다면야."

어머니의 답이었다. 내가 졸업 후 백수로 지내지 않고 무언가 할 계획을 세워놨다는 게 어머니는 다행이었을 것이다. 어머니는 내 결정을 격려해주시면서 관련 서류에 서명하셨고 나는 신체검사를 받은 후 필요한 시험을 치렀다. 시험은 늘 그랬듯 체력보다 학문 쪽이 훨씬 어려웠지만 열심히 집중해 문제를 풀었고 가까스로 합격했다. 합격하자마자 친구 닐을 끌고 가 같이 등록하자고 꾀려고 했지만 군 생활이 닐에게 맞지 않다는 것은 우리 둘 다 알고 있었다. 난 혼자 남았다.

얼마 지나지 않아 입대 날짜가 1992년 6월 29일로 정해졌다. 어머니는 맨체스터 피커딜리역에서 울먹이며 날 배웅하셨다. 수년간 어머니와 함께 살지도 않았는데 눈물을 보인다는 게 이상하다고 냉담하게 생각했던 게 떠오른다. 하지만 그 무엇도 쳅스토로 가는 기차를 타고 군대 생활을 시작할 내가 느끼는 흥분을 꺾지는 못했다.

버밍엄뉴스트리트에서 열차를 갈아탄 다음 객차 안을 둘러보니 더플 백을 든 십대 소년들이 여럿 보였다. 나는 바로 그들에게 다가가 내 소개를 했다. 그날 사귄 친구들 중 몇 명과는 지금까지도 잘 지내고 있다. 늘 그랬듯 무리 중 내가 키가 제일 작았고 발육이 더딘 탓에 나만 수염이 없었다. 첫 주에 세면하고 면도하는 법을 배웠지만, 그때서야 음모가 자라기 시작한 나는 면도할 거라고는 아무것도 없었다!

나는 즉시 군 생활에 익숙해졌고 짧은 옆머리와 뒷머리에 무스를 바르는 내 유명한 헤어스타일도 기꺼이 포기했다. 처음 배운 것은 개별 군인 신원을 확인하거나 장소를 확인하는 데 사용하는 콜 사인이었다. 내 콜 사인이 HO1(호텔 오스카 원)이라면 이 HO1이 HQ(아무개)에게 연락해 자기 항해 위치(현재 장소)는 M23(맨체스터)이며 L21(런던)으로 가는 중이라고 얘기하는 식이다. 모두 이를 익힌 후 서로를 개별 콜 사인으로 부르거나 콜 사인으로 대화하는 게 일상이 되었다.

다른 새로운 일상은 일요일마다 교회에 나가라는 지시를 받은 것이다. 나는 교회에 가본 적이 없었고 그보다는 밖에서 뛰어 놀거나 축구를 하는 편이 훨씬 좋았다. 하지만 교회에서 찬송가를 부르는 것은 좋았다. 목청껏 부르다 보면 혹시 토니 형도 교회에서 가장 좋아하는 게 찬송가 부르기가 아닐까 궁금해지곤 했다.

10개월간 나는 담당 부대장이 개처럼 부리려고 모아놓은 소년 중 한 명으로 살았다. 약간은 감옥에서 지내는 것과 비슷했다. 그 곳에서 사귄 친구들은 살면서 내게 많은 도움을 주었다. 영화 〈쇼생크 탈출〉을 동료 군인들과 함께 보고 있자니 감옥 생활과 군대 생활에 공통점이 있다는 사실만 깨달은 게 아니라 우리 중 내가 제일 집을 그리워하지 않을 거라는 생각도 하게 됐다. 난 꽤 오래 집밖에서 살았고, 이불을 정리하거나 일일 검사에 대비해 사물함을 깔끔하게 치우거나 군복을 관리하는 법을 이미 알고 있었다. 모두 고생해서 익힌 것들이다. 〈쇼탱크 탈출〉을 몇 번이고 다시 봐도 주인공 앤디 듀프레인이 상상조차 하기 힘든 상황에서 살아남아 인생의 참사에서 벗어나는 장면은 결코 지겹지가 않다.

고생해서 얻은 것은 더 있다. 브레콘비컨스에서 훈련을 받던 중 나와 함께 달리던 녀석이 허리를 다쳐 15킬로그램짜리 군용 배낭을 맬 수 없자 내가 대신 들어주었다. 그는 진심으로 고마워하며 내 뒤를 따라 힘겹게 언덕을 올라갔다. 더 어려운 도전을 기꺼이 받아들이며 나는 정상까지 올랐다. 정상에 도착해서 그의 배낭을 내려놓고 내 배낭은 아직 어깨에 맨 채 그 위에 앉아 숨을 돌렸다. 우리를 담당하는 하사관이 다가와 소리쳤다.

"그레이엄 공병, 배낭 하나는 누구 건데 자네가 갖고 있나?"

"다친 사람이 있어서요."

내가 답했다.

"보아 하니 구르카 녀석이군. 사실 구르카 족 닮기도 했어. 피부도 누렇고 키도 작고 말이야."

하사관이 날 비웃었다.

구르카는 곧 내 별명이 되었고 그때부터 군대 동료들은 날 줄곧 이렇게 부른다. '용감한 자들 중 가장 용감한' 것으로 알려진 대담한 네팔 군인과 비교되는 게 나쁘지만은 않았다. 몇몇이 부르는 '난쟁이'보다야 훨씬 나았다.

쳅스토에서 많은 것을 배운 나는 기본 훈련을 순조롭게 통과했다. 어머니, 누나와 동생, 에릭 아저씨와 앨리슨은 훈련 종료 퍼레이드를 보러 왔다. 빳빳하게 다린 군복을 입고 반짝이는 장화를 신은 날 보며 다들 자랑스러워했다. 다음으로 나는 서리주 올더숏에 위치한 지브롤터 병영에서 두 번째 훈련과 6개월짜리 B3 전투 공병 과정을 이수했다. 그곳에서 나는 지뢰 신관을 제거하고, 밧줄로 매듭을 짓고, 여러 장비를 사용하고, 콘크리트를 만들고, 다리를 건설하고 철거하고, 모래주머니를 채우고, 수도 공급을 관리하고, 구멍을 파고, 잡역부가 하는 일을 배웠다. 아무것도 없는 곳에 아이들이 재료를 활용하며 놀 수 있는 놀이터를 만들기도 했고 시골을 즐겨 찾는 사람들을 위해 계단을 경사진 둑으로 만들기도 했다.

이번에도 이론을 익히는 데 좀 고생했다. 특히 엄청난 양의 자세한 정보를 외워야 했던 시험은 정말 두려웠다. 하지만 그럭저럭 통과했다. 치매 초기 증세였는지 단순히 내 머리가 별로였는지 알 길은 없지만 내겐 세상에서 가장 좋은 핑계거리가 있다. 유전자 탓이다. 평가 중 가장 마음에 들었던 부분은 6킬로미터 달리기(식은 죽먹기), 무거운 짐 들고 8킬로미터 행군(누워서 떡 먹기), 수영 시험이 포함된 체력 시험이었다. 어렸을 때 앨트린챔 온천장에 가서 혼자 수영을 익혔던 게 큰 도움이 됐다.

체력을 키우고 기본 기술을 익힌 것 외에 군에서 맡을 수 있는 다양한 업무를 체험하며 어떤 일이 가장 끌리는지 확인해보기도 했다. 그러면서 내 인생은 완전히 바뀌었다.

처음 군대에 지원했을 때 내가 우편원이 될 거라는 말을 한 사람이 있었다면 면전에 대고 웃었을 것이다. 하지만 영국 육군 공병대 우편 사업부 일원들과 함께 일했던 경험으로 나는 새로운 시각을 얻게 됐다. 이 사업부는 영국 육군 조직에서 가장 오래된 기관으로 에드워드 4세가 런던과 자기 군대가 있던 스코틀랜드 간에 긴요한 지시를 내리거나 파병을 이동하려고 무장한 기수로 꾸린 운송망이었다. 그 시절부터 훈련받은 군인들은 육군, 해군, 공군이 전 세계를 무대로 군사 전략을 세울 수 있도록 우편물을 받고, 분류하고, 발송하는 일을 해왔다. 우리는 안전한 야전 우체국과 더 많은 상설 영국 군사 우편국을 설치했고, 공무 우편물과 개인 우편물을 국경으로 전달하거나 국경으로부터 받아 질서를 유지하고 통신선을 개방하고 군인들의 사기를 높였다.

1882년에 공식 육군 조직으로 설립된 우편 사업부는 현재 영국 병참부대 소속이지만 원래는 영국 전신 기사 산하기관이었다. 통신선 개방을 유지하는 데 도로와 전신을 관리하는 업무가 매우 중요했기 때문이다. 이메일이 발명된 후에도 우편 운송 서비스는 인터넷망이 없는 외딴 지역에 안전하게 우편물을 배달하는 데 여전히 중요한 역할을 한다.

물론 처음에는 이런 사실을 전혀 몰랐다. 소총만 가지고 나와 똑같이 긴장한 동료들과 함께 아프가니스탄, 보스니아, 코소보 같은 곳으로 보내져 안전하지 않은 곳에 도로를 내게 되리라고도 전혀 예상하지 못했다. 17살 때 내가 알고 있던 유일한 것은 각 부대별로 그리고 군사 훈련이 있는 곳마다 우편 서비스가 필요하기 때문에 우편원은 다른 일반 군인처럼 한 부대에 고정 배치받는 게 아니라 훨씬 작은 단위로 전 세계를 이동하며 근무한다는 점이었다. 웨일즈에만 두어 번 가본 나는 다른 곳에도 가보고 싶어 못 견딜 지경이었다. '우리는 견딘다'라는 간단한 표어 아래 움직이는 이 자랑스러운 연대에 가겠다고 결정한 것을 나는 한 번도 후회한 적이 없다.

1994년에 런던 북서부에 위치한 밀힐에서 우편 사업부 교육을 받은 후 나는 옥스퍼드 근처 애빙던에 있는 돌턴 병영에 5년 근무를 배치 받았다. 처음 받은 군인 급여로 나는 살림이 좀 수월해지길 바라며 어머니께 회전식 탈수기와 다른 작은 것들을 사드렸다. 내가 해드릴 수 있는 최소한의 일이었다.

애빙던에서 상사로 모신 당시 이언 부스 중사와는 평생 친구이자 동지로 지내고 있다. 나보다 나이도 많고 (대부분이 그렇듯) 키도 커서 나는 그를 우러러볼 수밖에 없었다. 미남인데다 몸도 호리호리했고 내가 종종 짓궂게 놀리기도 했지만 당당한 거시기가 있는 들쥐처럼 남근도 어마어마했다. 나는 이언에게 신세를 많이 졌다. 애빙던에 있었을 때부터 본격적으로 세계 곳곳으로 파견을 나가게 되면서 근사한 곳에서 근무할 수 있었고 새롭게 배울 기회도 많았다. 5년이 넘는 기간에 유엔군 자격으로 보스니아에 유럽연합 군기동부대에 들어간 적도 있었다. 일 때문에 생기는 스트레스를 풀기 위해 나는 즐겨 달렸고 나이가 들수록 달리기를 더 잘하고 사랑하게 되었다. 어머니를 피해 늘 도망치곤 했으니 사실상 태어날 때부터 달리기에 적합한 몸이 아니었나 싶다.

1996년 5월에는 노스캐롤라이나주 포트브래그에서 열린 퍼플스타 훈련에도 참가했다. 이 훈련은 제1차 걸프전 이후 가장 규모가 큰 미영국 합동 부대 훈련으로 낙하산병과 특공대원을 포함한 6천 명 이상의 병력이 참가했다. 마침내 훈련이 끝난 후 하사관이 지나가는 말로 이렇게 말했다.

"제45 특공부대에서 캘리포니아 트웬티나인 팜스로 훈련 가는데 우리 파견대 한 명을 보내 달래. 한 명이 못 가게 됐나봐. 자네가 한번 가볼 텐가?"

"저한테 물어보시는 겁니까? 특공대원들과 훈련 받겠느냐고요?"

물론입니다!

정예 멤버 중에서도 최상으로 선발된 사람들과 석 달간 함께하는 것이야말로 내 꿈이었다. 이들이 매일 받는 체력 훈련을 같이 받으면서 내 지구력이 어느 정도인지 파악할 수 있었다. 달리는 데에는 적합한 몸인 건 맞지만 특공대원이 되는 데 필요한 중심 근력은 부족했다. 따라서 다음에 보스니아로 파견 나가서는 내게 맞는 운동 스케줄을 짰고 달리기, 줄타기, 팔굽혀펴기, 윗몸 일으키기, 턱걸이 등을 하며 몸이 열 개인 양 훈련했다.

미국에서 휴가를 받은 많은 이들은 라스베이거스로 가 카지노에서 시간을 보내거나 공연을 보았다. 나는 대신 다른 몇몇 특공대원들과 세쿼이아 국립공원과 요세미티 국립공원을 내려다보는, 미국 본토에서 가장 높은 휘트니 산을 오르기로 했다. 산을 올랐다기보다 쉬지 않고 걷는 일정이었지만 해발 4.4킬로미터에 달하자 대부분 고산병에 시달렸다. 반면에 나는 멀쩡했다. 정예 군인들과 정상에 올랐던 그때가 말 그대로 살면서 절정에 달한 순간 중 하나였다.

캘리포니아에서 얻은 경험으로 나는 어린 시절 꿈을 이루기로 결심했다. 그래서 직접 특공대 과정에 지원했다. 최근에 과정을 이수한 이언 부스 하사관이 격려해주었다. 말은 이렇게 했지만 말이다.

"크리스가 특공대원 배지를 받고 싶어 안달이더라고요. 차마 안 된다고 할 수 없었습니다."

달리기를 주요 훈련 방법으로 삼은 나는 몇몇 동료들과 15킬로미터를 달린 후 돌아와 바로 다음 달리기를 이어가는 식으로 연습했다.

"크리스는 우리가 아는 가장 건장한 녀석이에요."

그때 함께 달린 동료 한 명이 비키를 처음 만난 날 말했다. 내 자랑을 하려고 한 말인지, 비키를 겁먹게 해 도망가게 하려고 한 말인지는 모르겠지만 비키도 이미 내가 신체적으로 튼튼하다는 건 어느 정도 알고 있었다.

결국에는 그런 노력이 빛을 발했다. 지구력 과정 전체를 이수할 수 있는지 확인하기 위해 잉글랜드 데번주 림프스톤에 위치한 특공대 훈련소에 2주간 갔는데 내 컨디션은 최상이었다. 과정을 본격적으로 시작할 만반의 준비가 되어 있었다. 하지만 재앙이 닥쳤다. 림프스톤으로 돌아가기 전 토요일 밤, 동료들과 앨트린챔에 있는 술집에 갔다가 나오는데 나선 계단에서 미끄러져 발목을 크게 다쳤다. 몇 분 만에 관절이 붓고 멍이 들어 땅을 짚지 못할 정도였다.

낙심한 채 다음 주 월요일 발을 절뚝거리며 해군 대령을 찾아가 무슨 일이 있었는지 말했다. 대령의 표정을 보니 이미 인원이 초과한 이번 과정에서 빠지게 될 것만 같았다. 대령이 이언에게 전화해 과정에서 날 빼겠다고 말하자 운 좋게도 내 하사관은 이렇게 말했다.

"아뇨, 훈련받게 해주세요. 착한 녀석이고 과정에 들어가려고 엄청 노력했습니다. 기회를 주시죠."

다행히 훈련 강도가 낮은 첫 며칠은 진통제를 먹고 장화 끈을 세게 묶어 발목을 지탱한 채 그럭저럭 버틸 수 있었다. 소총 사격장과 연병장에서 전장에 필요한 기술을 배우는 기간이었기 때문이다. 강도가 높아지면서 체력, 유연성, 지구력 시험이 이어졌는데 내 약한 발목은 이를 넘길 만큼은 버텨주었다. 다행히도 돌격 훈련, 전투 수영, 암벽 등반, 밧줄 작업, 빠른 행군, 험악한 다트무어 지형에서 장거리 야간 달리기를 한 기간에는 발목이 다 나았다. 백 명이 넘는 인원이 이 과정을 시작했지만 서른 명도 안 되는 인원만이 과정을 마쳤고 대부분 스스로 포기했다. 슈퍼맨조차도 힘든 과정이라고 여겼을 것이다.

황무지에서 고난의 9주를 보내며 나는 모든 시험을 한 번에 통과했다. 15킬로그램짜리 배낭을 메고 완전 무장한 채 마지막 50킬로미터를 완주했을 뿐만 아니라 최고의 성과를 낸 군인으로 선정되어 표창장도 받았다. 이언은 내게 샴페인 한 병을 선물로 주었다. 나는 날아갈 듯했다. 어느 훈련소에 가서도 초록색 베레모를 쓸 자격을 마침내 얻었고 왼쪽 소매에는 이를 증명해줄 붉은 단검 휘장을 달아 과시할 수 있게 됐다.

특공대원은 내가 가장 자랑스러워하는 부분이자 꼬마였을 때부터 이루고 싶었던 목표였다. 특공대 과정을 마칠 수 있을 거라고는 확신했지만 실제로 명예의 훈장을 받기 전까지는 내가 정말로 특공대원이 될 수 있을지 몰랐다. 아주 끝내주는 기분이었다.

내 삶에 어떤 일이 일어난들, 내가 이미 어떤 일을 겪었든, 앞으로 어떤 일을 마주하든, 나는 공식적으로 좋은 군인이었고 이는 내가 바란 전부였다. 특공대 훈련까지 마쳤는데 이 모험이야 식은 죽먹기가 될 것이었다. 삶이 끝나기 전에 특공대 훈련과 더불어 알츠하이머 모험까지 완주할 수 있다면 난 꽤 괜찮은 인생을 살았다고 할 수 있을 것이다. 어쩌면 돌아가신 아버지도 나를 자랑스러워 하실지도 몰랐다.

확신이 서지 않는다면 구르카답게 앞으로 나아가자.

6

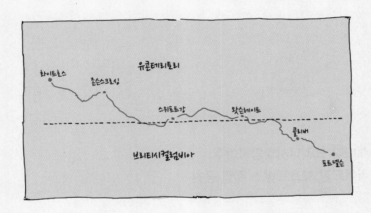

인생은 자전거를 타는 것과 같다.
페달을 멈추지만 않는다면 쓰러지지 않는다.

———————

클로드 페퍼

캐나다 브리티시컬럼비아주
리어드강 핫스프링스 주립 공원

2015/6/24 _____

날 우울하게 하는 것은 그리 많지 않다. 다행히 삶이 날 좌절하게 두는 성격이 아니다. 내 밝은 본성은 아버지로부터 물려받은 듯하니 이 역시 감사해야 할 점이다.

하지만 아버지도 내가 캐나다를 횡단할 때 살을 뜯어먹으려고 날 따라다닌 충격적인 먹파리 떼와 마주했다면 유머 감각을 잃으셨을 게 분명하다. 가축의 재앙이라는 별칭이 붙은 먹파리가 소, 말 그리고 때로는 무스까지 죽인다는 사실이 전혀 놀랍지 않을 정도다. 먹파리의 공격을 받은 불쌍한 동물은 쇼크나 독혈증, 출혈로 죽는다. 나는 먹파리가 내 미친 피를 빨아먹고 나처럼 치매에 걸렸으면 했다.

말할 필요도 없이, 쉬지 않고 먹파리를 내쫓다보니 영혼까지 황폐해지는 기분이 들었고 밤에 텐트를 치는 일은 하루 중 최악의 일이 되곤 했다. 야영장 근처에 수원이 있다면, 게다가 물이 흐르지 않는 수원이라면, 문제가 생길 거라는 걸 바로 알 수 있었다. 얼른 물 안으로 들어가 벌레를 꼬이게 하는 것으로 의심되는 땀을 씻어낸 후 몸을 즉시 말리고 모기망이 달린 모자와 장갑을 포함해 몸 전체를 보호해줄 방충복을 입어야 했다. 벌레가 들끓는 지역에서는 방충복을 입고 자전거를 타야 했다. 그렇게 해도 벌레는 날 공격했다.

한 번은 몸 전체를 가려주는 방충복을 입고 사진을 찍어 올렸더니 새로운 시스루 유행이냐는 코멘트와 함께 많은 친구들이 놀려대는 댓글을 달았다. 옛 체력 강사는 "왠지 모르게 흥분되는데요."라는 글을 남겼고 어느 군 동료는 "난 또 부르카(이슬람교도의 여자가 입는 겉옷)를 입고 있나 했지."라고 썼다.

로키 산맥이 멀지 않은 캐나다 중부에서 나는 결국 먹파리에 패배했다. 하늘을 날던 먹파리 구름떼가 내 냄새에 꽂혀 내려오는 걸 발견하자 살면서 그렇게 무서웠던 적이 없었다. 모른 척하고 그냥 내 갈 길을 갈 수는 없었다. 곰보다 먹파리가 더 무서웠다. 사이드 미러를 보니 날 향해 날아오는 파리 떼가 보였다. 나는 최선을 다해 이들을 따돌리려 했다. 때로는 무모하게 핸들 방향을 돌려 위험할 정도로 트럭이나 덩치 큰 레저 차량에 가까이 다가가 공기 흐름에 먹파리 떼가 사라지도록 유도하기도 했다. 적어도 열 번은 시도한 끝에 멀리 보내버리긴 했지만 그래도 끈질기게 다시 나타났다.

나는 살기 위해 페달을 밟으며 절망적인 목소리로 비키에게 전화했다.

"자기야! 모텔 하나만 찾아줘! 나 어디 좀 들어가 숨어야겠어!"

"뭐? 거기 몇 신데?"

비키는 졸린 목소리로 물었다.

"정오쯤 됐을 거야. 이 망할 파리 떼를 더는 참지 못 하겠어!"

나는 맹렬하게 페달을 밟는 동시에 팔을 휘휘 저으며 외쳤다.

몇 분 후 비키는 6킬로미터 떨어진 곳에 있는 모텔 이름을 알려주었다. 나는 그곳을 향해 저돌적으로 자전거를 몰았다. 모텔 앞에 다다랐을 때에도 먹파리 떼는 여전히 내 뒤를 따라다니고 있었다. 나는 셜리를 땅에 내던지다시피 한 후 모텔 출입문으로 달려가 문을 두드리며 외쳤다.

"문 좀 열어주세요! 제발요!"

이후 모기만 상대해도 되는 밤이 되기 전까지는 밖에 한 발짝도 나가지 않았다.

비키가 다음 내 휴일을 리아드 핫스프링스에서 보내라고 하자 처음엔 제정신인가 하는 의문이 들었다.

"잠깐, 그런 데라면 파리가 엄청나게 있지 않을까?"

물론 비키는 그런 점은 이미 염두에 두었다.

"그게, 물이 너무 뜨거워서 주변에 벌레가 살기 힘든가봐. 자기 뭉친 근육을 푸는 덴 안성맞춤일거야."

비키 말이 맞았다. 아름다운 가문비나무 숲 한가운데 있는 야외 온천에 몸을 담그니 몸과 마음이 편안해졌다. 군데군데 아무렇게 나 햇볕에 그을린 자국이 부끄럽긴 했지만 유황 냄새가 살짝 나는 50도의 뜨거운 물에 들어가 있다 보니 근육통이 사르르 사라지면 서 부끄러움은 금방 잊어버릴 수 있었다.

모닥불을 가운데 두고 몇몇 여행객들과 담소를 나누고 나서야 알게 된 사실인데 수년 전 바로 같은 야영장에서 흑곰 한 마리가 남자 한 명과 여자 한 명을 난폭하게 공격해 죽이기까지 했으며 이 둘을 구하려던 다른 두 사람도 다쳤다고 한다. 그날 밤, 깊은 잠 을 자다가 숲에서 싸우는 수곰이 으르렁대는 소리가 불안할 정도 로 가까이에 들리는 바람에 잠에서 깼다.

"이런!"

침낭에 누워 있던 난 벌떡 윗몸을 일으켰다. 무엇을 이용해 곰을 내쫓아야 할지 궁리하며 말이다. 그 이후로는 거의 잠을 자지 못했 다. 이후 한 달도 채 지나지 않아 '의미심장한 곰의 활동' 보고로

인해 그곳 주변 공원 일부가 폐쇄됐다. 혼자 자전거로 여행하거나 야영하는 사람이라면 절대로 듣고 싶지 않은 바로 그 세 단어다.

캐나다에 사는 온갖 생물 덕에 쉽지 않은 여정이 되었지만 그 외에도 보이지 않은 문제가 있었다. 유콘주에 도착할 때까지 운 좋게도 셜리는 심각한 고장 없이 잘 버텨왔다. 바퀴에 두어 번 펑크가 났고 브레이크가 고장 나거나 체인을 손봐야 하는 정도였다. 체인이 부러진 적은 한 번도 없었지만 자전거가 끌어야 하는 무게와 고생해서 가야 하는 거리 때문에 지나치게 팽팽해졌다. 예비 체인과 고리 부품을 가지고 다니며 고장 나면 내 손으로 고치고 다시 도로에 올랐다.

하지만 브리티시컬럼비아주 알래스카 고속도로가 지나는 콜리버라는 외딴 곳에서 6킬로미터 떨어진 지점에 달했을 때 뭔가 훨씬 심각한 문제가 생겼고 셜리는 탕탕거리는 이상한 소리를 냈다. '실물보다 큰'이라는 표어가 적힌 유콘주 표지판 사진을 방금 뿜내며 올렸는데 브레이크가 고장 나다니. 자전거에서 내려 머디리버 원주민 보호 구역 근처 알래스카 고속도로상에 있는 레저용 차 캠핑장으로 느리게 걸어갔다. 이곳은 캐나다인들이 '역사적인' 도로변 여관이라고 부르는 곳으로 트럭과 함께 날 위협하는 버스만한 레저용 차를 댈 수 있는 주차장이 있었다. 야영을 할 수 있는 부지도 있었다. 간이식당도 있었지만 아쉽게도 자전거를 잘 아는 사람은 없었다.

"여기서 가장 가까운 자전거 수리점이 어딘가요?"

나는 아침 메뉴 2인분을 주문한 다음 웨이트리스에게 물었다(고 귀한 들소와 가까워진 후 들소 스테이크는 차마 주문하지 못했다).

"화이트호스에 있을 거예요."

내 주문을 받아 적으며 웨이트리스가 답했다.

"얼마나 떨어져 있죠?"

"한 700킬로미터쯤이요."

"이런. 런던에서 에든버러까지 가는 것보다 멀군요!"

웨이트리스는 이게 무슨 말인지 모르는 표정이었다.

"버스는 어디서 타면 되나요?"

"아, 바로 여기 밖에서 탈 수 있어요."

"잘됐네요! 언제 올까요?"

웨이트리스는 생각하느라 눈썹을 찡그렸다.

"오늘이 수요일이니까 … 다음 버스는 토요일에 오겠네요."

일주일에 버스가 두 번만 다니고 적어도 왕복 24시간이 걸리는 거리니 시간을 많이 허비하게 될 테고, 그렇게 되면 밴쿠버로 비키를 마중 나가는 것도 늦어질 터였다. 식당을 둘러보니 트럭 운전수이거나 레저용 차에 짐을 가득 싣고 여행하는 나이 든 부부가 대부분이었다. 셜리와 짐수레, 나까지 탈 자리는 없을 듯했다.

배를 좀 채운 후 풀이 죽은 채 비키에게 전화를 걸기 위해 밖으로 나갔지만 전화 신호가 잡히지 않았다. 야영장 매점에서 전화 카드를 산 후 비키에게 전화를 걸어 상황을 설명했다.

"크리스, 많이 지체되거나 무리해서 움직여야 한다면 밴쿠버에서 만나는 걸 좀 미뤄도 돼."

비키는 씩씩하게 제안했다.

"그럴 순 없어! 그렇게는 안 돼."

전화를 끊고 최선의 방안을 고민하는데 연료 탱크 두 개가 달린 커다란 트럭이 주차장으로 들어왔다. 놀랍게도 운전석에서 내린 사람은 여자였다. 숱 많은 검은 머리를 휘날리는 사십 대로 보이는 여성으로 아무도 함부로 접근할 수 없을 듯했다.

"안녕하세요?"

나는 가장 귀여운 맨체스터식(북미 사람들 대부분이 호주식 억양으로 착각하는) 억양으로 말을 걸었다.

"어디로 가시는지 여쭤 봐도 될까요?"

위아래 다 라이크라 바이크 옷을 입은 날 훑어 본 그녀는 경계하며 답했다.

"화이트호스요."

나는 미소를 지었다.

"잘됐네요. 자전거 수리점이 있는 제일 가까운 곳이라는데 자전거가 망가져서요. 절 태워주실 수 있나요?"

망설이는 표정 앞에 나는 불쑥 덧붙였다.

"맹세코 전 살인자도 아니고 성폭행범도 아니에요. 기름 값은 기꺼이 부담할 수 있고요."

트럭에 휘발유를 가득 싣고 가는 사람에게 이런 모순적 제안을 하다니 웃음이 나왔다.

내 억양이 알아듣기는 힘들지만 재미있었나보다. 휘발유를 미국에서 흔히 쓰는 식으로 '가스gas'라고 하지 않고 '페트롤petrol'이라고 하는 걸 듣고 그녀는 웃음을 터뜨렸다.

"그러죠."

어깨를 으쓱하며 답했다.

"정말 감사해요!"

나는 기쁨에 겨워 박수까지 치고는 내 장비를 가리켰다.

"그럼 자전거는 어디에 실으면 되죠?"

그 순간 그녀는 날 태워주기로 한 것을 후회했을 것이다. 하지만 둘이서 셜리와 짐수레를 탱크 지붕까지 올리고 굵은 고무 끈으로 매는 데 성공했다. 그리고 온갖 귀중품이 든 바구니는 운전석으로 가져갔다. 화이트호스까지 어떻게 가게 됐는지 비키에게 설명하지 않았다는 걸 잊고는 아무런 말 없이 탱크 위에 실린 셜리 사진을 하나 찍어 문자 메시지로 보냈다. 그리고 우리는 출발했다.

이 여성의 이름을 완전히 잊어버렸지만 민디라고 부르겠다. 민디는 굉장한 도움을 주었고 보기와는 다르게 전혀 무섭지 않았다. 알고 보니 민디는 자기를 보호해주는 존재와 다니고 있었는데, 조수석에 올라타니 침 흘리는 스태퍼드셔 테리어 두 마리가 날 쳐다보았다. 이들은 민디가 가는 곳마다 함께한다고 했다. 이 무시무시한 개 두 마리와 비상시 단축 번호로 바로 연결되는, 화이트호스에 있는 남편이 있으니 무슨 일이 생겨도 민디는 걱정할 게 없었다.

민디는 훌륭한 운전수였고 전문가답게 운전했다. 한때 금광에서 일하던 광부, 모피를 얻기 위해 덫을 놓는 사냥꾼, 그리고 장사꾼만 있던 땅 위를 민디는 말없이 운전했다. 밤이 되자 트럭 기사 식당에 차를 세운 민디는 요기를 하고 운전석에 잠자리를 마련했다. 나는 텐트를 꺼내 트럭 바로 옆에 쳤다. 다음 날 이른 아침에 일어나 보니 제정신이 아닌 상태로 거의 밤을 새다시피 한 비키가 옐로브릭으로 보낸 메시지가 와 있었다. 수수께끼 같은 문자 메시지를 받은 비키는 위치 추적 장비로 내가 빠르게 이동 중이라는 걸 확인했고 도대체 무슨 일인지, 400킬로미터 넘게 이동했는데도 왜 소식이 없는지 답답해하던 참이었다. 비키는 걱정이 되어 미칠 지경이었다.

"자기야, 미안. 휴대전화 신호가 안 잡혔어. 다행히 탱크 트럭에 얻어 탔어. 난 잘 있고 어젯밤도 무사히 보냈어. 걱정 마. 이상한 사람 아니고 결혼도 했어. 화이트호스에 도착하면 전화할게."라고 바로 답을 보냈다. 나와 갑자기 연락이 끊겼으니 비키는 별의별 생각을 다했을 것이다.

연료 수천 리터를 싣고도 이 착한 사마리아인은 마치 미래는 없는 듯 질주해 결국 그날 늦게 화이트호스에 도착했다. 민디는 그곳에 있는 유일한 자전거 수리점 앞에 날 친절히 내려주었고 나중에 남편도 데려와 소개해주었다. 둘 다 좋은 사람이었다.

자전거 수리점 직원은 내 장비가 일반 투어용 자전거임을 알아보고는 고장 난 브레이크를 고치는 데 필요한 부품을 금방 찾아왔고, 최근에 생긴 마모도 손봐주었다. 직원은 케블러(타이어나 다른 고무 제품의 강도를 높이는 데 쓰이는 인조 물질-옮긴이) 처리가 된 내 자전거 바퀴를 보고 감탄했지만 내가 당초 알고 있던 것보다 더 자주 펑크가 났다는 말에 약간 실망했다. 한 시간쯤 지나 문제를 해결해준 직원은 버스 정류장으로 날 안내해주었다. 나는 쉬면서 가려고 그레이하운드 고속버스의 동굴같이 생긴 화물칸에 셜리를 싣고 레저용 차 캠핑장으로 돌아갔다. 간이식당에 들어가자마자 다시 건강을 의식한 메뉴를 골라 몸 안에 넣고 화이트호스로 돌아가는 기나긴 도로에 올라섰다. 전속력으로 왕복한 바로 그 길이었다.

속보 행진!

최면하는 듯 이어지는 흰 차선과 머리 위로 휙휙 지나가는 독수리 그림자만 존재하는 이번 여정은 영원히 끝날 것 같지 않았다. 밤에는 불쾌한 야생 동물 냄새를 맡고 늑대의 으스스한 울음소리를 자장가 삼아 야숙해야만 했다. 그렇게 며칠을 보내다보니 1800년대 말 새로운 금광이 발견된 유콘주 클론다이크로 부를 찾아 우르르 몰려든 십만 명의 골드러시 사람들은 어떻게 생활했을지 궁금해졌다. 어디서 읽었는데 그 사람들은 굶어 죽지 않기 위해 각자 일 년 치 식량을 가지고 사람 손길이 닿지 않은 땅으로 가야 했단다. 그런 사정에 난 공감할 수 있었다.

도로 위를 달리고 있자니 들리는 소리라곤 거친 내 숨소리와 도로 위를 구르는 바퀴 소리뿐인 황야의 기나긴 고요를 다시 마주하게 되었다. 끝없이 이어지는 도로 위에는 나를 따라오는 내 그림자밖에는 없었다. 무료로 비키와 채팅할 수 있는 장소를 발견하지 않는 이상, 통신비와 배터리를 아끼기 위해 잠깐 짬을 내어 어쩔 수 없이 그날 이동에 관해서만 얘기했다. 다른 사람의 와이파이를 빌리게 되어도 대개 화장실에서 연락했다. 따뜻하고, 비도 피할 수 있고, 조용한데다가 매일 어마어마한 양을 먹어대느라 첫 4개월은 볼일을 자주 봐야 했기에 화장실은 내가 가장 좋아하는 장소가 됐다.

"크리스 그레이엄 씨, 또 화장실에서 페이스타임하는 거야?"

비키는 아이폰 화상 창에 내 알몸이 뜨자마자 이렇게 불평하곤 했다. 하지만 온몸을 감싸는 일체형 라이크라를 벗는 방법은 알몸이 되는 것뿐이었다.

"대외비로 처리해줘."

내가 웃으며 답했다.

"윽. 다 갈아입고 나서 다시 전화해!"

난 항상 사교성이 좋아서 야영장이 보이면 가던 길을 멈추거나 간이식당에 들어가 누군가와 대화를 나눴다. 대부분 내가 오랜 시간 이동 중이라는 걸 알리는 자전거와 짐을 보고는 바로 호기심을 보였다. 내게 다가와 어디로 가는 중인지 물어보면 나는 미소를 지으며 이렇게 답하곤 했다.

"자선기금을 모금하며 북미 대륙을 일주 중이예요."

그리고 상대방의 호기심을 충족해주기 위해 이렇게 덧붙였다.

"전 알츠하이머병에 걸렸거든요. 가족력이죠. 그래서 사람들에게 병을 알리면서 연구비를 모으는 중이죠."

사람들은 이 말에 바로 동정을 표했다. 십중팔구 자기도 치매에 걸린 사람을 안다며 자기가 들은 슬픈 사연을 말해주기도 했다. 그리고 많은 경우 자기 텐트나 레저용 차에 들어와 함께 식사를 하자고 제안하기도 했다. 난 늘 제안을 고맙게 받아들였다. 때로는 기금을 현금으로 주려는 사람들도 있었는데 그럴 때마다 저스트 기빙 사이트를 안내해주었다.

"마음은 정말 감사합니다. 하지만 현금은 받지 않아요. 잃어버릴 수도 있고 기금을 투명하게 운영하고 싶어서요. 그러니 사이트를 통해 기부해주세요."

90살쯤 되어 보이는 어느 노인은 내 손에 20달러 지폐 한 장을 쥐어주며 꼭 받아달라고 했다. 목을 축이려고 잠깐 길가에 섰는데 노인이 자기 집에서 나오더니 내게 말을 걸었다. 촉촉한 눈가에 세월의 흔적이 보이는 얼굴로 내게 말했다.

"받아요, 젊은이. 이걸로 뭐 먹을 거라도 사요. 큰일 하는 데 잘 먹어야지!"

그 노인 같은 분을 만나면 늘 힘을 얻는다. 그런 후한 마음을 받을 때마다 어떻게 감사의 마음을 표현해야 할지 모르겠다.

포트세인트존에 있는 야영장에서 만난 어느 부부는 레저용 차를 타고 한동안 나와 속도를 맞추며 함께 가주기도 했다. 더그 메이슨은 캐나다인이고 부인 제니는 영국인으로 둘은 개 한 마리와 함께 여행 중이었다. 레저용 차를 모는 많은 사람처럼 이들 역시 은퇴한 후 크기는 작은 집채 만하지만 일반 운전면허로 몰 수 있는 차를 운전하며 북미 대륙을 돌아다니고 있었다. 다른 레저용 차 주인들은 차 뒤에 일반 차 한 대를 고리로 고정해 끌고 다니며 여행하기도 했다.

제니와 더그는 아니었지만, 이런 나이 든 '도로의 제왕들'은 좁은 길에서 거대한 기계를 조정할 기술이나 경험이 없어서 같이 도로를 이용하는 사람들, 특히 자전거로 이동하는 사람들에게 위협이 되었다. 게다가 필요한 음식과 연료를 갖고 다니기 때문에 주요 관광 노선 중 외딴 곳에 있는 휴게소 문을 닫게 해, 지도에는 나타나지만 내가 도착했을 때는 이미 오래전 문을 닫은 곳도 많았다.

메이슨 부부의 계획이 내 계획과 거의 일치해서 우리는 여러 야영장에서 마주쳤고 서로 시간이 맞으면 만나기로 약속도 했다. 친숙한 얼굴과 따뜻한 식사가 날 기다리고 있다는 사실은 정말 멋진 일이었다.

군 생활 중 가장 좋았던 점은 여러 곳으로 여행하는 것이었고 그 다음으로 좋았던 점은 이번 여행과 마찬가지로 근무하면서 다양한 사람을 만나는 것이었다. 많은 동료 군인들은 내 평생 친구가 되어 멀리서도 나를 격려하고 지지해주었다. 그런 동료들을 다 언급할 수 없지만 그중 계속해서 연락하고 지낸 친구 얘기를 하고 싶다. 이름은 앤디 해리슨으로 다들 H라고 부른다.

우리는 쳅스토에서 만났다. H는 전투 공병이 될 모든 준비를 갖췄지만 장대높이뛰기를 하다 양쪽 발목을 다쳐 나와 함께 우편 서비스 일을 하게 됐다. 당시 나에 대한 어떤 기억이 가장 많이 떠오르냐는 질문에 H는 이렇게 답했다.

"고작 18살이었는데도 크리스는 어리석을 정도로 체력이 뛰어났어요. 체력 단련 교관과 뛰러 나가면 크리스는 늘 선두에 섰고 교관을 추월할 정도였죠. 짜증 난 교관은 더 속력을 냈고 우리도 더 빨리 달려야만 했어요. 따라잡으려고 애쓰며 우린 '구르카, 좀 천천히 가!'라고 소리 지르곤 했죠. 다른 사람이 그랬다면 화가 났겠지만 크리스는 늘 사교성이 좋았고 남한테 잘했기 때문에 우린 금방 풀어졌어요. 난 크리스만큼 순수한 사람을 본 적이 없어요."

H와 나는 유엔평화유지군으로 1990년에 보스니아의 비테즈와 시포보라는 곳에서 근무했다. 당시 전쟁 중이었기에 우리는 무기 없이는 밖으로 나가지 않았다. 군용 차량을 타고 가도 탄환이 날아왔고 유엔군에게도 무작위로 총을 쏘는 경우도 있었다. 100미터

떨어진 곳까지 박격포가 날아온 적도 있어 모두에게 경종을 울리기도 했다. 그런 긴장감 도는 상황에서 내 뒤를 봐주는 누군가가 있다는 것은 행운이었다.

애빙던에 있을 때 체력 단련 교관을 맡은 사람은 마크 스위프트였는데 내가 토목 공병으로 근무를 시작했을 당시 우체국에서 하사직을 맡고 있었다. 스위프트는 당시 나를 이렇게 떠올린다.

"크리스를 보면 항상 잭 러셀 테리어가 생각나요. 늘 정력과 열정이 넘쳐흘렀죠. 체력이 좋으니 남들에 비해 눈에 띄었고 모든 일에 노력을 쏟았어요."

피트 데이비스는 1997년에 내가 특공대원 과정을 마친 후 애빙던에서 처음 만난 훌륭한 동료다. 우편국에서 우리는 하사로 근무했는데 만나자마자 마음이 통했다.

"크리스는 전염성이 있어요. 긍정적인데다가 무슨 일이든 기꺼이 하려고 하고 부정적인 답은 받아들이는 적이 없죠. 평생을 이렇게 살아왔어요."

피트에게 알츠하이머병 진단 얘기를 해준 날부터 그는 자신이 할 수 있는 일이라면 무엇이든 해주고 싶어 했고 한 번도 날 실망시킨 적이 없다. 다른 사람들은 등을 토닥이며 행운을 빌어주면서도 내가 정말로 혼자서 자전거 일주를 할 수 있을지 완전히 믿지는 않았다. 하지만 피트는 이렇게 말했다.

"크리스 앞에서 '만약'이나 '하지만'이라는 말은 할 필요가 없어요. 크리스는 반드시 이룰 겁니다. 곰이 크리스를 먹어버리거나 누군가 크리스에게 총을 쏘지 않는 이상 이 여정이 멈출 일은 없을 거예요."

그 말 참 고맙네.

영국 글로스터셔주 사우스세르니에 있는 듀크오브글로스터 병영에서 근무할 당시 나는 '드림팀' 혹은 '삼총사'라고 불린 세 명의 우편원 중 한 명이었다. 제이슨 마셜, 칼 콕스와 나는 지시에 따라 위험천만한 곳으로 함께 파견 가곤 했다. 2001년 9·11 테러 이후 우리 셋은 핑걸 작전의 일환으로 제2대대 낙하산 부대, 제16 공중강습여단과 아프가니스탄으로 5개월 근무에 들어갔다. 다른 일부 군인들과 마찬가지로 우리는 아프가니스탄이 처음이었기 때문에 전혀 안전하지 않은 곳에서 안전을 절실하게 바라며 지냈다.

탈레반은 쫓겨나고 있었지만 여전히 저항했으며 빈번하게 자살 폭탄 테러범을 배치하기도 했다. 캠프 바스티온 같은 기지를 세우기 전이어서 필요한 모든 것은 항공 화물로 받아야 했다. 차량도 없을 때였고 나중에 차량을 공급받아도 연료가 부족했다. 소총 SA80이나 글록, 브라우닝 권총 같은 무기는 늘 있었지만 탄약만 많았을 뿐 헬멧이나 방탄복은 지급받지 못했다.

부족한 인프라와 인터넷 없는 환경에서 우리는 극비 우편물과 외교 문서 등을 안전하게 배송할 수 있는 우편 항로를 설립하는 임무를 맡았다. 매일 차로 30분 걸리는 거리를 눈과 얼음을 뚫고 공항으로 가 우편물을 수거해 여기저기 대포가 있는 도로를 따라 카불에서 바그람까지 80킬로미터를 가야 했다. 가장 큰 위험은 교통사고로 죽거나 급조폭발물이 터져 죽는 거였다. 우리에게 병력 수송용 장갑차가 있는 것도 아니고 단지 보통 랜드로버 군용 차량으로 이동했으니 말이다. 초반에는 여러 연합군 병사들이 폭발물 공격에 피해를 입기도 했고 무작위 총격이 가해지기도 해 매일 실제 위험을 직면해야만 했다. 적에게 붙잡히거나 우편물을 적에게 빼앗길 위험이 있을 경우 우편물을 태우라는 지시가 있었고 특히 일급 기밀 서류는 반드시 파기해야 했다.

하루의 일과가 끝나면 우리는 카불 외각에 거의 버려진 건물에 있는 막사로 돌아갔다. 극히 기본적인 시설만 갖춘 곳이었다. 샤워실도 없었고 너무 추운 나머지 매일 아침 얼음을 깬 후 면도를 해야 했다. 스무 명이 함께 써야 하는 방에서 자는 게 싫어서 나는 건물 바로 밖에 텐트를 쳤다. 추위도 텐트가 나았다. 2002년 초에 적어도 2천 명이나 되는 민간인이 죽고, 그 두 배의 인원이 부상하고, 수천 명이 집을 잃은 심한 지진이 연달아 일어났을 땐 텐트가 오히려 축복이 되었다. 깊은 잠을 자는 나도 지진과 여진에 잠이 깨어 텐트 밖으로 뛰쳐나간 적이 있다. 가로등은 갈대처럼 흔들렸고 막사 안에서는 겁에 질린 동료들의 비명 소리가 들렸다. 건물 안에서는 모든 게 훨씬 더 심하게 느껴졌을 테다. 지붕이 무너져 내릴까봐 겁이 났다고 했다. 다행히 부상한 사람은 없었다.

아프가니스탄에서 근무하면서 일상에서 가장 힘들었던 점은 제대로 된 매점이 없다는 것이었다. 배급량을 아껴 먹으며 생존할 수밖에 없었고 배 속에서는 늘 음식이 모자라다며 아우성을 쳤다. 동네 식당에서 파이나 감자 요리, 완두콩과 소스를 뿌린 피시앤드칩스를 먹는 꿈을 꾸다가 침을 흘리며 잠에서 깬 적도 있다. 한편 당시 바레인 오성급 시설에서 근무하던 피트 데이비스는 커피, 초콜릿, 아침 식사용 음식을 가득 담은 9킬로그램짜리 우편가방을 들고 바그람으로 날아와 주었다. 피트야말로 진정한 영웅이다.

상황이 아무리 나빠도 우리 '삼총사'는 늘 웃으며 지냈고 때로는 남을 희생시키기도 했다. 우편원은 물건을 슬쩍해 대대 휴게실에 갖다 놓는 걸로 유명한데 특히 외국에서 파견 근무 중에 깃발이나 각종 표지판을 가져오곤 했다. 어렸을 때부터 훔치는 데 일가견이 있었는데다 대위가 부추기기도 해 한번은 터키에서 깃대 하나를 뽑아와 수집물에 크고 붉은 터키 국기를 추가한 적도 있다.

하지만 지금까지 이룬 가장 큰 건은 에어본 로지스틱스 카불 지사 건물에 걸린 탁자만한 금속 간판을 훔친 거였다. '에어본 로지스틱스: 당신을 위한 물류 시스템'이라고 써 있는 간판을 발견하자마자 저건 손에 넣어야 한다고 생각했다. 어느 늦은 밤 카불 공항으로 가는 길에 나는 드라이버를 손에 쥐고 랜드로버에서 뛰어내려 재빨리 간판 나사를 풀고 뒷좌석에 간판을 던졌다. 동이 트기 전에 그 간판은 오만에 가 있었다.

하지만 간판이 없어진 것 때문에 그토록 큰 소란이 일 줄은 예상하지 못했다. 다들 남의 탓을 했고 장교끼리 싸우기까지 했다. 오만에 있던 녀석이 내가 부탁했던 것처럼 사우스세르니로 간판을 보냈다면 난 무사히 빠져나갔겠지만 그냥 텐트에 둬버린 게 화근이 되었다. 엎친 데 덮친 격으로 그 간판을 발견한 것은 부대로 간판을 주문한 장교였다. 결국 간판은 흠집이 약간 생겼지만 제자리로 돌아갔다. 아이러니하게도 몇 년 후 바로 그 장교와 나는 네팔에서 같이 근무하게 됐다. 그는 대화 중 수년 전 그 죄인이 나였다는 사실을 갑자기 깨달았다. 영국군에 근무하는 그 많은 장교들 중 하필 그 사람과 같은 곳에 배치되다니 이런 우연이 있을 수가. 그는 웃다가 날 못난 놈이라고 부른 후 넘어가 주었다.

그 일로 심각한 징계를 받지 않아 다행이었고 다른 사람들도 재밌는 일이었다고 여긴 듯하다. 난 초록색 베레모를 쓴 건장한 군인이었으니 지역 자선단체에 기부하는 것으로 죄 값을 치르게 해주었다. 아, 행복한 시절이었다.

아프가니스탄에서 잘 견딜 수 있었던 것은 못된 장난 외에도 좋은 동료들이 옆에 있었기 때문이다. 자전거를 타며 음악을 들을 때 존 판햄의 〈목소리를 내You're the Voice〉가 나오면 매번 '서로에게 총을 들이대고 우리는 얼마나 오래 마주할 수 있을까'라며 노래를 부르던 그 시절이 떠오른다.

그때의 추억을 꺼내 기운을 차리며, 여정 중 가장 서쪽에 있는 알래스카를 향해 페달을 밟으며, 난 이 기념비적인 목적지에 도달하기를 고대했다. 내 식으로 간단히 생각해본다면 낙원(맨체스터)을 향해 북쪽으로 가는 도중에 버밍엄에 도착해 거의 다 왔다는 느낌과 비슷할 듯했다. 앵커리지에 도착하면 남쪽으로 방향을 돌려 미국 서부 해안선을 따라 긴 여행을 할 계획이었다. 온타리오에서부터 날 지치게 한 맞바람이 이제는 불지 않기를 바랐다. 여정의 중간 지점인 멕시코 국경까지 간 후 다시 방향을 돌려 동쪽으로 가는 게 이후 일정이었다. 달성 불가능할 것처럼 보이기는 하지만 그렇게 수개월을 보낸 후 피트 데이비스와 약속한 것처럼 워싱턴에서 만나 며칠 함께 자전거를 탈 계획이었다.

하지만 그 전에 내가 더 간절히 바라는 중요한 약속이 있었다. 몇 주 후면 비키와 덱스터가 밴쿠버로 날아와 소중한 12일을 같이 보내기로 되어 있었다. 2주 가까이 되는 영광스러운 기간에 머리카락이 긴 내 장군을 단지 귓가에 들리는 목소리가 아니라, 휴대전화로 보는 흐릿한 얼굴이 아니라, 직접 살을 맞대며 볼 수 있을 거였다. 그날만을 손꼽아 기다렸다.

확신이 서지 않는다면 더 힘차게 페달을 밟자.

144

7

앞으로 얼마나 멀리 갈 수 있을지 모르겠다면
그간 얼마나 멀리 왔는지 떠올려라.

———

작가 미상

캐나다와 미국 간 국경 중간 지대

언제부터 셜리에게 말을 걸었는지 기억 나지 않지만 분명 여정 초
반부터 그랬을 것이다. 비슷한 시기에 혼잣말도 하기 시작했다. 뭔
가 중요한 것을 잊어버렸을까봐 초조해하면서 중얼거리곤 했다.

　매일 아침과 밤에 공들여 그날의 예정된 혹은 기록한 여정을 확
인하고 짐이 엉망이 되지 않았는지 혹은 두고 온 것은 없는지도
확인하는 강박 장애와도 같은 의식을 치르며 혼잣말을 했다. 한번
은 옐로브릭을 두고 와 우편으로 보내달라고 한 적도 있었다. 이
일로 비키한테 미움을 받았고 편집증 증상이 생기기도 했다. 모든

것을 조심스레 검토한 후에도 뇌가 장난치는 건 아닐지 걱정이 되었다. 그래서 '내가 정말 그 일을 했나?' 스스로에게 물어보기도 했다. 기억할 것은 너무 많았고 종종 생각의 흐름에 길을 잃기도 해 '구르카, 집중해.'라고 자신을 꾸짖기도 했다.

입대한 사람이라면 누구나 그렇듯 나 역시 입대 초기부터 장비를 확인하고 재확인하는 훈련과 필요한 것을 잘 챙겨 삶이 위험해지거나 적에게 유리한 상황이 발생하지 않도록 하는 훈련을 받았다. 텐트 말뚝 하나를 빠뜨린 채 출발하거나 중요한 장비를 챙기지 않았다면 이를 깨닫는 건 12시간 후 160킬로미터를 이동해 다음 야영장에 도착한 후가 될 것이다. 돌아가기에는 이미 먼 거리를 움직였으니 그 대가를 치러야 할 수밖에 없는 상황이 되는 것이다.

바구니도 매번 내용물을 확인하고 무게 균형을 맞추어야 했고 썰리도 매일 아침 꼼꼼하게 살펴 혹시라도 밤새 고장 난 부분은 없는지 점검해야 했다. 만약 아무것도 없는 외딴 곳에서 체인이 느슨해지거나 나사 하나가 빠진다면 자전거가 넘어져 다리가 부러지거나 머리를 다치는 일은 쉽게 일어날 테고 그렇게 난 끝장 날 수 있었다.

게다가 알츠하이머 유전자라는 가장 센 적이 공격 중이기 때문에 나는 장비 챙기는 일에 더욱 편집증적으로 매달렸다. 군대에서 매사에 논리적으로 생각하고 경계하는 전략을 배우기도 했다. '자꾸 발이 걸려 넘어진다면 신발 끈을 확인하라'는 가르침을 받았다.

나는 비유적으로 계속해서 신발 끈을 확인했다. 하지만 방향을 비롯해 점점 더 식별이 어려워지는 건 분명했다. 휴대전화 앱이나 지도에서 길을 찾을 때 장소 이름이 생각나지 않는 경우도 있었다.

"그곳 철자가 어떻게 된다고?"

황량한 아침 시각에 난 비키에게 다시 한 번 물었고 비키는 하품 섞인 목소리로 대답해주었다.

"스낵크리크야… S-N-A-G."

비키는 차근차근 철자를 불러주었다. 내가 조용히 있자 그래도 이해하지 못했다는 걸 깨닫고는 비키는 격려해주었다.

"글자별로 생각해서 입력해봐."

여정 대부분을 내 위치가 정확히 어디인지, 심지어 무슨 요일인지 조차도 모른 채 보냈다는 게 무섭다. 참고할 만한 점도 별로 없었고 날짜를 계산할 기준도 없다보니 일요일인지 수요일인지, 아니면 무슨 달인지조차 모를 때도 있었다. 현실로부터 벗어나 있는 감각은 피곤할수록 악화됐기 때문에 지나가는 사람들을 붙잡고 "여기가 어디죠?"라고 물을 수밖에 없었다. 그런 질문을 들은 사람은 내가 미친 사람이 아닌가 했을지도 모른다. 사실 아니라고 할 수도 없다.

힘들 때마다 군 시절에도 적극적으로 활용한 내 유머감각에 의지했다. 웃어넘길 줄 아는 능력은 지난 수년간 큰 도움이 됐고 앞으로도 중요한 역할을 해줄 것이었다. 계급이 중사로 올라 책임감이 더 커졌을 때 특히 큰 역할을 했다. 남들과 어울리며 많은 걸 신경 쓰지 않아도 되는 상등병으로 계속 남길 바라기도 했다. 중사가 되니 근심 걱정 없는 생활과는 매우 멀어졌고 따라서 유머로 다른 사람들을 편하게 대하며 어려운 상황을 우회하기도 했다. 하지만 유머 있는 사람이 되려면 그 유머를 들어줄 수 있는 사람이 필요하다. 늘 옆에 있었던 동지의 반응 없이 도로 위를 달리고 있자니 기분이 이상했다. 비키에게 항상 가벼운 농담을 건넸지만 비키는 내 진부한 농담을 이미 다 들어본 적이 있다는 게 문제였다.

몇 시간 도로 위를 혼자 달리는 것은 두 지점 사이에 아무것도 없는 막연한 황무지인 나만의 국경 중간 지대에 있는 것과도 같았다. 유머가 제 역할을 못하는 천국과 지옥 사이의 림보에 있는 것과도 같았고 자연스레 살면서 제일 좋았을 때와 제일 나빴을 때를 생각하게 되었다. 내가 가장 후회하는 것은 코소보로 근무지를 옮기기 직전 1999년에 태어난 내털리와 바레인으로 가기 바로 전 2001년에 태어난 마커스에게 좋은 아버지가 되지 못한 거였다. 유럽연합군 기동 부대와 북극 군사 훈련을 받으러 간 노르웨이에서 1998년 초 내털리와 마커스의 엄마인 키미를 만났다. 그리고 1999년 두 번째 겨울 훈련으로 노르웨이에 가 키미와 결혼했다.

한국에서 태어난 키미는 노르웨이 가족으로 입양됐다. 우리는 처음부터 서로에게 빠졌지만 만난 지 얼마 되지 않아 내가 6개월 간 코소보로 파견 가게 되었다. 결혼식 바로 다음 날에는 같은 기

간으로 보스니아에 가야만 했다. 그런 식으로 계속 해외 근무가 이어졌고 키미는 매년 남편과 3, 4개월만 같이 보내는, 군대에서 소위 '겨울 아내'라고 부르는 생활을 하게 되었다. 친정이 가까이 있긴 했지만 신혼인데다 갓 태어난 아기가 있는 상황에서 쉽지 않았을 것이다.

　난 군인이라는 직업에 열성적으로 임했고 솔직히 언제나 일을 우선시했다. 내 생에 하고 싶은 다른 일은 없었고 다른 일을 고려해볼 여지조차 없었다. 결혼 후 7년간 키미는 처음에는 노르웨이에서, 나중에는 내 근거지인 사우스세르니에서 대부분 혼자 지냈고 그동안 나는 바레인, 발칸 반도, 아프가니스탄, 이탈리아, 독일로 이동했다. 그렇게 우리 사이는 점점 멀어졌다. 결국 아이들이 7살, 6살이던 2006년에 우리는 별거에 들어갔고 일 년 뒤 이혼했다. 가족 모두에게 매우 불행한 시절이었고 난 한동안 세상이 무너진 듯 지냈다. 얼마 지나지 않아 생각을 정리하려고 포클랜드제도로 근무지를 옮겨 9개월을 보냈다.

　나는 영국으로 돌아간 후 얼마 되지 않아 다른 사람을 만났다. 이번에도 빠르게 발전한 관계는 2011년 여름에 결혼으로 이어졌다. 하지만 이 결혼 생활 역시 내가 2년간 시에라리온으로 파견 나가면서 관계의 대부분이 스카이프 화상 채팅으로 채워졌다. 휴가 때마다 집에 가기는 했지만 그 정도로는 관계를 유지하는 데 충분하지 않았다. 네팔의 수도 카트만두로 발령을 받았을 땐 처음으로 함께 살기도 했지만 2013년 초에 우리는 헤어졌다. 키미 때와 마찬가지로 불행한 시절이었고 다시 생각을 정리하기 위해 난 휴가를 냈다.

일 년이 지나 2014년 비키를 만났을 때 나는 사랑의 위험을 감수할 만한 준비가 되어 있었다. 하지만 비키가 내게, 내 미래에 어떤 의미로 다가올지는 전혀 몰랐다. 재미있게도 우리는 1993년 애빙던에서 처음 서로를 스친 적이 있었다. 당시 난 18살 숫총각이었다. 비키의 아버지는 몇 킬로미터 떨어진 디콧에서 불발탄 처리반 중사로 근무했다.

비키와 나는 '더러운 오리'라는 별명이 붙은 흑고니라는 술집에서 마주쳤다. 사람으로 가득했던 바 너머로 비키가 눈에 들어왔다. 나는 슬롯머신에 몸을 기대며 쿨하게 보이려고 무척이나 애를 썼지만 그녀에게서 눈을 뗄 수 없었다. 당시 19살이었던 비키는 나보다 훨씬 성숙했고 독립해 혼자 살고 있었다. 그녀는 내 쪽을 슬쩍 쳐다보고는 친구들에게 몸을 돌려 이렇게 말했다.

"쟨 어딜 저렇게 멍청하게 쳐다보는 거야?"

내가 계속 쳐다보자 이상한 놈이라고 생각한 비키는 이렇게 대꾸했다.

"언제부터 여기가 애들 놀이터가 된 거지?"

내게 한 번도 말을 걸진 않았지만 분명 내 얼굴은 비키의 머릿속에 고정됐고 그 이후로 날 잊은 적이 없다고 한다.

20년이 지나 마침내 우리는 어느 군인 은퇴식에서 다시 만났다. 비키는 내 옛날 사진을 뒤적이다가 수년 전 자기에게 말을 걸려고 애쓴 여드름투성이 남자애가 바로 나였다는 사실을 깨닫고 크게 놀랐다.

"그때 서로에게서 한 발짝 정도만 떨어져 있었잖아. 그 한 발짝만 서로 다가갔다면 이런 짧은 세월이 아니라 지난 20년을 함께 했을 텐데."

어떤 앞날이 기다리고 있든 얼마가 됐든 우리는 주어진 시간을 최대한 활용하기로 처음부터 결심했다. 내 삶의 사랑, 비키를 다시 볼 수 있다는 (그리고 비키가 해주는 환상적인 요리를 먹을 수 있다는) 생각만으로 그간 7천여 킬로미터를 버텨왔다.

비키가 내 달라진 모습을 보고 놀라지 않기만을 바랐다. 5킬로 그램은 빠졌을 게 분명한데다 햇빛 때문에 입술에 물집이 생겼고 선글라스를 계속 쓰고 있는 바람에 눈가만 타지 않아 흰 자국이 생겼다. 팔 아래와 다리 아래만 짙은 갈색이어서 옷을 벗으면 완전히 우스워보였다. 다른 부분은 더없이 허옜고 매력을 떨어뜨리는 벌레 물린 자국투성이에 땀띠와 바이크 바지에 쓸린 자국으로 덮여 있었다. 게다가 악취도 났다. 옷에서도 냄새가 났다. 야영장 샤워실이나 화장실 세면대를 이용할 수 있을 때에만 샴푸로 옷을 빨았고, 젖은 채로 바로 다시 입었기 때문이다. 설상가상으로 머리카락은 너무 길어서 이발소에 들려 더위에 버틸 수 있도록 최대한 짧게 잘라 달라고 했다. 비뚤어진 심보로 작은 콧수염과 염소 턱수염은 기르는 중이었다. 드물지만 거울에 비친 내 모습을 볼 때면 비키가 사랑에 빠진 귀여운 꽃미남은 이제 없다는 사실에 충격을 받곤 했다.

하지만 내가 할 수 있는 거라곤 가던 길을 계속 가는 것뿐이었다. 바람이 세게 불어 '파괴 만(灣)'이라는 뜻의 이름이 잘 어울리는, 디스트럭션베이라는 작은 마을에 가까워지는 중이었다. 미국과의 국경을 몇 킬로미터 남겨둔 상황에서 외모에 신경 쓸 시간은 없었다. 굉장한 경치에 넋이 나가 있었기 때문이다. 군대 시절 중 후회하는 것 하나가 여러 곳을 다니며 목격한 아름다운 경치를 사진에 충분히 담지 않은 것이다. 수없이 찍은 사진에 하나를 더하려고 일정이 늦춰진다고 해도 어쩔 도리가 없었다. 나는 세상에서 가장 경치 좋은 도로를 달리는 중이었다. 로키 산맥을 가로지르는 고속도로를 지나는 경험은 대단했다.

클루앤 호수와 로키 국립공원 근처에서 보이는 빙하와 산맥은 내 생에 최고의 장관이었다. 거의 수직으로 가파른 산맥 앞에 가던 길을 잠시 멈추고 자신이 얼마나 보잘 것 없는지 되돌아보지 않는 자는 유죄라고 할 수 있겠다. 정상에는 아직 녹지 않은 눈이 많이 남아 있었지만 기절할 만큼 아름다웠던 것은 깊은 청록색으로 물들은 호수였다. 그런 색의 물은 본 적이 없다고 생각했지만, 본 적이 있다고 해도 기억하지 못할 수도 있었다.

몽둥이로 다리를 맞은 듯한 고통을 참으며 몇 킬로미터 더 올라가니 압도적인 광경은 더 굉장해졌다. 모퉁이를 돌아가니 눈앞에 계곡 전체가 들어왔다. 말로는 도저히 표현할 수 없는 경치였다.

"와, 셜리! 저거 좀 봐!"

화이트리버 퍼스트네이션 사람들이 몇 명 사는 촌락에 불과한 비버크리크에는 작은 싸구려 술집 하나와 벅숏베티라는 커피숍이 있었다. 나는 두 곳에 들려 배를 좀 채운 다음 비버크리크의 유일한 야영장에 짐을 풀었다. 짜증 나게도 이 야영장은 모기들의 중심지였고 난 산 채로 먹이가 되었다. 게다가 처음으로 도둑을 맞기도 했다. 범인은 실망스럽게도 그곳에 야영하러 온 사람이었다.

자전거를 타고 나오는 반대 방향으로 여행 중인 젊은 외국인을 발견하자 나는 늘 그랬던 것처럼 다가가 인사했다. 상대는 영어가 서툴긴 했지만 간단한 대화를 나눌 수 있었고 그렇게 야영장에 우리 둘뿐이라는 걸 알게 됐다. 그 사람의 눈길이 자꾸 내 짐을 향하는 게 보였다. 하지만 난 좀 씻어야 했기에 셜리에 자물쇠를 채우고 보통 때처럼 중요한 소지품을 챙겨 샤워장으로 갔다. 용변을 볼 때나 샤워를 할 때나 저녁을 먹을 때나 텐트에서 잘 때나 누군가나 몰래 내 바구니를 뒤져 음식과 물을 훔칠 수도 있지만 남의 양심을 믿을 수밖에 없었다.

샤워실에서 나오자 그 외국인은 자전거를 타고 야영장을 떠나고 있었다. 몇 분이 지나서야 내 비옷을 훔쳐갔다는 걸 알게 됐다.

그 비옷은 내가 영국에서 가져와 폭우가 쏟아질 때 텐트 위에 걸치기도 하고 햇볕이 뜨거울 때 가림막으로도 쓰고 강풍이 불 때 셜리와 내가 뒤집어썼던 소중한 물건이었다. 도둑을 맞았다는 게 너무나도 화가 나서 동쪽으로 도망친 도둑놈을 쫓아갈 생각도 했다. 하지만 냉정하게 생각해보니 놈을 붙잡아도 자기는 그런 적 없다고 잡아뗀다면 문제가 생길 수도 있었다. 따라서 미국 국경을 향해 내 갈 길을 가기로 결정했다. 결국 어느 철물점에서 가벼운 방수막을 샀는데 그 비옷보다 더 유용했다. 그래서 비옷을 도둑맞은 게 오히려 잘된 거라고 생각하기로 했다.

도둑맞은 게 그때가 처음은 아니었다. 어린 시절 내가 살았던 이턴 로드 집을 버킹엄궁전처럼 보이게 할 만큼 음침한 여관에 묵었는데 일박에 100달러 넘게 청구됐다. 로키 산맥 근처 어느 외딴 곳에서는 더럽고 냄새나는 오두막집 주인이 75달러를 내라고 해서 깜짝 놀라기도 했다. 다른 투숙객은 없었고 이용할 만한 시설도 거의 없었으며 휴대전화도 터지지 않았고 조식도 제공되지 않는 곳이었다. 주인과 그의 부인도 정말 이상했다. 주인은 마지못해 내게 와이파이 보안키를 알려주었지만 내가 비키와 채팅을 하자 문을 두드리며 와이파이를 쓴다고 잔소리를 퍼부었다. 그렇다고 내가 와이파이 사용을 그만둔 것은 아니지만.

그런 뒤 사전 통보 없이 밤 10시에 전기를 끊어 아무것도 쓸 수가 없었다. 나는 이 괴짜 부부가 방으로 와 날 살해할 것만 같아서 문을 잠그려고 했지만 이 문은 밖에서만 잠글 수 있는 문이었다. 불안해진 나는 셜리로 문을 가로막아 내가 잘 때 그 부부나 더 무섭게는 곰이 들어오는 걸 막아보려 했다. 그날 난 거의 뜬눈으로 밤을 보냈고 동이 트기 전에 그곳을 빠져나갔다.

그런 쓰레기 같은 곳에 돈을 버리는 대신 밖에서 자는 게 나을 때도 있었다. 어차피 시간이 지나면서 아무 데서나 자는 게 익숙해지기도 했다. 완벽한 장소를 고르는 법도 익혔다. 대부분의 장소에서는 야간 캠핑이 허용되지 않았기 때문에 괜찮은 장소를 발견하면 어두워질 때까지 기다렸다. 커피 전문 체인점인 티미 호턴의 어느 지점 뒷문 쓰레기장 옆에 텐트를 친 적도 있다. 와이파이가 잡힌다는 이유 때문이었다. 그런 데서 밤을 보내도 쫓겨난 적은 없었다. 늘 조용히 머물었기 때문에 가게 주인들이 내가 있다는 것을 알 길이 없었고 해가 뜨기 전에 출발하기도 했다. 자세는 낮추고 신속하게 움직인다. 군대에서 받은 잠입 훈련이 언젠가는 쓸모가 있을 거라는 내 예감은 틀리지 않았다.

비키는 런던에서 내 주력자로 계속 활동했고 적어도 하루에 한 번은 비키의 목소리를 듣는 게 점점 더 중요해졌다. 날 도와주는 와중에 덱스터와 케이티까지 어떻게 챙겼는지 나는 결코 이해할 수 없었다. 게다가 친구들과 가족이 보내는 메시지에도 끊임없이 답을 하며 내 근황을 알려주기도 했다. 7월 16일 비키는 머리와 화장을 한 후 늘어나는 내 팔로워들에게 '지상관제센터'에서 어떻게 날 도와주는지 동영상을 찍어 올렸다.

"모든 일이 어떻게 진행되는지 보여드리면 멋질 거 같아서 이 동영상을 찍게 됐어요. 크리스와 제가 어떻게 계획을 세우고 크리스가 어떤 지점에서 다른 지점까지 어떻게 이동하는지, 잘 곳은 어떻게 찾는지 등 전 과정을 공개합니다. 전 매일 밤, 새벽 두세 시까지 크리스를 지켜보며 깨어 있어요. 오늘 밤은 세 시 정도에 잠자리에 들 수 있을 거 같네요. 크리스가 한두 시쯤 목표 장소에 도착할 예정이거든요."

카메라를 바라보며 비키가 말했다.

비키는 카메라를 돌려 내 위치와 주변 지형을 확인할 수 있는 모니터와 내 이동 경로 정보를 보여주는 다른 모니터를 비췄다. 내 위치를 알려주는 화면에서 위도와 경도를 복사해 구글 지도로 옮겨 내가 어디에 있고 내가 향하는 지역은 어떤지 확인했다.

지난 두 달 간 앵커리지에 도착하는 것을 가장 중요한 목표로 삼아왔지만 막상 도착하니 솔직히 김빠진 기분이었다. 7월 12일 선한 캐나다 사람들을 뒤로 하고 땅이 얼어 나무가 자라지 않는 드넓은 동토대와 늪지대로 이루어진 국경 중간 지대를 50킬로미터 정도 가로질러 노스웨이정크션이라는 마을 근처 미국 국경에 달했다. 그곳을 담당하는 국경 경비는 내 모든 서류를 이 잡듯 살펴보았다.

"미국 어디로 가시죠? 미국 방문 목적은 무엇입니까?"

그는 투덜거리는 듯한 목소리로 물었다. 나는 그가 원하는 대로 모든 질문에 깍듯이 대답했지만 군대 시절 만난 최악의 교관을 떠올리게 하는 인물이었다. 내 비자와 다른 서류 전부를 여러 번 확인하던 그는 손에 쥐고 있는 약간의 권력을 사용하려는 의지가 강했다.

650킬로미터를 달려 7월 20일에 드디어 앵커리지 호스텔에 도착했다. 앵커리지의 뚜렷한 빈부 격차는 정말 충격적이었다. 그곳 전체는 상당히 초라해보였다. 대부분 하류층인 아메리칸 원주민과 알래스카 토박이들은 비참한 가난에 시달리고 있었다.

보던베일에서 자란 나는 가난하고 배고프고 불우한 삶이 어떤 것인지 알기 때문에 군대 근무 중 어디로 파견 나가든지 나보다 형편이 좋지 않은 사람들에게 도움을 주고자 노력했다. 보스니아와 시에라리온에서 그랬듯 동전 몇 개나 음식을 나눠 주는 식이었다. 입대를 희망해서 체력 테스트에 합격하고자 하는 사람이 있다면 시간을 내 훈련을 돕기도 했고 네팔에서는 많은 아이들에게 축구도 가르쳐주었다. 라이베리아에서는 해안경비대원들에게 수영하는 법을 알려주기까지 했다. 그들이 갖고 있는 배는 바다에 띄우기에 적합하지 않았기 때문에 실제로 목숨을 구할 수 있게 도움을 준 것이다.

전쟁으로 파괴된 시에라리온에서 2009년부터 2011년까지 파견 근무했을 때는 한걸음 더 나갔다. 시에라리온 수도인 프리타운에는 내가 즐겨 간 커피숍이 있는데 그곳에 갈 때마다 지브라는 청년과 마주쳤다. 한 19살 정도 되어 보였는데 그곳 사람들은 실제 나이보다 더 나이 들어 보였으니 정확하지는 않다. 몹시 가난했던 지브는 시에라리온 화폐인 리온 몇 푼을 받고자 우리 차를 대신 주차해주고 도둑이 들지 않게 봐주곤 했다. 그는 11년간 지속되어 나라를 몰락시킨 내전의 수많은 피해자 중 한 명이었다. 우리 부대가 맡은 임무는 현지 경찰을 훈련하고 불완전한 평화를 지속하는 것이었다. 착한 사람들과 환상적인 해변이 있는 아름다운 나라였지만 폐허가 된 곳이었다.

"넌 어디 살아?"

하루는 내가 지브에게 물었다.

"다른 사람들처럼 빈민촌에 살죠."

"집 좀 보여줄래?"

지브는 나를 제정신이 아니라는 눈초리로 쳐다보았지만 며칠 후 다시 말을 꺼내자 결국 해변가에 있는 판자촌으로 날 데려가 할머니, 두 형제, 그리고 가족의 친구와 함께 사는 방 하나짜리 주름진 양철판집을 보여주었다. 화장실은 없었으며 외부에 있는 수도꼭지 하나를 많은 이웃들과 함께 썼다. 집은 좁은데 물이 새는 지붕 높이까지 악취 나는 낡고 썩은 옷더미가 쌓여 있었다.

"맙소사, 지브! 이게 다 뭐야?"

지브는 부끄러워하며 할머니를 가리켰다. 전 재산이 1리온도 채

안 될 것 같은 분이었다. 할머니가 옷을 주어와 모아두는 버릇이 있다고 했다. 건강을 심각하게 해칠 수 있으니 가능한 한 빨리 갖다 버리라고 나는 조용히 말했다.

이들이 얼마나 끔찍한 환경에서 사는지 확인하고 나니 시에라리온에 근무하는 대가로 받는 추가 수당을 활용해서 무언가 할 수 있겠다는 생각이 들었다. 판자촌에서 나오자마자 예전 군대 동료가 운영하는 철물점으로 가 재료 몇 가지를 주문했다.

"함석, 목재, 못이 좀 필요해요. 그리고 아는 건축 기사 있으면 소개시켜주세요."

뭐 할 계획이냐고 물어서 알려주긴 했지만 널리 알려지는 게 싫다고 하니 철물점 주인은 비밀에 부치겠다고 했다. 소개받은 현지 기사는 정직해 보였으며 열성적으로 다음 주부터 작업을 시작하겠다고 했다. 작업 시작 전날 지브네 집에 들렀는데 여전히 냄새 나는 옷더미로 가득 차 있어서 난 짜증이 났다.

"할머니께 내가 새 집을 지어드리겠다고, 그러니 저것들 다 버려야 한다고 설명 드려."

나는 실망에 찬 목소리로 말했다. 직접 옷가지를 들고 밖으로 나가 한 무더기로 쌓으며 어떻게 처리해야 하는지 보여주었다. 할머니는 못마땅해하며 따졌지만 지브는 분명 안도하는 눈치였다. 내가 끝내지도 못할 일을 시작해 집 없이 지내야 할까 봐 할머니가 걱정하신다고 지브는 말했고 나는 3일 후면 끝날 거라고 안심시켰다.

판잣집을 허물고 새 시멘트 바닥을 깔고 나서야 지브의 가족은 내가 정말 진지하게 집을 지으려고 한다는 것을 믿게 되었다. 3일 후 이들은 견고한 바닥, 튼튼한 벽, 단단한 기둥, 새로 올린 지붕이 있는 새집으로 들어갈 수 있었다. 매트리스가 딸린 낡은 군용 침대까지 가져와 이제는 흙 위에서 자는 일이 없도록 해주었다. 이들의 삶을 바꾸는 데 천 파운드 정도가 들었다. 작업을 끝내고 보니 집은 아주 멋졌고 가족도 분명 만족해했다.

작업 완료. 과연 그렇게 끝났을까?

6개월 후 우기에 지브 가족을 다시 찾아갔다. 순진하게도 그 이후로 오래오래 행복하게 사는 그들을 기대하며 말이다. 하지만 동화에나 나오는 결말을 기대한 내가 바보였다. 가족은 두 팔 벌려 날 환영해주지 않았는데 곧 그 이유를 알 수 있었다. 이웃 중 한 명이 샘이 나 집에 돌을 던진 것이다. 그 사람이 던진 돌에 지붕에는 커다란 구멍이 생겼고 그 상태로 계속 지냈던 게 분명했다. 그 구멍으로 샌 물은 새로 들인 침대 위로 떨어져 침대도 소용없게 되었다.

"지브! 침대를 옆으로 좀 옮기기만 해도 됐잖아!"

지브는 내가 마치 아인슈타인이라도 되는 양 쳐다보았다. 난 지브의 판단력을 평가하기보다 지붕 구멍을 메우는 것으로 문제를 해결한 후 말썽을 부린 이웃을 찾아갔다. 만약 같은 짓을 또 했다는 소식이 들려오면 그때는 군인 동료들을 데려와 손을 봐주겠다고 분명히 말했다.

　시에라리온에서 겪은 경험을 통해 나는 나름의 유익한 교훈을 얻었다. 남을 돕는 데에는 한계가 있으며 좋은 일을 하려고 해도 예상치 못한 결과가 생겨 상황이 악화될 수도 있다는 걸. 지브 가족이 얻은 집을 보고 이웃이 샘이 나서 허튼 짓을 할 수도 있다는 생각이나 내가 개입을 해도 지브와 할머니의 생활 방식이 바뀌지 않을 수 있다는 생각은 어리석게도 떠오르지 않았다.

　미국과 캐나다에도 주변 퍼스트네이션 가족들을 도와주는 사람들이 많을 것이고 어쩌면 나처럼 역풍을 맞을지도 모른다. 나는 남을 함부로 평가하지 말아야 한다는 점을 경험을 통해 알고 있었다. 하지만 앵커리지와 앵커리지로 가는 길에서 만난 빈궁 속에 허덕이는 그 많은 사람들을 목격하니 다시 한 번 놀라게 되었고 얼른 남쪽으로 내려가 내 작은 가족을 만나고 싶은 마음이 더욱 커졌다.

확신이 서지 않는다면 떠나자.

8

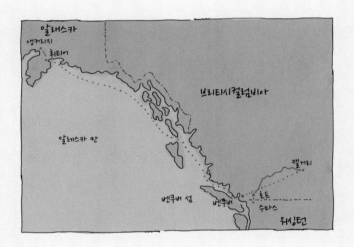

마음이 품고 믿을 수 있는 것이라면
달성도 가능하다.

───────

나폴리언 힐

미국 워싱턴주, 수마스

2015/8/20 _____

자선 모금 자전거 일주 중 가장 힘들었던 구간은 밴쿠버에서 비키와 덱스터와 황홀한 시간을 보낸 후 다시 여정을 시작한 구간이었다. 작별 인사를 하는 것도 무척 힘겨웠지만 새로 몸을 훈련시키고 근육 기억을 되살려야 했다.

그렇다고 비키와 덱스터를 만나지 않는 게 나았을 거라는 말은 결코 아니다. 드디어 만(灣)에 자리 잡은 아름다운 도시에 도착해 휴식을 취하고 '보스'와 우리 꼬마 괴물과 밀린 얘기를 나누었다. 이 순간을 얼마나 기다렸는지 모른다. 둘을 내 품에 안으니 감격에 휩싸였다.

비키 역시 날 만나게 되어 기뻐했지만 가족과 약속을 지키려면 어느 길로 이동해야 하는지를 두고 우리는 싸울 뻔했다. 다른 방법이 없는 게 아니라면 배나 트럭, 버스, 비행기 등은 이용하지 않는다는 규칙이 문제가 되었다. 이 여정은 내가 혼자서 지구력을 시험하는 도전이고, 처음부터 끝까지 자전거로만 일정 전체를 소화하려는 게 내 의도였다. 같은 길로 되돌아가야 하는 일이 생겨도 말이다. 하지만 이 계획은 커다란 문제로 이어졌다. 내가 알기로는 캘거리에서 남쪽으로 내려가는 길이 없어서 나는 다시 앵커리지까지 북쪽으로 자전거를 타고 가겠다고 고집을 부렸다. 놀랍게도 미국의 해안선 중 반 이상은 알래스카에 있었다. 그만큼 알래스카에는 해협과 만이 많았다. 6일 후 비키와 덱스터가 도착하는데 자전거로 그곳을 다시 이동하는 것은 말이 안 되는 소리였다.

따라서 내가 앵커리지에 도착한 후에는 선택의 여지가 몇 개 없었다. 직행 철로도 없었고, 있다고 해도 셜리를 데리고 기차를 타는 것은 불가능했다. 결국 앵커리지에서 소형 페리를 타고 알래스카 주의 작은 항구 도시인 휘티어로 이동한 후 거기서 밴쿠버까지 비행기로 가거나 차를 빌려 가는 방법밖에는 없었다. 어느 방법을 택하든 비키가 영국으로 돌아가면 난 다시 캘거리로 돌아가 잠시 중단한 자전거 여정을 이어나가야 했다. 그래야만 노선이 끊기지 않고 계속 이어질 거였다.

"그렇지만 그렇게 가면 로키 산맥을 다시 지나야 하잖아! 게다가 이미 알래스카 만까지 자전거로 갔었고. 그렇게 하지 않아도 그 누구도 비난하지 않을 거야."

비키가 일러주었다.

"상관없어. 아무도 내가 반칙했다는 말을 하지 않았으면 좋겠어. 제대로 하지 않을 거면 아예 안 하는 게 나아."

난 고집을 부렸다.

밴쿠버까지 가는 여러 방법에 드는 비용을 따져보니 차를 빌리는 게 가장 저렴했다. 하지만 짜증 나게도 나는 운전을 할 수가 없었다. 알츠하이머병 때문에 운전면허증을 1년마다 갱신해야 하는데 이미 6월에 만료됐기 때문이다. 나와 같은 상황에 처한 사람들은 매년 정식으로 갱신 절차를 밟아야 한다. 운전자 및 차량 등록소에서는 담당 의사들과 함께 상의해 내가 운전하는 동안 옆에 누군가 동석해야 하는지 여부를 결정한다. 그런 뒤에야 승인을 해주는 것이다. 영국을 떠났을 때에는 유효한 운전면허증이 필요할 거라는 생각을 하지 못했지만 알래스카에 와보니 운전을 하지 못한다는 것은 매우 불편했다. 어쨌든 차를 빌려 운전하는 방법은 완전히 제쳐놓아야 했다.

셜리와 나를 남쪽으로 데려다 줄 다른 '민디'를 찾지 못한 나는 다음으로 저렴한, 모든 장비를 가지고 100킬로미터 떨어진 휘티어까지 잠시 기차를 타는 방법을 택해야 했다. 휘티어에서는 5일간 남쪽으로 3,500킬로미터를 내려가는 페리를 탔고 비키가 도착하기 24시간도 채 남지 않았을 때에야 밴쿠버에 도착할 수 있었다. 3등 선실 표 가격은 600캐나다 달러나 했는데 간이침대는 포함되지 않았으며 식비 역시 별도 비용을 지불해야만 했다. 제대로 된 잠자리 대신 나는 '무료로' 이용할 수 있는 갑판 위 무자비한 나무 의자에서 다른 무모한 배낭족 두어 명과 자야 했다. 함께 시간 보내기에는 좋은 사람들이었지만 이미 1만1천 킬로미터를 넘게 달려온 나는 지겨움과 초조함에 죽을 맛이었다. 더군다나 텔레비전이 없었기 때문에 축구도 보지 못했다!

며칠 후 비키와 덱스터를 마중 나간 밴쿠버 공항에서 미소를 보내는 비키의 얼굴을 보니 그 모든 성가신 일을 견뎌낼 만한 가치가 있었다는 것을 깨달았다. 하지만 야윈 비키를 보니 놀라지 않을 수 없었다. 내가 떠난 후 3개월간 비키는 임신 기간에 찐 살을 포함해 20킬로그램이나 감량했다. 한편 날 보자마자 비키가 한 말은 "아직도 바이크 바지 입고 있는 거야?"였다. 내가 입을 옷은 라이크라 쫄바지밖에는 없다는 걸 그 누구보다 잘 알고 있었는데도 말이다. 하지만 이 말을 들으니 좀 더 긴 바지를 입을 걸 그랬나 싶기도 했다.

비키와 덱스터가 있는 동안 날씨는 맑고 따뜻했다. 우리는 노스밴쿠버 시 무디 애비뉴에 있는 어느 집 일층을 빌려 지냈다. 유명하다는 흰돌고래를 보러 수족관에 놀러가기도 했지만 덱스터가 시차로 컨디션이 좋지 않았기 때문에 그 외에 따로 놀러가진 않았다. 그래도 좋았다. 함께 시간을 보낼 수 있는 것만으로도 우리는 행복했다. 내가 집을 떠나 있는 3개월간 덱스터가 얼마나 컸는지, 이 꼬마 녀석이 얼마나 날 닮았는지 확인하니 놀라지 않을 수 없었다. 비키는 내가 덱스터만할 때 찍은 사진을 보여주었는데 건방진 표정까지도 날 빼닮았다는 걸 알 수 있었다.

우리 셋이 찍은 사진 중 내가 가장 좋아하는 것은 밴쿠버에서 찍은 사진이다. 사진을 올리니 '함께하는 소중한 시간'을 잘 보내라며 같이 기뻐해주는 댓글로 넘쳐났다. 정말 소중한 시간이었다. 그리고 소중한 것은 늘 그렇듯 이 시간도 금세 지나갔다.

어느새 8월 8일이 되었고 우리가 함께 보낸 휴가도 끝이 났다. 내 사랑스러운 가족이 영국으로 돌아가려고 공항으로 출발한 후 난 기운 넘치는 다리로 다시 도로 위에 올랐다. 이번에는 그레이하운드 버스를 타고 캘거리로 가 딘 스토크스의 친구 집에서 두어 밤을 묵었다. 서쪽으로 가는 도중에는 전 낙하산 부대원인 프랭크 핸비의 집에서 잠시 지내기도 했다. 느닷없이 재워 달라는 전화를 받은 프랭크는 "그럼, 어서 와. 구르카!"라며 늘 그랬듯 날 받아주었다. 프랭크와 부인 파스칼은 셜리를 정비소에 맡겨주고, 바비큐 파티를 열어 친구들을 소개해주었고, 다음 구간에 대비해 내가 배불리 먹고 푹 쉴 수 있게 해주었다. 1.5킬로미터를 다시 등반해야 하는 그 구간 말이다!

로키 산맥 횡단은 끔찍했고 다리는 더 이상 기운 넘치지 않았다. 한동안 페달을 밟는 데 균형이 맞지 않았고 예전 리듬을 되찾기가 힘들었다. 더운 데다가 습도는 높아 끈적거렸고 땀을 많이 흘려 탈수 증상이 나타났다. 그냥 가던 길을 멈추고 갖고 있는 물은 죄다 마시고 싶은 적도 있었다. 소금기 많은 땀이 얼굴을 타고 흘러내려 눈은 따가웠고 다리 힘줄은 욱신거렸다. 내 정신력과 체력을 진정으로 시험하는 그런 도전이었다.

운동선수들은 흔히 '벽에 부딪쳤다'고 표현하는 한계에 달하고 이 한계를 넘어서야 하지만 나는 그전까지 제대로 된 벽을 마주한 적이 없었다. 에베레스트산 베이스캠프에서 마라톤에 참여했을 때에도 그 정도로 힘들지는 않았다. 물론 해발 5킬로미터 지점에 있었으니 숨 쉬는 게 좀 힘들었고 산소가 희박한 곳에서 6킬로그램짜리 안전 장비까지 들고 다니려니 버겁기는 했다. 바닥은 얼어 있었고 산길은 오르락내리락 거려 따라가기가 무척 거친 길이었다. 진짜 구르카인 몇몇을 포함한 우리 15명은 짝을 지어 베이스캠프 근처 고락셉에서 남체바자에 있는 셰르파족 마을까지 45킬로미터를 달렸다. 나는 내 짝인 마크 블랙과 함께 6시간 8분 만에 일등으로 도착했다. 그리고 무엇보다도, 우리는 구르카 족을 이겼다.

에베레스트 마라톤보다 더 힘들었던 것은 2004년에 2주간 활강 스키를 한 후 로마에서 이어 달린 마라톤이었다. 아름다운 도시 밀라노에서 북대서양 조약 기구와 영국 영사관과 함께 근무한 파견 기간 중에 참가했다. (특이하게도 내가 밀라노에 있는 동안 어머니부터 친구 닐, 동생 리지까지 날 방문했다.) 어리석게도 마라톤 전날 밤 맥주를 마시러 나갔다가 마라톤 당일 아침 최악의 상태로 일어났다. 정말이지 죽을지도 모른다는 생각이 들 정도였다. 토를 하도 많이 해서 경주 시작을 놓쳤고 경주에 합류한 후에도 달리기 선수라기보다 노인처럼 움직였다. 어쨌든 달리면서 그럭저럭 몸을 회복했고 4시간 내로 마라톤을 끝낼 수는 있었지만 그때가 '벽'과 가장 가까이 마주한 순간이 아니었다 싶다. 제대로 된 훈련 없이 숙취를 마라톤으로 해소하는 방법은 절대로 권하지 않는다.

로키 산맥을 자전거로 달리는 것은 다른 종류의 고통을 가져왔다. 다리는 소리를 질렀고 경사가 심한 길을 오를 때마다 내 약한 무릎에는 재앙이 닥쳤다. 다행히도 이런 고통에 시달린 지 얼마 되지 않아 안장과 핸들 위치를 더 편한 쪽으로 조절해야 한다는 것을 알게 되었다. 비키가 나 대신 구글로 해결책을 찾아주었고 자전거 수리점에서도 다른 조언을 덧붙여주었다. 적절하게 자전거를 손 보고 나니 무릎도 다시 정상으로 돌아왔다.

자전거로 산을 오르기에는 너무 더운 날씨였지만 적어도 입을 바짝 말리거나 눈에 모래알을 날리는 바람은 없었다. 그리고 그 높이에서는 벌레도 훨씬 적어서 이런 소소한 운에 고마워했다. 로키 산맥은 보이는 것처럼 높지 않다고 자신을 설득하며 올라갔다. 하지만 산맥을 가로질러 가는 길은 확실히 힘들었다. 산꼭대기 사이에 난 길은 굴곡이 U자형으로 굉장히 심해서 운전자들은 모퉁이를 돌고 나서야 셜리와 나를 발견할 수 있었다. 그럴 때면 차가 너무 가까이서 방향을 바꾸었고 나는 쓰러지지 않으려고 자전거를 멈추어야 했다.

한번은 모퉁이를 돌다가 내가 달리던 차선으로 빠르게 다가오는 대형 트럭과 마주쳤다. 다른 데로 빠질 길이 없었기에 나는 냉큼 수를 써야 했다. 얼른 자전거에서 내려 가파른 경사에 몸을 세게 부딪쳤다. 몹시 아팠다. 터널 역시 위험했다. 앞뒤로 라이트를 켠 채 달린다고 해도 내 뒤에서 속도를 내며 다가오는 운전수들은 부딪치기 직전에야 날 발견했다. 이 구간에서 적어도 두 번은 자전거에서 떨어졌고 몸에는 그때 일을 드러내주는 흉터가 있다.

밴프 국립공원에 있는 루이즈 호에 도착해 절실히 필요했던 휴식을 취할 수 있었다. 곰이 들어오는 것을 막아주는 전기 철책까지 있는 야영장을 자랑하려고 동영상을 찍었다. 카메라를 돌리며 마음 좋은 스웨덴 여행자들의 텐트 옆에 친 내 텐트와 셜리를 비추었다.

그 동영상을 다시 보고 있자니 비키와 덱스터를 만나 함께한 소중한 시간이 내게 얼마나 큰 활력을 불어넣었는지 그대로 보였다. 그간 마주했던 험한 오르막길과 앞으로 마주해야 할 길에도 불구하고 나는 기분이 들떠 재잘거렸다. 퍼렐 윌리엄스의 〈해피Happy〉가 흘러나올 때마다 내 기분과 정확히 일치하는 가사 내용 때문에 나는 마음이 더욱 들떴다. "그 무엇도 날 우울하게 할 수는 없어, 난 지금 매우 들떠 있으니까"라며 따라 불렀다. 물론 높은 고도에 있다는 얘기는 아니었다.

이 새 에너지 덕에 나는 자신을 좀 더 부추겨 앞으로 나아가 산을 넘어 미국 국경을 향해 내려갔다. 8월 20일 호프Hope라는 마을에 도착했을 때에도 기분은 계속 좋았고 사진과 함께 이렇게 올렸다.

"알츠하이머병을 치유할 수 있다는 희망을 안고."

그날 마침내 국경을 넘었다. 캐나다 브리티시컬럼비아주에서 세계에서 가장 긴 국경을 거쳐 수마스라는 도시를 통해 미국 워싱턴주로 들어가니 기분이 뭔가 의미심장했다.

"이제 내리막길만 남은 거죠!"

팔로워 중 한 명이 농담 섞인 코멘트를 올렸다. 맞바람에서 벗어나 남쪽으로 달리는 순간은 심리적으로도 중요하게 느껴졌다.

비키는 내 귓가에 활기를 불어주는 목소리로 재잘거려 주었으며 내 이동거리가 예상에 미치지 못할 경우 '농땡이'를 부렸다며 짓궂게 비난했다. 닐 데드맨이 언젠가 말한 것처럼 나와의 "관계는 대부분 서로를 유머 넘치게 놀리고 괴롭히는 데 바탕을 둔다." 하지만 상황이 불리해 나조차도 긍정적인 마음을 유지하기 힘들 때가 있었다. 만약 계획한 하루의 이동거리를 달성하지 못했다면 기분도 반드시 영향을 받았다. 매일 상당한 거리를 이동하려고 했던 것은 덱스터의 첫 크리스마스를 함께 보내고 싶었기 때문이기도 했지만 예산이 바닥나고 있기도 해서였다.

나는 이 여정을 끝내야 했다. 계획대로 완주해야 했다. 이것이 내가 세운 단 하나의 목표였고, 앞에 어떤 일이 날 기다리고 있든 간에 이루어내야 했다.

비교적 최근까지만 해도 내게 심리적으로 뭐가 좋고 나쁜지 잘 판단조차 하지 않으며 살았다. 무엇에 대해 깊게 고민하기보다 그냥 살아지는 대로 사는 식이었다. 매일 달리기를 하고 집에 돌아와 샤워를 한 후 식사를 하고 무언가 생산적인 일을 하며 착한 여성의 사랑을 받으며 사는 삶에 난 만족했다.

2008년 즈음에 이 모든 것이 바뀌었고 내 삶은 무너지기 시작했다. 그 얘기를 제일 먼저 꺼낸 게 누구였는지 정확히 기억나지 않지만 아마 리지와 안부 전화를 하던 중에 나왔던 것 같다. 수년간 리지는 내 비공식 개인비서로 활동하며 내가 해외로 파견 가 있을 동안 필요한 물건을 정기적으로 보내주고 다음 소포가 출발했다는 전화를 해주기도 했다. 한 번 하면 한 시간가량 이어지는 통화 중에 토니 형이 같은 말을 반복하고 건망증이 심해졌다면서 치매가 시작된 건 아닌지 걱정된다고 말했다.

믿기 힘든 말이었다. 토니 형이? 지독히도 독립적이고, 자기만의 길을 고집스럽게 개척하던 내 형이 치매라고? 비가 억수같이 쏟아지던 날 낡은 포드 오리온을 몰고 형을 보러 뉴포트까지 간 게 그리 오래전 일도 아니었는데 말이다.

형은 늘 그랬듯 날 반갑게 맞이해줬고 나 역시 형을 만날 때마다 기뻤다. 형은 열심히 일하는 가장이 되었고 리지가 키프로스에서 결혼했을 때 아버지 대신 자랑스럽게 신부 입장을 함께 했다.

최근 몇 년간 형은 좀 이상하게 굴긴 했다. 13년간 결혼 생활을 해온 젠과 갑자기 헤어지고 형의 첫사랑이자 자기의 첫 아이를 임신한 제인과 살기 시작해 모두들 큰 충격을 받았다. 형은 제인과 맨체스터로 돌아갔고 둘은 나중에 리처드와 제임스라는 형제를 낳으며 계속 함께 지냈다. 그런 큰 변화에도 불구하고 형은 대형 자동차 경매 회사에서 관리직으로 승진했고 아이를 맞을 생각에 기뻐했다.

최근에 형이나 형 가족을 자주 보지는 못했지만 내가 영국 집에 머물 때는 아이스크림이나 영국식 아침 식사를 먹으러 가곤 했다. 어렸을 때보다 어른이 된 후 형과 더 가깝게 지내게 됐고 서로 웃음 코드도 맞았다. 그런 형이 이제는 건강하고 빈틈없는 사람과는 거리가 멀어졌다니 큰 충격이었다. 소식을 듣자마자 나는 훈련을 받으러 고향으로 돌아갔고 훈련이 끝난 후 닐과 함께 형의 집으로 갔다.

"형, 잘 지냈어?"

내 질문에 형은 머리가 좀 아픈 거 빼고는 괜찮다고 했다.

"최근에 축구는 했고?"

나는 일부러 가벼운 얘기만 건네며 대화를 유지했다. 우리는 보통 때처럼 기름기 많은 음식을 먹었고 형이 크게 달라진 점을 느끼지 못해 안심했다. 형이 무엇을 마실지 물었다.

"알잖아, 형. 난 차 한 잔 줘. 설탕 두 스푼 넣어서."

형은 방을 나가더니 잠시 후 들어왔다.

"뭐 마실 것 좀 줄까?"

"응. 차 한 잔 부탁해. 설탕 두 스푼 넣어서."

목덜미에 난 털이 쭈뼛 서는 걸 느끼며 내가 다시 답했다. 형은 그렇게 네 번 정도 같은 질문을 하더니 설탕은 전혀 넣지 않은 차를 내게 주었다. 그때서야 문제가 생겼다는 걸 깨달았다. 형을 다시 찾아갔을 때 나와 닐은 형과 함께 술집에 갔다. 우울해 보이던 형은 위스키를 마셨다. 그리고 30분 후 너무 취한 형을 데리고 집으로 가야만 했다. 형은 술을 감당할 수 없었고 그때 이후로 내리막길로 들어섰다.

내가 좀 모자란 탓인지는 모르겠으나 그때까지만 해도 형의 상태를 나와 연결 짓지 못했다. 어쩌면 문제를 애써 외면하고 싶었는지도 모르겠지만 아버지의 죽음과도 연결 짓지 못했다. 어쨌든 아버지는 정신병원에서 돌아가셨으니까. 뇌에 물이 찼다는 게 의사들이 내세운 이유였으니까. 그게 형이나 나와 무슨 상관이란 말인가? 하지만 형은 아버지가 정확히 어떤 병으로 돌아가셨는지 알고 있었고 자기 또한 비슷한 증상을 보일까봐 늘 두려워했다는 사실을 나중에야 알게 됐다. 형은 결혼하기 전에 무슨 문제는 없는지 확인하려고 건강 검진을 받았고 아무 이상 없다는 결과를 받고는 크게 안도했다고 젠이 알려주었다.

"토니는 낯선 사람들이 아버님을 데리러 온 날을 기억했어요. 그레이엄 가문의 가계도를 만든다며 조사하곤 했는데 아버님 사진을 발견할 때마다 많이 힘들어했죠. 토니도 같은 병을 앓을 수 있다는 검진 결과가 나오면 아이는 낳지 말고 입양하자고까지 얘기했었어요. 결국 우리 사이에 아이는 없었지만요."

맨체스터로 이사한 후 얼마 되지 않아 형은 "머릿속에 뭔가 기어다니는 듯하다"고 표현한 두통에 시달리기 시작했다. 몇 년 사이에 두통은 심해졌고 다른 부분에서도 영향을 받기 시작했다. 일시적으로 집중력이 흐려질 때도 있어서 운전할 때 어려움이 생겼고 공간 인식이 힘들어 차가 여기저기 충돌할 때도 있었다. 형은 최신 기술을 이용하는 것을 힘들어했고 발작을 일으키기도 했다. 결국 운전면허증은 취소가 됐고 일도 그만둬야 했다. 그럼에도 그레이엄다운 결단력을 보여 집에 온실을 세우기도 했다.

젠은 진정으로 성자 같은 모습을 보였다. 자신을 떠난 토니 형을 용서했고 가족의 생계를 책임져야만 했던 제인과도 계속 가깝게 지내는 중이다. 형의 건강이 심각해지자 매월 한 번씩 예전에 형과 함께 살았던 웨일즈 집으로 데려가 주말 동안 간호를 자처하기도 했다. 젠은 재혼하지 않았고 인생을 함께할 다른 사람을 만나지도 않았다.

"토니와 같이 있는 게, 할 수 있을 때마다 토니를 돌보는 게 좋았어요. 곧 아이를 돌보는 듯한 일이 되어버렸지만."

나처럼 형 역시 먹는 것을 좋아하고 식욕도 왕성하다.

"밥을 먹을 때나 근처 농장에 가서 동물들을 볼 때 토니는 가장 행복해 보여요. 농장에 가서 우리는 서로 팔짱을 끼고 애들처럼 언덕을 뛰어내려오기도 했어요."

젠은 지금도 매주 형을 방문하고 제인과 아이들을 도와주고 있다.

우리와 대화하는 게 불가능해지기 전에 형은 본인이 아버지와 같은 나이에 조기 알츠하이머병 진단을 받았다는 사실뿐만 아니라 우리 역시 같은 병에 걸릴 확률이 반반이라고 알려주었다. 리지는 이 소식을 둘째 딸의 첫 번째 생일이자 첫째 딸인 벨라가 세례받은 날에 듣고 눈물을 흘렸다.

"그날 토니 오빠는 매우 조용했어요. 게다가 벨라 이름을 자꾸 잊어버리고 벨라를 남자아이로 착각하더라고요. 그래서 왜 그러냐고 물었죠. 그때서야 그간 숨겨온 사실을 내뱉더라고요. 오빠는 병 진단을 듣고도 의연하게 받아들였나 봐요. '내가 맏이니 내가 병을 물려받는 게 당연해.'라고 하더군요. 오빠가 해준 말에 충격을 받았지만 파티에 친척과 친구들이 많이 와 있어서 감정을 숨기려고 애썼어요. 하지만 아이들 걱정을 멈출 수는 없었어요. 그 사실을 2년 전에 알았으면 좋았을 텐데,라는 생각이 자꾸 들더라고요."

리지가 전화로 사우스세르니에서 근무 중인 내게 소식을 전해주고 나서야 우리 남매와 아이들에게도 심각한 영향이 갈 수 있다는 것을 깨달았다. 가족 전부에게 힘든 시기였다. 처음에는 이 사실을 어떻게 받아들여야 할지 아무도 몰랐다. 적어도 난 어떻게 해야 할지 몰랐다. 내가 무력하다고 느껴졌고 겁이 나 떠나고만 싶었다. 몇 달간 호주와 뉴질랜드를 여행하고 있는 닐을 떠올리고는 5주간 휴가를 내 닐에게 날아갔다. 텐트와 제트포일을 챙겨갔고 차를 한 대 빌려 닐과 함께 뉴질랜드를 돌아다녔다. 영락없는 우울한 총각 두 명이었다.

마침내 여행을 끝내고 영국으로 돌아가 형을 보러 갔다. 맨체스터 유전학 전문의들과 런던 치매연구소 전문가들이 형의 상태를 파악 중이었다. 그들은 아버지가 앓은 병과 할아버지와 고모가 일찍 돌아가셨다는 것을 확인한 후 형의 DNA를 처음으로 검사했다. 결과는 경종을 울렸고 가족 간에 전염되는 알츠하이머병 유형이 발견됐다. 셀마 고모와 마찬가지로 친할아버지 역시 일찍 돌아가셨다는 것은 알고 있었지만 토니 형이 조사한 가족 내력을 살펴보니 고모의 딸인 웬디 역시 치매로 일찍 죽었다는 게 드러났다.

"우리 가족 피에 치매가 흐르고 있어. 전 세계에서 이 돌연변이가 있는 가족은 몇 백 가구밖에 되지 않는데 우리가 그중 하나래."

형이 말했다.

"그러니 얼마나 대단한 운이야."

나는 빈정댔지만 속은 메스꺼웠다.

형을 담당하는 전문의들은 우리 모두 맨체스터 유전학 연구소를 찾아가라고 재촉했다. 연구소에서는 이 달갑지 않은 유전이 우리와 아이들에게 어떤 의미가 되는지 고려하고 유전 검사를 할지 여부를 결정하는 데 도움을 주었다. 검사 결과가 양성으로 나올 경우 어떤 영향을 받게 될 것인지, 향후 어떤 의료 및 상담 지원을 받을 수 있는지, 아이를 더 갖고자 하는 계획에는 어떤 영향을 미칠지 등을 상세히 알려주었다.

리지는 걱정을 멈추기 위해서라도 바로 유전자 검사를 하고 싶어 했지만 연구소에서는 그래프와 자료를 제시하며 검사 결과를 알게 된다면 삶이 망가질 수도 있다는 점을 경고했다.

"난 검사를 받고 싶었지만 상담의가 해준 말에 마음이 흔들렸어요. 모르고 사는 동안에는 희망을 품을 수 있다고 하더라고요. 검사 결과를 알게 된 순간부터는 아무도 시간을 되돌릴 수 없을 테고, 대처할 방법도 없을 테니 결국 희망을 잃게 된다고요. 아이들이 출산 연령이 되기 전까지는 상황을 무시하고 잊어버리자고 남편이 결국엔 설득했죠."

그 후 약 4년간 리지는 자기도 일찍 죽을 거라는 생각에 사로잡혀 지냈다.

"크리스 오빠처럼 나도 뭘 자꾸 까먹는 편이었는데 그럴 때마다 치매 탓을 하게 됐고 결국 삶이 무색해지더라고요. 내가 죽게 되면 아이들에게 물려주려고 사진과 조언을 모아둔 책도 만들고 무책임해지기 싫어서 아이를 더 갖지도 않았어요."

에인지 누나 역시 비슷하게 불안해했지만 검사는 받지 않겠다고 단호히 말했다.

"매우 어려운 딜레마였지만 알고 싶진 않았어요."

삶의 중요한 일에 있어서 누나와 리지는 나보다 훨씬 더 결단력 있게 행동한 반면 나는 약간 심드렁한 태도로 강한 척했다.

"어쨌든 우리 전부 다 언젠가는 죽을 거 아니겠어? 걱정 마, 결과가 양성으로 나온다고 해도 목 매달 노끈 달라는 말은 하지 않을 테니까."

만약 내기를 하는 상황이었다면 내 몸에 '미친 유전자'가 있다는 쪽에 돈을 걸었을 것이다. 나는 기억력이 좋지 않은데다 (아버지처럼) 약속 시각을 종종 지키지 못했고 열쇠를 잃어버리거나 가야 할 곳에 가지 않는 경우도 자주 있었다. 우리 가족을 위협하는 진정한 본성이 무엇인지 알고 나니 모든 게 갑자기 명확해졌다. 결국 많은 것에 대한 답을 알게 되었으니 어떤 식으로든 안도할 수 있었다. 난 단순히 멍청한 게 아니었다.

검사를 받지 않겠다는 누나와 리지의 지극히 사적인 결정은 이해가 갔고 매우 공감하기도 했지만 나는 검사를 받고 싶었다. 하지만 해외 근무와 다른 여러 이유로 검사 과정은 일 년 넘게 진행됐다. 그동안 내가 결과를 잘 받아들일 수 있는지, 결과를 알고 난 후 어떤 일이 생길지에 관해 여러 번 상담을 받았다.

"검사를 받기로 결심했어요. 아버지도, 할아버지도 병에 걸리셨고 형까지도 진단을 받았으니 저도 알고 싶어요."

나는 반복해서 말했다. 상담 기간 내내 결심은 변하지 않았지만 상담의는 반복해서 내게 질문을 던지고 답을 분석하는 절차를 밟아야 했고 내 머릿속은 복잡해졌다. 결국 모르는 상태로 더는 견딜 수 없었다. 나는 손으로 눈을 가리며 공포 영화를 보지 않았다. 그러는 대신 "어이! 그 문 뒤에 숨은 게 누구야?"라고 말하는 쪽이었다. 문 뒤에 뭐가 숨어 있는지 확인할 차례였다.

당시 난 키미와 이혼한 뒤 새로운 사람을 만나는 중이었다. 아프리카에서 근무 중이었지만 나뿐만 아니라 아이들을 위해서라도 알아야 했다. 무엇을 더 기다린단 말인가? 간단한 피 검사로 앞날에 무슨 일이 기다리는지 알 수 있을 거였고 어쩌면 치료를 시작할 수도 있었다.

"미래에 대비하고 싶어요. 숨을 이유는 없어요."

의사에게 말했다. 게다가 나는 20여 년간 군대에서 근무했기 때문에 군복무가 끝날 때까지 신체적으로나 정신적으로나 금융적으로 지원을 받을 수 있을 거였다. 병 진단을 받았을 때 사실상 실업자나 다름없었던 토니 형에 비해 사정은 훨씬 나았다.

시에라리온에서 함께 근무한 동료 대부분은 내가 어떤 곤경에 빠져 있는지 알고 있었지만 결과가 나오기 전까지 공식적으로 알

리지 않기로 마음먹었다. 숨기려는 의도는 없었지만 불필요하게
주변 사람들을 불안하게 할 필요도 없다고 봤다. 더군다나 내 건망
증은 어떤 식으로든 업무에 지장을 줄 정도는 아니었다.

2010년 여름, 휴가를 내 결국 검사를 받았다. 간호사가 피를 뽑
아 작은 병에 옮기는 걸 보면서 이제 결과가 나오기 전까지 기다
리는 일만 남았다고 생각했다. 한 달 정도는 있어야 다음 휴가를
낼 수 있었기 때문에 2010년 10월 12일로 병원 예약을 했다. 아이
러니컬하게도 그 날은 비키의 생일이었다. 그때는 (정식으로) 비키
를 만나기 전이었지만 말이다. 나는 상담의 사무실로 들어가 자리
에 앉고 결과를 들었다.

"유감입니다만 돌연변이가 발견됐습니다."

어느 정도는 예상하고 있었지만 내게 알츠하이머 유전자가 있
다는 소식은 여전히 큰 충격이었다. 그간 부린 온갖 허세에도 불구
하고 난 생각했던 것보다 준비가 덜 되어 있었다. 그 말을 듣자 숨
이 가빠졌다. 내털리와 마커스, 그리고 새로 만나게 된 여자친구까
지 고려해야 했기 때문에 감정은 더욱 복잡해졌다.

결과가 양성으로 나왔다고 해도 아직은 걱정할 만한 증상은 없
다며 담당 의사들은 날 안심시키려 했다.

"건강을 유지하는 것이 지금 할 수 있는 최선의 일인데 지금 상
태는 최상입니다. 그리고 치료법은 계속해서 연구 중에 있고요…"

"아이들은 어떻게 되는 거죠?"

나는 의사의 말을 끊었다.

"아이들에게도 돌연변이가 있을 확률은 50퍼센트입니다."

그 말에 눈물이 고였다. 건강한 내 십대 아이들이 언젠가 이 충격적인 소식을 듣게 될 수도 있다는 말을 받아들일 수 없었다.

"애들은 언제 검사받을 수 있나요?"

난 목이 메었다.

"18살은 돼야 합니다. 윤리적 문제 때문이지요. 검사 여부를 스스로 결정할 수 있고 정보를 소화할 수 있어야 하니까요."

아이들이 보통 증상이 나타나는 삼십 대가 되면 분명 치료법이 개발될 거라고 다들 날 안심시켰다.

"그 전에라도 치료법이 발견되면 누구보다 먼저 시험받으실 수 있도록 조치하겠습니다."

"맨체스터 시티 팬보다는 먼저 받을 수 있게 해주세요."

나는 필사적으로 진정하려 애를 썼다.

소식을 전하기 위해 병원에서 리지에게 전화를 걸었다.

"토니 오빠가 그렇게 된 것도 겨우 받아들였는데, 오빠까지 그러면 어떡해!"

리지는 울며 말했다. 내가 얼마나 힘든지 알아차렸겠지만 나는 리지나 그 누구 앞에서도 울음을 참았다. 결과가 양성이라는 소식에 리지는 자기 역시 '미친 유전자'가 있을 거라고 더욱 확신하게 되었다. 우리는 다른 모든 면에서 매우 닮았기 때문이었다.

시에라리온에 근무 중일 때 자전거로 미주 대륙을 일주하는 마크 보몬트의 모습을 텔레비전으로 처음 보았다. 이미 페달을 밟으며 세계 일주를 해 기록을 세웠는데도 미주 대륙의 두 최고봉을 포함해 12개 나라를 거쳐 2만 킬로미터가 넘는 거리를 자전거로 이동하는 모습이 믿겨지지가 않았다. 그 굉장한 여정을 보며 그의 궤도를 따라 나만의 여정을 계획해보자는 결심이 섰다. 내가 자랑스러워하는 초록색 베레모를 증명하려는 마음도 있었다. 큰 스포츠 활동에 도전하는 것으로 군복무의 마지막을 장식하려는 마음은 늘 있었는데 이것이야말로 딱 들어맞았다.

자전거를 자주 타는 편이 아닌데다가 사형 선고까지 받은 마당에 이 계획은 상상할 수 없는 일이라고 가족과 친구들은 생각했지만 내게는 시도하지 않는 것이야말로 상상할 수 없는 일이었다.

5년 후 이 계획을 본격적으로 실행에 옮기게 되었다. 상상할 수 없는 일을 계속 이어나가며 여전히 할 수 있다는 것을 나 자신과 모두에게 증명하는 데 열중했다. 아직 1만 6천 킬로미터가 남았으니 내가 통제할 수 없는 것에 대한 생각을 멈추고 내가 할 수 있는 것을 계속해야 할 때였다.

확신이 서지 않는다면 돌격하자.

9

진정한 여행은 마음으로 하는 여행이다.

라이너 마리아 릴케

오리건주와 캘리포니아주 경계선

2015/9/3 _____

캐나다를 뒤로하고 마침내 미국다운 땅에 진입하자 (알래스카는 캐나다 유콘과 거의 똑같아 보였다) 지금까지 받은 대접에 갑자기 고마움이 느껴졌다.

오리건주는 정말 아름다웠다. 주를 상징하는 동물인 비버도 유명하지만 북서부 지역에서 자전거로 갈 수 있는 산길 중심지도 유명했다. 로키 산맥에 비하면 수월한 내리막길 같은 이곳을 자전거로 달리자니 기분이 좋았다. 내 얼굴을 때리는 맞바람 대신 불어오는 남풍은 마치 속삭이는 듯했다. 이곳에서도 굉장히 좋은 대접을 받았다. 자전거 여행자들이 묵기 좋은 민박집에 빈 방이 없자 집 주인은 부엌을 내주기까지 했다.

성수기인데다 날씨도 쾌적했기 때문에 많은 야영장에는 빈자리가 없거나 혼잡했다. 비키는 계속해서 매일 밤 훌륭하게 나를 안전한 곳으로 안내해주었지만 계획대로 되지 않는 날도 있었다. 8월 말 포틀랜드와 유진이라는 마을 사이 어딘가에서, 부끄럽지만 나는 사랑하는 대장에게 욕을 해버렸다. 자칫 군사 법원에 불려갈 수도 있는 짓이었다. 변명을 대자면 그날 난 새벽 네 시에 일정을 시작해 25도 햇볕 아래 10시간 동안 쉬지 않고 달려 완전히 녹초가 돼 있었다.

비키가 지도에는 있지만 사실은 없어진 야영장을 안내해주면서 문제는 시작됐다. 한 개인이 서브리머티라는 곳 근처의 땅을 최근에 샀는데 그 땅에 야영할 자리가 있음에도 주인은 내가 그곳을 이용하지 못하게 했다.

"이봐요, 전 여기까지 100킬로미터를 자전거로 달렸어요."

주인은 마지못해 허락했지만 아무런 시설 없는 빈 공간을 쓰는데 35달러나 내라고 했다.

"현금만 받습니다."

도움이 안 되는 말도 덧붙였다.

나는 잃어버리거나 도둑맞을까봐 현금은 일부러 조금만 가지고 다녔고 그 주인은 신용카드는 받지 않겠다고 했다. 이는 가장 가까운 마을이 있는 올버니까지 자전거로 40킬로미터를 달려 현금지급기를 찾은 후 다시 40킬로미터를 돌아와야 한다는 소리였다. 비키는 대신 올버니에 있는 모텔을 발견했고 55달러로 아침 식사를 포함해 침대, 샤워실이 있는 방을 이용할 수 있었다.

"결국 다 잘 풀리긴 했지만 크리스는 그날 정말 화를 많이 냈어요. 최악의 실수를 하필 크리스가 위기에 처해 있을 때 저질렀지 뭐예요."

비키는 내 기분을 풀어주려고 다음 날 꼭 덱스터라는 마을을 거치게 했다. 아들의 이름과 같은 마을에 들어서니 확실히 기분이 좋아졌다. 나는 가던 길을 멈추고 덱스터 호, 덱스터 우체국, 덱스터 시장, 덱스터 주류 판매점 등을 마구 찍었다. 구글에서 검색해보니 우체국장의 사무실에 있던 덱스터 난로 상표에서 마을 이름을 따와 1875년에 붙였다고 한다. 품질 좋은 난로여서 이를 기념하려고 말이다. 이처럼 힘이 나게 해주거나 특이한 장소를 발견하게 되면 엉망인 날도 견딜 수 있다.

두 번째 위로 선물로 비키는 내게 절실히 필요한 휴일을 보낼 곳으로 오크리지에 있는 그린워터스파크 자전거길 야영장을 예약해주었다. 내게 절실히 필요한 휴일을 보내기에 좋은 곳으로 수영할 수 있는 아름다운 강이 흐르는 곳이었다. 목표 지점에 가까이 와서 나는 닐 데드맨에게 전화를 걸어 근황을 주고받았다. 친구의 목소리를 들으니 기운이 났다.

닐과 통화하고 숙면을 취하고 나니 세상을 향한 믿음은 돌아왔고 기운 역시 회복했다. 텐트 안에서 나는 팔로워들에게 짧게 끝날 거라고 장담한 '그랜드투어'를 시켜주었다. 몇 초간 나는 카메라를 움직여 돌돌 말 수 있는 매트, 침낭 그리고 여기저기 걸려 있는 소중한 물건 몇 가지를 보여주었다. "확신이 서지 않는다면 캠핑을 하세요."라는 맺음말과 함께.

다시 길 위를 달리기 시작한 순간부터 나는 캘리포니아 롱비치에 사는 학창시절 친구 크레이그 콜더를 9월 12일 토요일까지는 보러 가야 한다는 것에 대해 지나치게 집착하게 되었다. 이게 가능하려면 매일 평균 120킬로미터를 달려 11일 만에 1,320킬로미터를 달려야 했다. 그간 내가 보인 성과에 비추어볼 때 시속 15~30킬로미터를 유지하며 90분간 50킬로미터는 소화할 수 있겠지만 지형과 날씨가 도와줘야 했다. 캘리포니아와 네바다 일부 지역에서 무리하게 움직인다면 필요한 만큼 쉬지 못할 것이고 더위라는 더 큰 문제도 직면해야 했다.

로스앤젤레스로 가는 가장 빠른 길은 데스밸리Death Valley 국립공원을 가로지르는 길이었지만 낮에 41도까지 오르는 기온을 견뎌야 했다. 자전거를 탈 때 부는 바람으로 약간 시원하다고 안심하고 과도하게 밀어 붙여 지나치게 땀을 많이 흘리지 않도록 조심해야 했다. 적절하게 수분을 보충하고 쉬지 않으면 목숨이 위험해질 수도 있었다.

내 계획을 들은 사람들은 말도 안 되는 소리라고 했다. 데스밸리는 극도로 위험한 지역으로 북미에서 가장 지대가 낮고 건조하고 더운 것으로 유명했다. '명소'로는 헬스게이트, 단테스뷰, 퍼내스크릭이 있는데 특히 퍼내스크릭에서 56.7도라는 세계 최고 기온이 기록된 적도 있다.

운전자 대부분은 여름에 이 무서운 황야를 피해 간다. 차 안에 에어컨을 켜는 것조차 무의미할 정도로 더우며 안에 열기가 터져 차에 불이 날 수 있기 때문이다. 렌터카 회사에서는 더운 철에 이곳으로 가는 관광객에게 차를 빌려주지 않는다. 차가 자주 고장 나며 운전자가 열사병에 걸리는 경우도 많기 때문이다. 데스밸리로 가는 도로에는 여행자가 주의해야 할 점들을 나열한 경계표시가 여기저기 서 있었다. 길을 잃을 경우에 대비해 정확한 이동 예정 경로를 다른 사람에게 알려 놓으라고 했다. 사막에서 필요한 물의 양을 절대로 과소평가하지 말고 햇볕을 피하게 해줄 방수 시트도 가지고 다니라고 했다. 휴대전화가 연결되지 않을 수 있으니 사막을 가로지를 거라면 지도와 GPS를 항시 휴대하라고도 써 있었다. 차가 고장 났다면 차 근처에 머물러야 남들 눈에 더 잘 띌 수 있으며 적어도 차 안 그늘에서 쉴 수 있다고도 했다.

셜리의 날씬한 그림자를 내려다보니 아무리 자외선 차단지수 50짜리 선크림을 듬뿍 발라도 이 그림자로는 정오 태양의 포악함으로부터 내 몸을 보호하지 못하겠다는 생각이 들었다.

"미쳤어! 거기서 죽을지도 몰라."

다들 이렇게 말했다.

"새벽 세 시에 출발하고 밤에만 움직일 거야."

내가 반박했다.

"밤에 사막 위를 다니는 게 얼마나 위험한지 몰라? 뭐랑 부딪칠지도 모르잖아. 왜 그렇게 서두르려고 하는데?"

난 흥분하며 대답했다.

"맨체스터 유나이티드가 리버풀이랑 더비에서 붙을 거야. 이번 시즌 내내 맨유가 뛰는 걸 아직 한 번도 못 봤어. 크레이그랑 같이 텔레비전으로 경기를 볼 거야."

이번 여정 중 미친놈 쳐다보듯 날 보는 사람들은 엄청나게 많았지만, 지구상 가장 험한 지형을 긴급하게 넘어야 하는 이유가 축구 경기를 봐야 하기 때문이라는 것을 들은 사람들은 대놓고 날 미치광이 취급했다.

하지만 그들은 크레이그가 내게 어떤 존재인지, 내가 얼마나 크레이그를 만날 날을 기다렸는지 몰라서 그랬다. 크레이그와 나는 보던베일에서 함께 컸고 닐과 같이 볼린로드 초등학교를 다녔다. 그간 계속 연락하면서 고향에서 만날 때마다 우리는 셔벗이나 소시지빵 같은 어린 시절 간식거리를 먹곤 했다.

크레이그의 관심거리는 늘 자동차였고 십대 때 앨트린챔에 있는 BMW 매장에서 일한 적도 있었다. 21살에 그는 부모를 따라 미국

으로 이주했고 관심사를 직업으로 발전시켰다. 지금은 전 세계 고객을 대상으로 빈티지 차를 거래하는 성공한 기업의 사장이다. 오필리아라는 부인과 아이 셋을 키우며 행복한 결혼 생활을 하는 그는 내가 주머니 사정이 좋지 않았을 때 적극적으로 도와주었고 나는 그 은혜를 평생 잊지 않을 것이다. 크레이그와 맨유 경기를 보는 일은, 특히 맨유가 이긴다면 이 여정의 하이라이트가 될 것이었다.

이 목표를 마음에 새기고 나는 '황금의 주'라 불리는 캘리포니아로 들어가 샌프란시스코로 향했다. 바람은 다시 내게로 와 입술을 트고 얼굴을 때리며 날 비웃었다. 비키의 성화로 네바다주 경계선 근처 허니 호(湖)라는 곳에서 쉬어 가기로 했다. 타는 듯한 더위에 호숫물은 전부 증발했고 남은 건 모래뿐이었다.

"이거 원, 호수에서 축구를 할 수 있을 정도네, 안 그래?"

난 농담을 던졌지만 정말이지 무진장 더웠다.

시에라네바다 산맥 옆으로 좀 더 가보니 내가 11년 전 파견 근무를 한 곳에서 얼마 떨어지지 않은 요세미티 국립공원을 둘러가게 되었다. 멀리 정상에 오른 적이 있는 휘트니산도 보였다. 수개월 비가 내리지 않아 온 곳이 바짝 말라 있었고 산불은 눈앞의 위험으로 다가왔다. 연기 냄새가 났고 엄청난 양의 물을 싣고 불을 끄러 가는 비행기도 보였다. 나는 숨이 막혀 죽거나 무심코 산불이 나는 곳으로 들어가 구르카 구이가 되지 않기만을 바랐다.

메마른 사막 지대에는 모텔을 볼 수 없었고 작은 오아시스에 설치된 몇 군데 안 되는 야영장은 서로 멀리 떨어져 있었다. 아른거리는 아지랑이가 만들어내는 신기루는 내 앞에 무언가 혹은 누군가 있다고 착각하게 했다. 아무도 없는 야영장에 도착해 텐트를 칠 때마다 무료로 하룻밤 신세를 지려는 전갈, 도마뱀, 거미 혹은 뱀이 있나 잘 살펴야 했다. 내게 올바른 '생물보호규칙'이란 먼저 여기저기 두들겨 동물과 곤충을 내쫓은 뒤 텐트 지퍼를 단단히 잠그는 것이었다.

비키는 고맙게도 계속해서 두어 시간마다 내가 잘 있는지 확인했다. 우리는 데스밸리가 극도로 위험하기 때문에 오히려 내가 한계에 달할 만큼 달리지 못한다는 것에 감사하게 생각하기로 했다. 물론 짐수레에 충분한 물과 음식을 실어 제대로 준비한 상태이긴 했다. 사막을 지나는 기간 대부분을 밤에 이동했는데 매번 놀라울 만큼 많은 거리를 이동할 수 있었고 예상보다 더 앞서 가게 됐다.

하지만 어둠 속에서 빠르게 달릴 때는 길 위에 있는 뱀을 보지 못한다는 큰 단점이 있어 실수로 뱀을 밟고 지나간 적이 몇 번 생겼다. '물컹' 하는 구역질 나는 느낌으로 알 수 있었다. 140킬로그램이 짓누르는 공격에 살아남은 뱀은 없었을 거라고 보지만 숨이 끊어지기 전에 나를 획 감아 물었을 가능성은 충분히 있었다. 낮에는 길 위에 있는 위험물이 보였다. 방울뱀은 어딜 가나 있었다. 나는 가능한 한 크게 돌아 뱀을 비켜갔다. 다행히 너무 더운 나머지 날아다니는 벌레는 없었다.

　가장 무섭고 걱정됐던 일은 수 킬로미터 거리에서 유일하게 있던 쓰러져가는 가게에서 산 파스트라미 샌드위치를 먹고 식중독에 걸린 일이다. 샌드위치를 허겁지겁 먹어치운 후 얼마 되지 않아 구역질이 나기 시작했고 두 시간 연속 구토를 했다. 비키는 내게 전화를 걸었고 왜 내가 전화를 받지 않는지 알아내지 못했지만 그동안 나는 몸 안에 있는 음식을 전부 게워내 방울뱀들이 배불리 먹을 수 있는 피자를 아스팔트 위에 쏟고 있었다. 그날 새벽 네 시에 출발했지만 다음 목적지까지 적어도 100킬로미터나 남아 있었고 그렇게 그날 일정은 망해버렸다.

　마침내 나와 통화가 돼 무슨 일이 있었는지 알게 된 비키는 걷잡을 수 없는 겁에 질려 좀 더 가까이에 쉴 만한 곳이 있는지 검색하기 시작했다. 오전 11시가 되니 기온은 49도까지 올라 굉장히 뜨거워졌지만 쉴 만한 곳이 없어 나는 계속 페달을 밟아야 했다. 자동차를 타고 나를 지나쳐간 사람이 있었다면 씩씩하게 펄럭이는 셜리에 걸려 있는 영국 국기를 보고 광견과 영국인만이 한낮의 태양 아래 설 생각을 한다고 여겼을 것이다. 그날 밤 마침내 나는 몇 킬로미터 가벼워진 몸을 도로변에 위치한 모텔 침대 위에 눕힐 수 있었다.

　그토록 비우호적이고 접근하기 힘든 곳이었지만 가끔 전화기가 터질 때도 있어서 동영상과 사진을 올릴 수 있었다. 하지만 사막의 거친 아름다움이나 바위 위에 반짝이는 햇빛을 그대로 옮기는 것은 불가능했다.

"규모가 더 큰 브레콘비컨스(웨일즈의 산맥)와 비슷하네요."

바람이 많이 부는 곳에서 녹화하는 바람에 겨우 녹음됐다.

"목이 바싹 말랐어요. 차 한 잔 마시게 잠시 쉬어야겠어요."

크레이그는 이런 댓글을 달았다.

"자전거로 움직이는 거 맞아? 실제로 네가 자전거 타는 모습은 한 번도 올리지 않았잖아. 카메라가 닿지 않는 곳에 밴 한 대가 숨어 있을지도 모르겠군."

며칠 후 50도 되는 날씨에 1천2백 미터를 오르는 데 세 시간이 걸렸지만 맞은편에서 타성으로 내려가는 데에는 고작 30분만 걸렸다는 글을 올렸다. 로스앤젤레스에 도착하기 하루 전날에는 아침 9시에 이미 35도를 넘은 기온을 보여주는 GPS 계기판을 올리면서 다행히 바람 부는 날이라고 덧붙였다. 디어 산을 비롯해 사막을 두르는 멋진 산맥을 촬영하면서 이렇게 말했다.

"사막 주변 산맥입니다. 실물을 그대로 표현할 수는 없지만요."

축구 경기 중계를 보러 가야 한다는 말을 덧붙인 후 "곧 또 소식 올리겠습니다. 안녕!"이라고 인사했다.

경기가 있기 하루 전 날 나는 롱비치에 있는 크레이그네 도착했다. 경기는 3대 2로 맨유가 리버풀을 이겼다. 크레이그 집에서 경기를 본 후 우리는 목을 축이러 올드 더블리너라는 아일랜드풍 술

집에 갔다. 그 후 삼일을 밤낮으로 수다를 떨며 보냈다. 크레이그를 만나 신이 난 나는 즐거운 시간을 보냈지만 머리카락이 긴 대장은 내가 며칠을 밤늦게까지 놀며 보내는 게 걱정이 되어 하루 더 쉬라고 명령했다.

"몸이 피곤하면 치매가 심해지는 거 알잖아. 늦게까지 술 몇 잔 마시는 건 좋은데 매일 100킬로미터 넘게 달려야 하는 일상으로 돌아가기 전 날 새벽 두 시까지 노는 건 무책임하다고. 쉬라고 휴일을 정해놓은 거니까 조심해야지. 그렇게 지내다간 나중에 역효과가 날 거야. 피곤해지고 기분이 나빠지면 혼란스러워질 거야. 그런 자기를 따라 위치를 확인하는 일은 악몽과도 같다고!"

비키가 꾸짖었다.

물론 비키 말이 맞았다. 늘 그랬다. 술이 얼마나 안 좋은 영향을 미치는지 잘 알았기 때문에 지난 2년간 술을 끊다시피 했다. 하지만 며칠간 친구와 즐거운 시간을 보내며 보통 사람처럼 지낸 것도 좋았다. 첫날 밤에만 크레이그와 술 몇 잔을 마셨고 이후에는 입도 대지 않았다. 그러나 잠을 충분히 못 자 다시 출발한 9월 21일에도 여전히 피곤한 상태였다. 하루에 50킬로미터도 달리지 못했고 가면서 듣는 음악, 특히 킬러스 같은 밴드 노래는 갑자기 너무 크게 느껴졌다. 결국 오스틴 크레스웰의 부드러운 목소리와 아픈 데를 건드리는 가사에 정착했다.

언젠가 당신은 이 세상을 떠나겠지만 당신을 가까이서 따라갈
게요. 당신을 따라 어둠 속으로 …

9월 23일 나는 애리조나주 피닉스 변두리에 위치한 모텔 방 침대에 누워 대형 페페로니 피자 배달을 기다리고 있었다. 이날 자전거 앞 크랭크가 고장 나 인근 마을 자전거 수리점까지 지나는 차를 얻어 타야 했고 그 때문에 비키는 불안해했다. 낯선 사람의 차에 탔다가 강도를 당하거나 더 나쁜 일이 일어날까봐였다. 하지만 날 태워준 사람들은 다행히 연쇄 살인범은 아니었다.

피자 배달을 받은 지 얼마 되지 않아 전화벨이 울렸다. 비키의 비명 소리가 전화기를 통해 들렸다. 비키가 지금 런던에서 열리는 저스트기빙 시상식에 가 있다는 게 곧 떠올랐다.

"자기가 이겼어! 이겼다고!"

"뭐?"

"자기가 인내력 부문 모금 조성자상을 받았다고!"

"세상에, 믿어지지가 않아!"

"믿는 게 좋을 거야. 지금 내 손에 상이 있다고."

"진짜야? 물론 내가 이길 거라는 건 알고 있었지."

"참 뻔뻔도 하셔라, 크리스 그레이엄 씨!"

나도 샌버너디노밸리와 팜데저트를 거쳐 굉장히 뜨거워진 솔턴호를 지나 수백 킬로미터를 달려 피닉스에 왔지만 비키 역시 힘겹

게 이동해 시상식에 도착할 수 있었다. 옛 군대 시절 동료인 제이슨 개릿이 운전해주는 차를 타고 세 시간 체증에 시달린 후 수상자 발표가 있기 몇 분 전에 런던에 있는 목적지에 도착했다.

"끔찍했어. 길이 엄청 막히더라고. 앞차와 닿을 정도로 빽빽하게. 옥스퍼드에서 시내까지 가는 데 많이 늦었어. 알츠하이머병 연구재단 사람이 계속 전화해 어디쯤 왔냐고 수시로 묻더라. 제이슨은 멀미가 심하게 나서 차 안에 토할 뻔했어. 시상에는 절대로 늦지 않겠다고 다짐하며 창문을 내린 채 운전했어. 우린 엄청난 스트레스에 시달렸다고."

비키는 6시 반까지 런던 서부에 도착해야 했지만 내비게이션에 따르면 15분 후에 도착할 수 있다고 7시 45분에 연구재단 담당자에게 문자를 보냈다.

"하지만 담당자는 다시 전화를 해 자기가 나오는 영상을 곧 틀거라고 하지 뭐야. 난 제때 도착하지 못할 거라고, 참석을 아예 포기해야 할 거 같다고까지 했어. 담당자는 한숨을 내쉬더니 하는 수 없이 깜짝 소식을 알려줬어. '당장 오세요! 수상자는 크리스예요!' 그 말에 난 순간 멍해졌지."

시상식 주최측에서 VIP 주차 자리를 마련해주었고 중절모를 쓴 한 남자가 비키를 마중 나와 행사장으로 데려가주었다. 비키가 막 들어갔을 때 배우 헨리 카빌이 다른 상 수상자를 부르고 있었다. 그리고 2분도 채 지나지 않아 내게 주어진 상을 받으러 비키는 무대 위로 올라갔다. 숨을 고르지도 못했고 인사말도 생각해두지 않은 상태였다. 참석자 수백 명과 텔레비전 카메라를 마주한 채 바로 자기 옆에 있는 연예인은 무시하려고 애를 쓰며 비키는 고개를 들고 즉석에서 감사 연설을 했다.

"와우!"

여전히 숨이 찼지만 비키는 크게 숨을 내쉬고 말을 이었다.

"크리스는 지금까지 1만4천5백 킬로미터를 달렸습니다. 최근에 계산해보니 내년 4월에 집에 오지 못하겠더라고요. 크리스는 올해 크리스마스가 되기 2주 전에 와서 저희 아들의 첫 번째 생일을 함께 보낼 수 있을 거예요!"

비키는 박수 소리가 잦아들기를 기다렸다가 좀 더 진지한 얘기를 꺼냈다.

"저희에게는 네 명의 아이가 있는데 그중 세 명은 크리스에게 나타난 알츠하이머 유전자가 있을지도 모릅니다. 크리스처럼 젊은 나이에 알츠하이머병에 걸릴 수 있다는 말이죠. 알츠하이머병 연구재단은 큰일을 하고 있으며 크리스와 저희 가족은 이 여정을 이어갈 수 있어서 매우 행복합니다. 사랑하는 사람이 알츠하이머병으로 고생하는 것을 봐야 하는 분들이 더는 없길 바랍니다."

감정이 격해진 비키는 이렇게 말을 끝냈다.

"전 크리스를 아주 많이 사랑합니다. 크리스가 집에 오는 날을 손꼽아 기다리고 있어요."

비키는 근사한 유리 트로피를 꽉 쥐고 우렁찬 박수를 받으며 무대에서 내려왔다.

멋진 여자다.

확신이 서지 않는다면 즉흥적으로 대처하자.

10

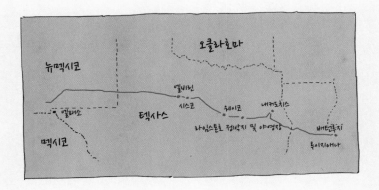

여행이 끝나갈 때쯤 우리는 늘 자아를 발견한다.
이 자아를 빨리 발견할수록 좋다.

———

엘라 마야르

텍사스주 웨이코

2015/10/14 _____

텍사스는 내가 생각했던 것처럼 오르락내리락하는 도로에 회전초 덤불이 굴러다니는 곳이 아니었다. 알래스카 다음으로 미국에서 가장 큰 주이지만 석유정과 수천 개의 풍력 터빈을 제외하면 별다른 특징은 없었다. 게다가 날씨는 무척이나 불쾌해서 자전거로 텍사스를 지나가는 일은 극도로 힘이 들었다.

'외로운 별'(텍사스주의 별칭)에 관해 내가 갖고 있는 인식 전부는 1980년대에 본 푸르른 목장을 바탕으로 한 드라마 〈댈러스〉로부터 온 것이었다. 반면에 내가 지나간 텍사스는 척박했고 소 한 마리조차 보기 힘들었다.

'인디언의 땅' 혹은 '아파치족의 땅'인 애리조나와 '매혹의 땅'인 뉴멕시코를 거쳐 도착한 텍사스는 다소 지루했다. 들쭉날쭉한 바위층과 아도비 점토로 지은 집이 그대로 남아 옛 모습을 간직한 마을, 선인장류 식물군과 타란툴라 독거미가 있는(다행히 도로 위에 뭉개져 있는 것들만 있었다) 미국 개척 시대의 아름다운 서부 황무지를 막 지나왔는데 말이다.

상을 받아 기운이 생겼는지 엘패소에서 그리 멀리 떨어지지 않은 지점에서는 하루에 110킬로미터 넘게 달렸다. 그 지역은 클린트 이스트우드가 언제든 말을 타고 나타나 햇빛에 눈을 찡그리고는 모자를 살짝 올려 "아디오스, 아미고."라며 인사할 것 같은 인상을 주었다.

카우보이와 카우보이 모자의 고장인 텍사스가 다소 우중충하고 밋밋해보였을지는 몰라도 적극적으로 도우려는 친절한 사람들도 많았다. 무엇보다 음식이 환상적이었다. 그곳 음식은 대부분 갈비와 스테이크 같은 고기류로 내 입에 딱 맞았다. 식사를 하러 들린 식당에 들어갈 때마다 나 역시 카우보이 모자를 쓰고 부츠를 신어야 하는 것 아닌가라는 생각이 들긴 했지만 말이다. 내 이야기를 들은 라임스톤호 정박지 및 야영장 주인은 한술 더 떠서 숙식을 무료로 제공해주었다.

호수를 바라보는 오두막 한 곳을 내주었고 커다란 스테이크와 으깬 감자 요리도 제공해주었다. 이것이야말로 진정한 텍사스의 접대 방식이 아닌가.

며칠 후 다른 접대 방식에 고마움을 느낀 적도 있었다. 카멜백 물통에 넣은 물에 박테리아가 감염되었는지 속이 좋지 않았다. 몸을 숨기고 볼일을 볼 곳을 찾던 중 운 좋게도 벌판에 혼자 보초를 서고 있는 이동식 화장실을 발견했다. 자전거로 여행하는 외국인 용이 아니라 도로 인부들 용이었겠지만 부글거리는 배를 안고 들어가 삼십 분 넘게 화장실을 독차지했다.

화장실 안에서 할 일을 하고 있는데 밖에 차 한 대가 서는 소리가 들렸다. 혹시라도 셜리에게 무슨 짓을 할까 싶어 문에 난 틈으로 엿보니 톱니바퀴 장식을 단 카우보이 부츠를 신은 건장한 목장주가 다가오는 게 보였다. 시간이 지나도 내가 나오지 않자 그는 소리를 지르며 문을 두드렸다. 하지만 앉아 있는 것 외엔 내가 할 수 있는 게 없었고 그는 결국 용변을 참는 듯 다리를 꼬며 사라졌다.

수수한 웨이코 시를 지나 계속 나아가보니 강과 나무가 보이면서 텍사스의 시골은 좀 더 다양한 모습을 보였다. 정부 당국자들이 무장한 종교 종파의 목장을 급습한 후 발생한 1993년 웨이코 포위전이 일어난 곳에서 멀리 떨어지지 않은 곳이었다. 다윗파와 정부간 있었던 총격전에서 76명이 사망했고 그 사건 이후 웨이코는 늘 포위전과 연상되게 되었다.

전설적인 군인이자 미국 서부 지역 개척자인 '황야의 왕' 데이비

크로킷의 이름을 딴 데이비 크로킷 국유림도 거쳤다. 그는 몇 백 킬로미터 남쪽으로 떨어진 앨러모에서 멕시코인들과 싸우다가 세상을 떠났다. 여정 중 너구리 몇 마리와 가까워진 적이 있었기에 너구리 꼬리가 달린 데이비 크로킷 모자를 사고 싶은 유혹을 애써 참았다. 게다가 모자를 넣어둘 데도 없었다.

전체 여정 중 가장 짧게 이동한 날도 텍사스에서였다. 시스코라는 작은 도시 근처에 가자 믿겨지지 않을 정도로 끔찍하게 경사진 오르막길이 나타나 25킬로미터밖에 가지 못했다. 전 날 거리가 꽤 되는 구간을 달렸고 다음 날도 갈 길이 멀었기 때문에 비키는 이렇게 조언했다.

"그 언덕을 넘어버려. 그래야 쉴 수 있어."

시속 1.5킬로미터로 길을 오르는 내 옆으로 짐을 잔뜩 실은 트럭 수대가 지나갔다. 기를 쓰며 오르는 나를 본 운전수들은 기운을 내라며 경적을 울려줬다. 미군 트럭도 날 앞서갔는데 군복을 입고 이동 중인 군인들은 휘파람을 불며 힘내라고 소리쳐주었다. 오르막길 끝에 달할 때쯤 난 캥거루처럼 땀을 삐질삐질 흘리고 있었다. 하지만 아까 군인들이 트럭을 멈추고 차에서 나와 길가에서 내가 올라오기를 기다리고 있는 것을 보고 웃지 않을 수 없었다. 그들은 내게 박수와 환호를 보내주었다.

해냈군, 병사!

이 장대한 구간을 지나고 얼마 있지 않아 브레이크가 다시 고장

나 수 킬로미터 내 유일한 자전거 수리점이 있는, 텍사스에서 가장 '역사가 깊은' 마을인 내커도치스로 계획하지 않은 북행을 하게 되었다. 늘 그랬듯이 직원들은 친절히 도와주었다. 그리고 늘 그랬듯이 비키는 길을 안내해주고, 언제 쉬어야 하는지 알려주고, 먹을 것과 마실 것을 구할 수 있는 곳을 보여주었다. 내겐 더할 나위 없이 소중한 존재다.

10월 12일은 비키의 생일이었다. 그날 밤 와이파이가 되는 모텔에 들어가 생일에 맞춰 비키와 얼굴을 마주하며 생일 축하 노래를 불러주고 싶었다. 하지만 짜증 나게 또다시 뇌가 잘못 작용하여 들어가야 할 길을 놓쳤고, 바른 길로 되돌아갔을 때에는 이미 해가 졌기 때문에 야영을 해야만 했다. 자전거를 타고 어느 작은 마을을 지나면서 나는 비키에게 전화를 걸어 목청껏 '해피 버스데이'를 불러주었다. 몇 분 후 숲속 어딘가에 위치한 야영장에 도착했다. 사방이 새카맸다. 더군다나 조명도 없었고 말뚝을 달라거나 와이파이 비밀번호가 뭐냐고 묻거나 어디에 텐트를 쳐야 하냐고 물어볼 직원도 없었다.

다음 날 이용료를 지불할 데가 나오겠거니 짐작하고 우선 텐트 칠 곳을 찾기 시작했다. 내가 던진 농담에 나온 비키의 웃음소리를 이어폰으로 듣고 있는데 어둠 속에서 어느 중년 부부와 마주쳤다. 날 보고 놀란 눈치였다. 비키와 계속 통화하는 상태에서 나는 그들에게 기분 좋게 인사했다.

"안녕하세요! 텐트를 어디에 쳐도 될지 혹시 아시나요?"

어두운 숲속에서 혼잣말을 하는, 제정신이 아닌 듯한 영국 사내와 갑자기 마주한 충격에도 불구하고 이 미국 캠핑족 부부는 매우 친절했다.

"여자친구와 통화중이었어요. 오늘이 여자친구 생일이거든요."

나는 이렇게 설명한 뒤 전화를 스피커폰으로 전환했다. 부부는 웃으며 비키에게 인사했고 생일 축하한다는 말도 전했다.

남편의 이름은 케빈으로 알고 보니 지역 정치인이었다. 케빈은 내 자전거와 짐수레를 쓱 보더니 이렇게 말했다.

"꽤 좋은 장비를 갖고 다니시네요. 어디로 가시는 건가요?"

내가 어떤 이유로 무슨 일을 하는 중인지 설명하자 케빈과 그의 부인은 자기들 레저용 자동차로 날 초대해 맛있는 고기 스튜를 대접했다. 저녁 식사 후 루트 비어 음료수를 마시며 우리는 정치 얘기를 나누었고 부부는 내게 영국 왕가부터 영국이 EU에서 차지하는 비중에 대해서까지 여러 가지를 물었다. 화제는 미국에서 일어나는 총기 범죄로 이어졌고 케빈이 무기를 소유할 수 있는 권리를 주장하자 나는 이렇게 물었다.

"이해는 하지만 그렇다고 돌격 소총까지 필요한 건 아니잖아요?"

이런 식으로 다정하지만 철학적인 토론은 밤늦게까지 계속됐다.

삶과 세상, 우주에 관해 활발한 토론을 하고 나니 무언가 변화가 일어난 듯했다. 날 초대한 호스트는 보수적인 내 시각을 공격하지 않았다. 반대로 잠자리에 들 시각이 되자 이렇게 말했다.

"우리 해먹에서 주무시죠."

이미 케빈 차 옆에 해먹이 달려 있었고 깜깜한 밤에 텐트를 치느라 수고를 들일 필요가 없어졌다. 나는 즉시 제안을 받아들였다. 해먹에서 자는 걸 좋아하는 나는 내 해먹을 북미까지 가지고 왔지만 들고 다니기에 너무 무거웠다. 결국 짐 무게를 줄이려고 여정 중간에 지인에게 맡겨 집으로 보내달라고 해야만 했다.

무료로 제공된 해먹에서 보낸 그날 밤은 꿀잠을 잘 수 있었다. 날 초대해준 부부에게 작별 인사를 할 새도 없이 다음 날 아침 일찍 출발했지만 이후 케빈이 온라인으로 내게 친구 신청을 했고 자기 페이지에 나에 관한 글을 올리기도 했다.

"크리스를 만난 일은 절대로 잊지 못할 듯하다. 열심히 페달을 밟고 있기를, 나의 새로운 친구여."

비키는 나 없이 혼자서 생일을 보내는 것에 대해 한 번도 불평하지 않았다. 사실 비키가 불평한 적은 거의 없는 듯하다. 그렇게 집에서 혼자 있으면서 나와 두 아이들을 챙기고 일을 하면서도 내 건강과 우리의 경제 사정과 미래를 걱정하며 지냈다. 계단을 내려오다 발을 헛디뎌 발가락이 부러지고 손목을 심하게 삐었을 적에도 그냥 그렇게 앞으로 나아갔다. 비키는 날 늘 놀라게 해주었다.

비키가 그렇게 지내는 동안 나는 도로에서 해야 할 일을 했다. 수 킬로미터 내내 기나긴 도로를 따라 앞으로 죽 가기만 하는 무료함을 달래려고 트래비 맥코이가 브루노 마스와 같이 부른 〈빌리어네어Billionaire〉나 머룬파이브의 〈페이폰Payphone〉처럼 내 리듬에 맞는 노래를 찾아 들었다. 자전거를 타고 있을 때 받는 고통을 줄이려고 안장 위에 앉아 자세를 약간씩 바꾸기도 했다. 페달 위에 서서 타성으로 달리거나, 자세를 똑바로 하거나, 핸들 위에 몸을 기대며 가는 등 페달을 계속해서 밟으려는 의지력을 유지하기 위해 애를 썼다. 누군가 "먹는다. 잔다. 자전거를 탄다. 다시 처음으로 돌아간다."라고 적힌 포스터를 보내줬는데 내 일상을 정확하게 요약한 문구였다.

텍사스의 환대를 뒤로하고 '펠리칸의 주' 루이지애나(정말로 펠리칸이 떼를 짓고 있었다)를 지나면서 일정이 순조롭게 진행되다보니 점점 터널 끝의 빛이 보이기 시작하는 듯한 기분이 들었다.

비키의 생일이 이틀 지난 10월 14일, 비키 역시 같은 기분으로 내가 집으로 돌아갈 비행기표를 예매해도 되겠다고 확신했다. 아이슬란드 항공과 수차례 통화 후 크리스마스이브에 탑승할 경우 붙는 부과금 1천 파운드를 면제받기까지 했다. 친절한 담당자가 항공사에서 결정한 내용을 알려주자 비키는 고마움에 눈물을 터뜨렸다. 아이슬란드 항공의 북유럽풍 양모 양말 만세!

덱스터가 처음으로 맞이하는 크리스마스이자 비키와 내가 두 번째로 함께 맞이하는 크리스마스에 맞춰서 집에 갈 수 있길 나는 바라고 확신했다. 그렇게 되도록 반드시 노력할 것이었다. 이제는 단순히 여정을 완료하는 게 목표가 아니었다. 필요한 자금을 어떻게 계속해서 모금하느냐의 문제도 아니었다. 무사히 집에 가서 일 년간 사그라지지 않은 아픔을 안고 그리워한 비키와 우리의 예쁜 아이와 함께 지내는 게 목표가 되었다.

내가 가장 좋아하는 노래이며 내 재생 목록에 있는 노래 중 가장 가슴 시린 리애나의 〈우리는 사랑을 발견했다We Found Love〉는 매번 적절한 때에 흘러나왔다.

희망 없는 곳에서 우리는 사랑을 발견했지요.

맞는 말이다. 우리는 그랬다.

2014년 2월 15일 토요일 브리즈 노턴 근처 육군 사교의 장에서 열린 친구 앤디 해리슨의 환송회에서 비키를 정식으로 만났지만 비키와 잘될 가능성은 눈곱만큼도 없다고 생각했다. 첩스토 근무 시절부터 알고 지낸 앤디와 H는 애빙던 외각에서 달리기 훈련을 할 때 내게 "속도 좀 줄여, 구르카!"라고 소리를 지르곤 했다. 우연히도 H는 비키의 오랜 친구인 제니를 사귀고 있었는데 제니 아버지와 비키 아버지는 함께 불발탄 처리반에서 근무 중이었다. 제니는 H를 위해 준비한 깜짝 파티에 나와 비키를 초대했다. 내가 고작 18살이었을 때 그 애빙던 술집에서 이미 우리가 만난 적이 있다는 사실은 몰랐지만 말이다. 당시 아무도 그 술집에서 있었던 일을 기억하지 못했지만 처음부터 서로에게 끌린 것은 확실했다.

그 환송회에서 나는 술에 취해 (내 명성에 오점을 남기다니!) 춤추는 무대 근처에 있던 비키에게 옆걸음질로 다가가 최악의 작업 멘트를 날렸다고 한다.

"이가 참 고르시네요!"

비키는 그 말을 듣지 못한 듯, 혹은 이해하지 못한 듯 아무런 반응을 보이지 않고 막 10번째 생일을 맞이한 딸 케이티와 춤을 추러 무대로 갔다. 나는 굴하지 않고 나중에 바에 있는 비키에게 다가가 그 최악의 멘트를 다시 날렸다. 알고 보니 내가 다가갔을 때 비키는 H와 대화 중이었고 H는 내가 얼마나 괜찮은 녀석인지 열심히 얘기하고 있었다고 한다.

자신의 뛰어나게 고른 치열을 칭찬하는 내 멘트를 들은 비키는 내가 바란 것과는 다소 달랐다. 미친 거 아니냐는 표정으로 날 쳐다보더니 이렇게 답했다.

"그래서 제가 뭐라고 답해야 하는데요?"

미소는 짓고 있었지만 저항할 수 없는 나의 매력에 넘어가지 않은 척하며 애써 침착하게 보이려는 모습이 드러났다. 하지만 상대와 관계를 150퍼센트 확신하지 않는 한, 어떤 남자도 자신과 딸의 삶으로 끌어들이지 않겠다는 그녀의 생각까지 알 수는 없었다.

쉽게 포기할 내가 아니었기 때문에 난 두 번째 유혹 단계로 넘어갔다. 바로 삐죽 나온 양쪽 귀를 씰룩씰룩 움직이며 콧구멍을 벌렁

거리는 기술을 선보이는 것이다. 비키 입에서 웃음이 터져 나왔다. 어찌나 예쁜 웃음이었던지. 나중에 말하기를 무슨 미친 짝짓기 춤 같았다고 했다. 맞는 말이다. 그날 밤 나는 비키의 관심을 오로지 내게만 붙잡아두려고 비키 주변에서 춤을 추고, 추파를 던지며 최선을 다해 노력했다. 시런세스터에 사는 친구네 집에서 자기로 되어 있었지만 비키가 집으로 가려고 H와 제니와 함께 나가는 걸 보고는 친구와의 약속을 깨고 그들을 따라나섰다.

아무도 같이 가자고 하지 않았지만 나는 H와 얘기하며 비키와 제니 뒤를 몇 걸음 사이에 두고 따라갔다. 택시가 도착하자 나는 차가 서 있는 곳까지 약 30미터를 비키와 나란히 걸었고 결국 비키가 어디까지 따라올 생각이냐고 물었다.

"집까지 같이 가야죠!"

나는 미소를 지으며 답했다.

비키는 웃으며 대꾸했다.

"아뇨, 그렇게는 안 되죠!"

어서 꺼지라는 뜻을 암시하는 말을 한 뒤 비키는 집으로 갔지만 그 전에 페이스북으로 연락할 방법을 알려주었다. 한 시간 정도 후, 술이 덜 깨어 여전히 머리가 빙빙 도는 상태로 나는 비키에게 메시지를 남겼다.

"안녕, 비키. 잘 들어갔죠? 지금 H네 소파에 누워 있어요. 잠도 오지 않고 심심하네요. 오늘 밤 만나서 정말 반가웠어요. 솔직히

비키가 마음에 들어요. 다시 만날 수 있다면 좋겠네요. 또 연락할
게요."

비키는 다음 날 늦게서야 내 메시지를 확인했고 잘 꾸민 후 H의
집으로 날 찾아왔지만 난 이미 떠난 후였다.

비키는 내게 답장을 남겼다.

"나도 만나서 반가웠어요. 내게 호감이 있다니 기분이 좋네요.
나 역시 그쪽이 마음에 들거든요. 별로 얘기하지 못해 아쉽네요.
딸이랑 같이 있는 자리여서 좀 불편했거든요. 상대에게 집중할 수
있는 자리였다면 더 좋았을 거 같아요. 남자 앞에서 수줍음을 타기
는 하지만 나 역시 솔직한 마음을 전해봅니다. 숙취로 고생한 건
아닌지 모르겠네요. 또 연락할게요."

둘 다 이렇게 주고받은 메시지를 오늘날까지 저장해두고 있다.

비키는 내 생각을 할수록 내가 특별한 존재라는 생각이 들었다
고 나중에 얘기해주었다.

"처음 만난 순간부터 우린 운명이었어요. 서로 강력하게 끌렸고
벗어날 방법은 없었어요. 우리가 함께하는 걸 막을 수 있는 힘은
이 세상에 없을 거라고 봐요."

나 역시 비키를 머릿속에서 떨쳐버릴 수가 없었다. 그래서 비키
에게 전화를 하려고 마음먹은 뒤 모든 걸 숨김없이 말하겠다고 결
심했다. 하지만 손에 쥔 전화기를 바라보며 어떻게 말해야 할지 오
랫동안 가만히 고민했다. 한 번 본 사람에게 나는 몇 년 후 죽을 사

람이라고 어떻게 말해야 한단 말인가?

동생 리지 역시 이혼한 후 남자친구인 케빈을 만나고 나서 같은 문제로 고민했다. 나와 마찬가지로 리지도 처음부터 솔직하게 밝히고 싶어 했다. 결국 전부 밝혔고 케빈은 이야기를 잘 들어주었다. 리지에게 검진을 받아보라며 용기를 준 것도 케빈이었다. 리지와 에인지 누나는 같이 검진을 받았고 다행히 둘 다 음성으로 나왔다. 리지와 누나의 아이들 역시 병을 물려받지 않을 거였다. 그 소식에 난 정말이지 기뻤다.

"그러니까 넌 유전에 상관없이 그냥 제정신이 아니란 말이지?"

리지에게 농담을 던졌지만 내 상황은 농담과는 거리가 멀었다.

"당신이 정말 좋아요."

용기를 낸 후 비키에게 전화로 내뱉은 말이다.

"하지만 꼭 말해야 할 것이 있어요. 난 아주 드문 유전 질환을 앓고 있어요. 아마 조기 치매에 걸릴 거예요. 형은 치매에 걸렸지만 동생과 누나는 아니에요. 아마도 난 남들보다 일찍 죽겠죠. 그래도 난 병과 싸울 수 있다고 믿고 있어요. 아니면 제때 치료법이 발명될 수도 있다고 생각해요."

전화선 끝에서 들리는 것은 침묵뿐이었다. 그래서 난 덧붙였다.

"아, 그리고 올해 말쯤에 기금 모금운동으로 북미 대륙을 자전거로 순회하려고요. 기금은 알츠하이머병 연구재단과 육군 자선기금에 전달할 거예요. 원한다면 나와 함께 한 구간 정도는 같이 다녀도 좋아요!"

비키가 받았을 충격이 전해졌지만 놀랍게도 비키는 이렇게 답했다.

"그런 건 괜찮아요."

그런 말을 했다는 게 믿겨지지가 않았다.

"정말요? 제 말은 제가 알츠하이머병에 걸렸다는 거예요."

"그래서요? 그게 뭔지 알아요. 어머니와 친한 친구 분이 양로원을 운영하세요. 토요일마다 가서 그곳에 계신 분들께 차와 간식을 차려드리는 일을 한 적이 있어요. 전 남편 어머니도 알츠하이머병에 걸리셔서 가족에 치매 환자가 있는 게 어떤 일인지도 알아요. 우리 언제 만나죠?"

하지만 비키는 자기 또한 유전병에 걸릴 수 있다는 사실을 말하지 않았다. 비키의 할아버지, 아버지, 삼촌은 매우 젊은 나이에 심장마비가 온 적이 있다. 물론 비키는 전화를 끊은 후 바로 내게 있다는 돌연변이 유전자에 대해 찾아보았다. 내가 앓고 있는 병에 관해 평생 해야 할 연구를 시작한 것이다.

"처음에 크리스는 유전자가 발견됐기 때문에 이런저런 검사를 받는 중이라고만 했어요. 이게 뭘 의미하는지는 크리스도 저도 몰랐죠. 다만 저에 대한 크리스의 마음은 흔들리지 않았고 치료법이 생기길 매우 바라고 있었죠. 겉으로는 아무렇지 않은 듯 행동했지만 속으로는 마음이 무척 아팠어요. 케이티 생각도 해야만 했고요.

크리스에게 달려가고 싶은 마음과 크리스로부터 벗어나고 싶은 마음이 동시에 생기더라고요. 이게 말이 되는지는 모르겠지만요. 그럼에도 불구하고 크리스 옆에 남은 건 그처럼 용감하고 삶을 긍정적으로 바라보는 사람을 다시는 만날 수 없을 거라는 생각이 들어서였어요. 그렇게 크리스와 사랑에 푹 빠졌어요."

이후 3주간 우리는 매일 전화 통화를 했다. 그리고 3월 7일, 케이티가 아빠를 만나러 가 있는 동안 비키는 브리즈 노턴 근처에 있는 자기 집으로 놀러 오라고 했다. 옥스포드 기차역으로 날 마중 나온 비키는 너무 긴장한 나머지 벌벌 떨고 있었다. (여자들이 내 앞에서 좀 긴장하는 편이긴 하다.) 원래는 그날 저녁을 밖에서 먹으려고 했지만 우리는 비키의 집에서 9일간 한 번도 나가질 않았다. 체커스라는 술집에서 H와 제니 커플과 함께 한 저녁식사가 우리의 공식적인 첫 데이트가 되었다. 시작부터 우리는 서로에게 매우 가까워졌다.

비키의 가족과 친구들은 비키를 보호하려고 했으며 특히 내가 군인이라는 점 때문에 날 조심스럽게 바라보았지만 비키의 어머니 린은 날 만나기 전까지 나에 대한 판단을 미루었다. 다행히도 난 어머니의 호감을 살 수 있었고 우리는 계속 친하게 지내고 있다. 린 역시 어머니가 되고 사회복지사와 간병인으로 일하기 전까지 군대에서 근무한 적이 있다. 린은 젊은 시절 비키의 아버지 존과 이별한 후 영국 육군 여군 부대에서 물류 일을 했지만 이후 미국 공군에서 비행 기술자로 일하는 켄을 만나 결혼했다. 린은 삶과 죽음, 군 생활에 대해 잘 알고 있었으며 군 생활을 하는 사람들은 남들보다 현재에 더 집중하는 경향이 있다는 것도 잘 알았다.

비키는 그런 어머니에게 이렇게 말했다.

"크리스를 떠날 수는 없어요. 떠난다면 제게 주어진 최고의 선물을 버리는 거나 마찬가지가 되겠죠."

당시 우리는 서로에게 엄청 빠져 있었기 때문에 우리가 함께 있다는 것 외에 다른 것을 신경 쓸 겨를이 없었다. 비키와의 첫 몇 주는 마법과도 같았다. 2013년 초 네팔에서 두 번째 이혼을 맞이한 후 예상치 못하고 달갑지 않은 일들이 이어진 내 삶에 한동안 없었던 활력을 불어넣어 주었다.

해야 할 일을 하기로 결심한 나는 군인으로서 역할에 영향을 줄 질환을 앓고 있다고 상사에게 알렸고, 그날부터 악몽이 시작됐다. 당시만 해도 여전히 최상의 상태에서 임무를 수행했고 심각하거나 분명하게 눈에 띄는 증상도 없었다. 물론 가끔 무언가를 잊어버리거나 머릿속 상태를 완전히 이해하고 있지는 않았지만 일에는 지장이 없다고 판단했고, 이를 지적하는 사람도 없었기에 경계해야 할 수준은 아니었다. 내가 처한 상황을 숨기고 만약에 생길 문제에 대처할 여러 전략을 준비해놓기도 했다.

비키에게 알린 후 얼마 되지 않아 토니 형을 보러 갔다가 치매 진행 속도를 조절할 수 있다는 것도 확인했다. 쉽게 헷갈려 하고 체력도 약했지만 형은 생각보다 잘 지내고 있어서 올드 트래퍼드에서 하는 맨유와 에버턴 경기를 함께 보러 가기도 했다. 나는 건강을 최상의 상태로 유지함으로써 피할 수 없는 증세가 좀 더 늦게 나타나기를 바랐다. 끊임없이 뇌에 자극을 주었고 2등 준위로 승진할 수 있는 자격을 갖추기 위해 일반중등교육학력인정시험 중 수학 시험에 합격하기도 했다. (턱걸이로 합격하긴 했지만 말이다.) 영어 시험도 봐야 하긴 했지만 그럭저럭 합격할 수 있을 것 같았다.

어쨌든 시험 결과에 상관없이 나는 승진했다. 이 승진 소식은 매우 독특한 장소에서 매우 특이한 방법으로 내게 전달됐다. 2013년 6월 히말라야에서 다른 군인 동료 대여섯과 야생 및 지도력 훈련을 받고 있을 때였다. 3주간 산맥에서 가장 높은 봉우리 두 군데를 올라야 했다. 아일랜드피크라고도 불리는 임자체Imja Tse 산 정상 근처에서 참모총장 휴대전화가 갑자기 통신 신호를 잡아 대령의 전화를 받게 되었다. 참모총장은 대령과의 통화를 끝낸 후 남들 앞에서 내게 이렇게 말했다.

"축하한다, 그레이엄 참모. 준위로 승진했다는 소식이다. 해발 6천 미터에서 승진했으니 가장 높은 승진이 아니겠나!"

동료들은 내 주변으로 모였고 등을 두드려주며 축하해주었다.

"축하해, 구르카!"

난 뛸 듯이 기뻤다. 준위가 되었으니 2015년 1월이 되면 별다른 문제없이 24년의 군복무 기간을 채울 수 있을 테고 은퇴 후 군인

연금을 받게 될 것이었다.

아동보호시설 앞에서 버스를 타고 맨체스터 시내로 가 직업군인관리소에 등록하고 싶다고 했다가 너무 어리다며 퇴짜를 맞은 게 거의 사반세기 전이라니 믿어지지가 않는다. 고작 열여섯이었던 그날 이후 난 많은 것을 경험하고 이루었다. 한순간도 후회하거나 바꾸고 싶지 않다.

가능하다면 평생을 군인으로 살고 싶을 만큼 난 군대를 사랑했다. 사실 군대에 머물 수 있는 몇 가지 방법도 있기는 했다. 하지만 최근 정부는 국방 예산을 대폭 감소하고 인력 역시 10만2천 명에서 8만 명으로 줄이겠다는 계획을 발표했다. 내게는 선택의 여지가 없었다.

내가 마지막으로 근무할 곳은 이미 정해져 있었다. 독일 파더보른에 있는 영국군 수비대로 곧 귀터슬로에 있는 수비대와 합쳐져 20세기에 기갑여단이 배치되어 있었던 베스트팔렌에서 '수퍼 수비대'를 형성할 예정이었다. 그곳은 구르카들과 함께 일했던 네팔 우체국의 평화로운 분위기와는 매우 다른 환경일 터였다. 다시 총을 다뤄야 하는 보직을 의미하기도 했다. 2년간의 공백을 메우려면 사격 연습장에서 총기 테스트를 받아야 할 테고 테스트에 합격하려면 정신이 온전해야 했다.

눈을 가린 채로도 총기를 분해한 후 재조립할 수 있었지만, 부대 지휘관에게 내 상황을 밝히지 않은 채 부주의한 발사라도 일어난다면 '과실 부주의'로 기소 대상이 될 수 있고 틀림없이 그것으로 군 생활은 끝내야 할 것이었다. 바로 이 때문에 나는 결국 카트만두에 있는 군의관을 찾아갔다.

"제게 조기 치매를 부를 수 있는 희귀한 유전자가 있다는 진단을 받았다고 말씀드리러 왔습니다. 아직 증상은 나타나지 않았지만 아버지의 사망 원인이기도 했고 다른 가족에게도 영향을 준 유전자가 제게도 있다고 검사 결과가 나왔습니다. 독일로 파견 가기 전에 알려드려야 할 거 같아서요."

군의관은 메모를 했고 본부에 알려야 할 의무가 있다고 말했다. 나는 이해한다는 뜻으로 고개를 끄덕인 후 경례하고 나왔다. 그렇게 끝이 나기를 바랐다. 하지만 그것은 크나큰 착각이었다. 그때 이후로 내 군 경력의 앞날은 암담해졌다. 몇 주 내로 내 임무는 다른 가벼운 것으로 교체되었다. 파더보른 발령은 취소됐다. 대신 10월 초 파견 임무가 끝나면 사우스세르니로 가라는 지시를 받았다. 네팔에 있는 동료들은 멋진 환송회를 열어주었다. 나는 지구 반대편에서 다시 만나기로 약속했다. 그곳에서 근무하면서 굉장한 경험을 한 터라 떠나는 것이 무척 아쉬웠다.

영국에서의 생활에 다시 익숙해지기 위해 며칠 집에서 휴가를 보냈다. 가족과 친구들을 다시 보게 되어 매우 기뻤다.

"축구와 음악, 다정하고 정직한 사람들이 있는 곳. 맨체스터 최고!"

나는 새로운 전진 기지인 닐 데드맨의 소파에서 이렇게 글을 올렸다. 사우스세르니로 돌아가게 된 것 역시 무척 좋았다. 피트 데이비스를 비롯해 많은 동료들이 그곳에 있었기 때문이다. 하지만 사우스세르니에는 하루만 있을 예정이어서 사람들을 많이 만나지는 못했다. 도착하면 캐터릭 부대에 보고한 후 의료위원회 앞에 출두하라는 지시를 받았기 때문이다. 정신적 지원을 위해 닐을 데려간 나는 세 명으로 구성된 위원회 앞에 앉았다. 극도로 우려하는 듯한 표정의 세 명은 의료진이 전반적인 평가를 내릴 때까지 승진은 연기하겠다고 했다.

내가 너무 순진했던 탓일지는 모르겠으나 전혀 예상치 못한 조치였다. 어쨌든 난 승진 자격을 갖추었고 승진 발표 이후에도 내게는 아무런 변화가 없었다. 어느 곳으로 날 보내든 간에 나는 준위로서 임무를 수행할 수 있다고 확신했다. 승진을 하지 못한다면 내가 원했던 연금 수준을 맞추지 못할 것이고, 이는 내 미래와도 직결되는 문제였다. 하지만 그런 것들을 확인할 여유는 없었다. 다음 지시로 서리주 엡섬에 있는 헤들리코트 국방부 의료재활센터로 즉시 가야 했다.

헤들리코트는 빅토리아풍 대저택이 있는 32만 제곱미터 규모의 거대한 부지로 부상을 입은 영국군 인력이 재활을 위해 가는 곳이다. 수치료법 수영장, 헬스장, 간호원, 보철 전문의 그리고 굉장한 재활 시설이 있다. 하지만 다양한 신체적 혹은 정신적 장애를 입은 다른 군인 네 명과 같은 방을 써야 했던 나는 아동보호시설로 돌아간 듯한 느낌이 들었다. 사지가 잘리거나 심한 외상 후 스트레스 장애를 앓고 있는 사람들 사이에 있으려니 완전히 동떨어진 듯한, 그곳에 어울리지 않는 듯한 기분도 들었다.

그곳 전체는 군대 병원 분위기였다. 그곳에 배치된 사람들은 여전히 직업 군인으로 구분되었지만 군복을 입지 않아도 되었다. 의사, 육군 복지상담가, 민간인 사회복지상담가, 병원 잡역부의 관찰 아래 나는 수많은 검사를 받았고 요리, 승마, 수영, 테니스, 조깅, 인지 요법, 물리 요법 등의 수업도 받았다. 직원 몇몇과는 곧 친해져서 농담 삼아 내게 '기억력 왕'이라는 별명도 붙여주었다.

친해진 사람들과 즐겁게 지내기는 했지만 헤들리코트에 틀어박혀 지내는 것은 즐겁지 않았다. 몇 번이고 연달아 검사를 받아야 했고 어린아이 대접을 받는 기분이 들기도 했다. 미술 치료와 놀이 치료를 받았고 내 기분이 어떤지, 뭘 기억할 수 있는지, 군대에서 나가게 되면 무엇을 할 계획인지 수없이 답해야 했다. 마지막 '재정착' 해에 자전거를 타고 자선기금 모금운동을 하겠다고 말하자 직원들은 이 계획에 찬성했고 내가 계속해서 체력을 정비할 수 있도록 활동 몇 가지를 바꿔주었다.

사실 헤들리코트 의료진과 장병이 내 계획에 큰 관심을 보여서 자선운동 운영계획에 도움을 받게 되길 바랐다. 군의 지원을 받아 여정을 진행하고, 여정을 통해 모금된 기금은 육군 자선기금과 알츠하이머병 연구재단으로 기부하는 게 내가 기대한 바였다. 군 은 퇴 전에 여정을 완료할 수 있도록 가급적 빨리 시작하고 싶었다. 당시만 해도 닐은 나를 동행할 계획이었지만 다른 도움 없이 진행하는 것은 무리라고 그들은 판단했다. 제대로 된 지원 차량을 포함해 다른 대비를 마련하라고 조언했지만 난 불필요하다고 여겼다. 마크 보몬트도 손에 카메라 하나 쥐고는 혼자서 해냈기 때문이다.

2014년 초 비키를 만났을 때 나는 계획을 다 정하지 못한 채 여전히 헤들리코트에서 지내고 있었다. 이것이 H의 환송회가 끝난 후 서리주로 출발하는 아침 기차를 타야 했던 이유 중 하나였다. 비키를 만나고 2주 후인 2월 27일, 난 재활센터에서 퇴원했고 유보 휴가가 결정되기 전까지 집에서 기다려야 했다. 내가 원한 조치는 아니었기에 결정을 기다리기까지 매우 힘든 시간을 보냈다.

맨체스터로 가 닐 집에서 묵거나 리지네 소파에서 지낼 계획이라고 말하자 군에서는 프레스턴에 있는 인력회복부서의 감독을 받을 수 있게 조치해주었다. 이는 담당자에게 정기적으로 보고를 하고 주 단위로 암벽 등반, 스키, 배 타기, 달리기 등을 비롯한 활동과 계속해서 신체 및 정신 검사를 받는 융성 활동에 참여해야 함을 의미했다. 업무에 동원되지 않을 뿐이지 여전히 군인이라는 설명이었다. 쳇바퀴를 도는 햄스터가 된 기분이었다.

친구들을 방문하고 당시 해외에서 근무 중이던 동료 군인들을 찾아갈 예정이었지만 비키와 사귀게 되자 나는 군 생활 초반을 보내 잘 알게 된 서리주 올더숏의 인력회복부서 감독을 요청했다. 브리즈 노턴 공군 기지에서 얼마 떨어지지 않은 비키의 집에서 지냈을 때의 또 다른 이점은 브리즈 노턴에서 모든 의료 검사를 받을 수 있다는 것이기 때문에 군은 이동을 승인했다. 브리즈 의료진은 내가 헤들리코트에서 받은 검사 결과를 참고하고 런던 치매 연구소에도 연락하여 내가 계획을 세울 수 있도록 병의 경과를 예측했다. 늦여름에 결과를 알려주겠다고 했는데, 그때쯤이면 마지막 배치에 관한 소식도 받을 예정이었다.

가능한 한 빨리 군대로 돌아가고 싶어 안달이 나기는 했지만 비키와 함께 보내는 시간 또한 내게는 소중했다. 비키는 자진해서 자선기금 모금운동 일정을 같이 짜주었다. 시간이 지날수록 출발하고 싶은 마음은 커졌다. 결과를 확인하러 6월 3일 의료위원회를 방문하라는 통지서를 받게 되자 마침내 마음이 놓였다.

"드디어 받았어! 이제 어떤 결정이 내려졌는지 가서 확인하고 결정에 맞춰 일정을 짜면 돼."

비키와 나는 그해 여정을 시작하기 위해 닐과 내가 준비할 시간은 충분하다고 생각했다. 빨리 시작하고 싶었다.

확신이 서지 않는다면 우선 밀고 나가자.

11

가기 어려운 길일수록
아름다운 목적지에 도달하게 해준다.

———

무명

플로리다주 레이크랜드

2015/10/26 _____

여정의 가장 남쪽을 향해 플로리다로 가는 길에 지나간 루이지애
나와 앨라배마는 가장 편안한 구간이었다. 고작 5일간 800킬로미
터를 기록할 수 있었고 날씨는 상쾌했으며 맞바람도 없었고 시골
풍경은 영국을 연상시켰다.

　내게 알츠하이머 유전자가 있다는 것을 알게 된 날부터 나는 불
가능해지기 전에 하고 싶은 것과 가고 싶은 곳의 목록을 채워나갔
다. 노스캐롤라이나와 사우스캐롤라이나는 예전에 훈련으로 가봤
지만 늘 다시 갔으면 했고 실제로 기대했던 만큼 좋았다. 멕시코

만 너머로 떠오르는 태양의 모습은 특히 아름다웠고 어린 시절 볼린 숲에서 야영한 후 마주한 일몰을 바라봤던 똑같은 경의의 시선으로 쳐다보았다.

길 위를 달린 지 정확히 6개월 후 거대한 대륙의 네 모서리 중 세 번째 모서리에 가까워지고 있다는 사실은 심리적으로도 안심을 주었다. 키라고Key Largo(플로리다주 남부 연안의 섬 중 하나-옮긴이)부터는 여정 막바지에 다다른 것이나 마찬가지였다. 이후 한 달간 북쪽으로 달려 워싱턴에 도착해 피트 데이비스와 삼 일을 보내면 마지막 800킬로미터 구간만 남게 된다.

호의로 유명한 지역답게 내가 만난 남부 사람들은 매우 친절했으며, 그들의 다른 억양은 어떤 실수를 해도 넘어갈 정도로 매력적이었다. 매번 날 호주 사람으로 간주했어도 말이다. 나는 유니스와 배턴루지를 지나 뉴올리언스 북부도 거쳤고 '목련의 주'라 불리는 미시시피의 빌럭시라는 마을도 지났다. 앨라배마주 모빌 시의 남부를 달리며 앨라배마의 애칭에 나오는 예쁜 노랑촉새를 찾아보기도 했다. 이후 '햇빛의 주'인 플로리다의 펜서콜라 근처 경계선으로 향했다.

닭 튀김, 토마토 파이, 남부 시골 햄, 콜라드 요리, 옥수수 빵 같은 맛있는 남부 음식도 즐겼다. 그다지 맛있어 보이지 않는 그리츠는 한 번도 시도해보지 않았지만 고칼로리인 허시퍼피(옥수수 반죽을 동그랗게 튀겨낸 음식-옮긴이)와 복숭아 코블러(밀가루 반죽을 덮은 일종의 파이-옮긴이)에 아이스티 한 잔 시원하게 마시면 그렇게 맛있을 수 없었다.

로드킬조차 남부는 달랐다. 남부 도로에서 차에 치어 죽는 동물은 흔히 고슴도치니 아르마딜로 같은 동물이었다. 더위에 부풀어 오른 사체를 자전거로 치지 않도록 조심해야 했다. 특히 밤에 잘못하면 사체에 걸려 넘어질 수도 있었다. 열을 받아 터져버린 사체 주변은 미끄러워 더욱 그 주변을 피해야 했다.

두어 일간 나는 숨이 멎을 만큼 아름다운 걸프아일랜즈국립해안을 따라 달렸다. 비키는 해안선을 따라 우아한 주택이 늘어서 있는 자전거 도로를 찾아 내게 알려주었다. 표백된 백사장, 모래 언덕, 갈대밭, 햇빛을 받아 반짝거리며 날아가는 바닷새 떼로 이루어진 풍경은 여정에 평화로움을 더해주었다. 공기는 따뜻했고 바닷바람은 부드러웠다. 야영장이나 도로 가에 위치한 식당에 들려 맛있는 해물 요리를 먹을 때마다 늘 훌륭한 음악도 함께했다. 케이준과 컨트리풍 음악이 조화를 이루며 쉬지 않고 흘러나왔고 사람들도 음악에 맞추어 노래를 흥얼거리거나 손가락을 퉁기며 박자를 맞췄다.

탤러해시에 도착해서는 비키의 사촌 동생인 애슐리 집에서 하룻밤 신세를 졌다. 비키의 고모 진은 미국 공군 영국기지에서 근무하던 남편을 만나 함께 미국으로 이주했고 이후 애슐리가 태어났다. 선덜랜드가 고향인 진 고모는 차와 함께 들라며 코티지 파이를 해오셨다. 집 요리에 대한 향수를 불러일으켜주는 음식이었다. 난 애슐리 가족을 이번에 처음 만났고 비키도 애슐리가 어렸을 때 보고 못 보았지만 비키의 연락을 받자마자 애슐리는 날 초대해 따뜻하게 맞이해 주었다.

또다시 난 내게 도움을 준 사람들의 선한 본성을 생각하게 되었다. 가족과 친구뿐만 아니라 전혀 모르는 사람들도 내 처지에 공감해주고 내가 달성하려는 목표를 온 마음으로 지지해주었다. 어떤 식으로든 치매의 영향을 받는 사람들이 이토록 많다는 것을 알고 난 깜짝 놀랐다. 마치 모든 이들의 주변 누군가는 치매로 피해를 받고 있고 그 여파에 대항해 싸우고 있는 것처럼 보였다.

세계보건기구는 치매를 공중 보건 우선순위로 지정하고 전 세계가 함께 행동할 것을 요구했다. 현재 4,750만 명이 치매를 앓고 있으며 매년 770만 명씩 치매 판정을 받는다. 영국에서만 85만 명의 치매 환자가 있고 이들 의료비와 복지비로 적어도 매년 260억 파운드의 비용이 나간다. 2030년이 되면 전 세계 치매 인구는 7,560만 명으로 늘어날 것으로 보이며 2050년에는 다시 1억3,550만 명으로 증가할 것으로 세계보건기구는 전망한다. 21세기 중반이 되면 1분에 두 명이 새롭게 치매 진단을 받는다는 얘기다.

알츠하이머병은 치매 중 가장 흔한 질병으로 치매 환자의 60퍼센트 이상이 앓고 있다. 알츠하이머병 환자의 대부분이 60세 이상이다. '침묵의 병'이라고도 불리며 사람이 나이가 들면서 뇌기능이

저하되는 현상을 가리킨다고 보통 알고 있다. 하지만 이는 사실과 거리가 멀다. 영국에서만 4만2천 명의 환자가 35세에서 65세 사이로 나처럼 조기 치매를 앓고 있다. 우리 가족이 갖고 있는 희귀 유전자 결함은 몇 백 명한테만 나타나는 현상이긴 하다.

인지기능이 잔인하게 떨어지는 이유는 아밀로이드라는 이상 단백질이 뇌세포 주변에 끈적끈적한 덩어리로 축적되어 뇌세포 간 화학 결합을 막아 뇌세포 크기가 빠르게 줄어들기 때문이다. 뇌세포 크기가 줄어들기 시작한 환자는 사망 선고를 받은 거나 마찬가지이며 이 환자의 보호자, 가족, 친구들에게는 종신형이 주어진 거나 다름없다. 알츠하이머병에 걸린 사람의 뇌에는 구멍이 생기기 시작해 스위스 치즈처럼 변하게 되며 사망시 뇌 크기는 건강한 뇌의 3분의 1로 줄어든다.

토니 형이 바로 전형적인 사례다. 정신 장애가 악화되면서 형은 일자리를 잃었고, 제대로 운전하고 걷고 말하는 능력도 잃게 되었다. 형이 사는 세계는 점점 좁아졌다. 내가 치매 모험을 시작했을 무렵 형은 침대 위에 누워 지냈고 미소로만 표현했다. 내가 캐나다에서 첫 페달질을 하기 2주 전, 형이 아직 글을 쓸 수 있었을 때, 형의 가족이 형을 대신해서 다음 글을 형 페이스북에 올려주었다.

다른 질병과 마찬가지로 내가 앓고 있는 병 역시 원인이 있고, 진행 과정이 있으며, 따라서 치료법도 있을 수 있다. 내 가장 큰 바람은 내 아이들은, 우리의 아이들은, 우리의 다음 세대는 내가 마주하는 것을 마주하지 않았으면 한다는 것이다. 하지만 지금은 내가 여전히 살아 있다는 것에 만족한다. 나는 내가 살아 있다는 것을 안다. 내가 무척 사랑하는 사람들도 내 옆에 있다. 여전히 순수한 행복과 기쁨을 맛볼 수 있다. 그러니 부디 내가 고통받고 있다고 생각하지 않길 바란다. 난 고통을 받고 있지 않다. 난 애를 쓰고 있을 뿐이다. 주변 세상에 일부가 되려고, 예전의 내 자신과 계속 연결되어 있으려고 애를 쓰고 있을 뿐이다. 현재를 살자고 스스로에게 말한다. 이것이야말로 사실 내가 할 수 있는 전부다. 난 매순간을 살고 있다.

전 해에 형은 발작을 일으키기도 했고 뇌졸중 증상으로 몸 오른쪽에, 특히 팔에 이상이 생겼으며 대소변 조절에도 어려움을 겪었다. 집에서 지내기가 너무 힘들어지자 결국 가족은 형을 병원으로 데려갔고 정신병동으로 배치됐다. 잠시 환자보호기관에서 잘 지내기도 했지만 다시 발작을 일으켰는지 형은 쓰러졌고 머리를 다쳤다. 의식이 없는 상태로 노인 병동에 입원했지만 음식도 물도 주지 말라는 의료진의 지시 때문에 탈수 증세를 보였고 죽음의 문턱까지 가게 되었다. 그런 형의 모습을 본 가족은 충격을 받았고 병원 측에 공식 항의를 한 후 다른 병동으로 옮기게 했다. 하지만 새로 옮긴 병동 담당의는 무뚝뚝하게 이렇게 말했다.

"알츠하이머병 환자입니다. 저희가 할 수 있는 일이라고는 피할 수 없는 상황을 최대한 늦추는 것뿐입니다."

형은 투사다. 나와 어머니, 아버지, 에인지 누나와 리지와 마찬가지로 말이다. 어쨌든 형은 보던베일에서 자랐고 쉽게 포기하지 않았다. 생명이 위험한 상태까지 간 적도 있었고 5개월간 입원해야 했지만 차츰 건강을 회복했다. 형은 앨트린챔 근처 팀펄리에 있는 사립 요양시설로 옮겨져 노인들 사이에서 가장 어린 환자로 현재까지 그곳에서 24시간 보호를 받고 있다. 하지만 몸도 아주 약해진데다 근육 손실도 심해 그때 쓰러진 이후 다시 혼자서는 일어나지 못했고 따라서 삶의 질도 완전히 바뀌었다.

형 병문안 가는 일은 우리 모두에게 점점 더 어려운 일이 되었다. 제인과 아이들은 가능한 한 자주 찾아갔고 젠 역시 웨일즈에서 매주 형을 보러갔다. 리지도 형을 자주 찾아갔지만 난 그러지 못했다. 어쩌면 형을 볼 때마다 내 미래를 보는 것 같다는 느낌이 들어서였을지도 모른다. 마음을 다잡아 형을 보러 가서는 농담을 던지고 장난을 치면서 형을 웃기려고 했지만 형은 교감하지 못하고 예전처럼 내게 꺼지라는 말을 하기도 해 마음이 아팠다. 형의 미소를 보면 내가 누군지는 아는 것 같았지만 의미 있는 소통은 할 수가 없었다. 그런 형의 모습을 보면, 형 생각을 하는 것만으로도 내 눈엔 눈물이 흘렀다.

2015년 제인이 건네준 조카 리처드의 학교 숙제를 보고도 난 울었다. '최고의 인물'에 대해 쓰라는 과제에 그는 나를 꼽았다. "내가 아는 가장 웃긴 사람이다 … 내가 슬플 때 삼촌은 내 기분을 좋게 해준다 … 사실 난 좀 힘들 때가 있다. 하지만 삼촌 생각을 하면 모든 게 나아진다."

내가 군대에 가 있어서 가족을 자주 못 보기는 하지만 리처드는 내가 항상 자신과 가족 곁에 있어 준다고도 썼다. 이 아이에게 축복을 빈다.

형의 상태가 계속 악화되자 가족은 'DNR', 즉 소생 거부 동의서에 서명했다. 하지만 이는 심장 마비가 오거나 폐렴에 걸리거나 다른 생명을 위협하는 상황에서 고통을 끝낸다는 의미일 뿐이지 그런 일이 일어나지 않는다면 형은 계속해서 같은 상태로 삶을 이어나가야만 한다. 형이 불쌍했다. 같은 상태의 동물이 있다면 그렇게 살게 내버려두지 않았을 것이다. 총이 있다면 형을 고통에서 벗어나게 해줬겠지만 나도, 그 누구도 그럴 권리는 없었다. 치료를 할 방법이 있다면 더 참을 만하겠지만 그렇지 않았다. 종일 침대 위에 누워 튜브로 음식을 먹고 간호사가 몸을 돌려 엉덩이를 닦아주는 삶은 삶이 아니다. 형 앞에서는 명랑한 척했지만 속으로는 벗어나고 싶었다.

형의 운명이 곧 내 운명이 될 것이고, 형의 아이들이나 내 아이들도 그렇게 될 수도 있다는(아이들 다 검사를 받기에는 아직 어렸다.) 두려움에 내 마음은 무거워졌다. 내게 치매 유전자가 있다는 결과를 받고 얼마 되지 않아 전 부인 키미는 내털리와 마커스에게 소식을 전했다. 내게 변형 유전자가 있으며 아이들 역시 그 유전자를 물려받았을 수도 있다는 충격적인 이야기를 한 것이다. 당시 10살, 9살이었던 아이들은 당연하게도 당혹스러워했고 화를 냈다.

이후 아이들과의 화상 통화는 극히 어려웠다. 나는 괜찮을 거라고 아이들을 안심시키기 전에 사실을 인정했다.

"엄마가 말씀하신 건 맞아. 하지만 지금 난 괜찮고 너희가 그 유전자를 물려받지 않았을 거란 가능성도 분명 있어. 사람의 앞날은 모르는 거야. 어느 날 갑자기 버스에 치일 수도 있는 게 인생이야. 그러니 너무 그 생각만 하지마. 그리고 너희가 아빠만큼 나이가 들면 그땐 치매라는 병은 존재하지 않을지도 몰라."

매년 아이들을 보러 갔을 때에도 아이들 앞에서 최상의 모습을 보여주고, 아빠는 멋지게 잘 지내니 적어도 아직은 걱정할 게 없다고 증명해주려고 애를 썼다. 아마도 답이 두려워서인지 아이들은 내게 직접 물어보지 못했다. 십대가 되자 비키에게 내가 어떻게 지내는지 물어보기도 하고, 내 건망증이 좀 더 심해진 거 같다고도 얘기했지만 한 번도 내게 직접 말하지는 않았다. 과거 우리 집에서 아버지 얘기를 하지 않았던 것처럼 역사가 반복되는 모양이었다. 어머니가 어린 우리 남매에게 아버지 병에 대해 말하셨던 게 얼마나 어려웠을지 처음으로 헤아려보게 되었다. 설령 병이 아버지 쪽 유전이었다는 것을 알고 계셨어도 말이다. 머리를 모래에 묻고 있는 게 훨씬 쉽다는 걸 이제는 알게 되었다.

하지만 난 모래에 머리를 숨기는 일은 하지 않을 거였다. 2014년 6월 올더숏에 가 육군의료위원회을 마주하고 그들의 결정을 확인할 때가 왔다. 헤들리코트에서 지내는 4개월간 좋은 대접을 받았지만 지속적으로 역량을 평가받아야 하니 불안해지면서 이들이 내 앞날에 대해 어떤 생각을 하고 있는지 궁금해졌다. 어떤 식으로든 군 생활을 계속할 수 있게만 해준다면 행복할 것 같았다. 심각한 신체 부상을 입고도 유용한 역할을 해내는 많은 장애인들을 보면서 내가 맡을 수 있는 여러 임무를 예상해보았다. 팔 하나를 잃은 군인이 야전전화를 작동할 수 있고, 다리가 없는 항공병이 보고서를 작성할 수 있다면 나 역시 쓸모 있을 거였다. 몸은 건강하니 우편 분류일을 하거나 정리정돈을 하거나 육군 인력 모집 사무실에서 인원을 배치하거나 더 나아가 신규 군인을 대상으로 체력 트레이닝을 해도 좋을 듯했다. 젊은 친구들이 "좀 살살해주세요, 구르카!"라고 애원하는 모습을 상상하니 웃음이 절로 나왔다.

모든 퇴역 대상 군인은 군복무 마지막 해에 민간인 생활에 익숙해질 수 있도록 수개월 적응 기간을 보낸다. 휴가를 쓰거나 민간 생활에 관한 지원과 훈련을 받을 수 있으며 퇴역 후 첫 3년간 정착 보조금도 나오고 '직업 전환' 조언도 받을 수 있다. 소속 부대장이 잘 배려해주고 군 경력이 좋다면 보통 6개월간 전액 급여를 받으면서 하고 싶은 일을 할 수 있으며 나머지 6개월은 군복을 벗고 맞이할 대변동을 준비할 수 있다.

제대로 미래를 생각해본 적이 거의 없긴 하지만, 그럴 때마다 나는 우체국에서 일해볼까 하는 생각을 했었다. 하지만 그보다 자선 기금 모금운동이 먼저 떠올랐다. 내 꿈은 퇴직금을 들고 자전거에 올라타 출발하는 거였다.

올더숏 의료위원회가 어떤 결정을 내릴지 걱정하다 보니 극도로 긴장이 됐지만 긍정적인 자세를 유지해보기로 했다. 특히 내 옆에는 이제 비키도 있었다. 당시 나는 비키와 동거 중이었다. 내가 자기 옷장의 반을 비우고 (비키가 예전에 입은 산모용 드레스도 치웠다) 내 물건을 넣는 걸 보고는 비키는 내가 '장악했다'고 주장했지만 말이다. 그리고 헤들리코트에서 만난 할머니 몇 분이 짜주신 누비 이불을 비키 침대 위에 펼쳐 놓았다.

비키는 내 이름과 특공대 휘장이 수놓인 이불 사진을 SNS에 올린 후 이런 말도 덧붙였다.

"침대에 구르카 스타일을 더해봤어요. 요즘 밀리터리 룩이 유행인가 보네요. 침대에 어울릴 커튼과 철망도 주문해서 기다리는 중입니다!"

하지만 비키는 내가 자기를 데리고 나가 옷을 사주는 것은 개의치 않았다. 비키처럼 자신을 위해 지출을 안 하는 여자는 처음 보았고 그런 비키에게 잘해주고 싶었다.

그리고 6월 2일 오후 4시, 흰 가운을 입은 사람들 앞에 서서 육군이 어떤 결정을 내렸는지 들으러 가기 하루 전 날, 비키는 엉망인 상태로 퇴근했다. 비키는 직업이 여러 개였는데 그날은 다발성 경화증을 앓고 있는 친구의 병간호를 맡았던 터라 몇 시간 고생을 하고 온 듯했다. 부엌에서 차를 끓이고 있는데 비키가 들어오더니 모든 것을 바꾼 말 한마디를 건넸다.

"나 임신했어."

비키의 얼굴은 새하얗게 질려 있었고 몸은 부들부들 떨었다. 눈가에는 울었던 흔적이 보였다.

"뭐라고?"

나는 충격에 휩싸였다.

"진짜야."

"뭐? 그게 어떻게? 이런! 어떻게 해야 하지?"

비키는 울음을 터뜨렸고 우리는 다투기 시작했다. 난 솔직히 무슨 말을 해야 할지 몰랐다. 비키는 며칠 전부터 임신을 의심했고 그날 출근길에 임신 테스트기를 샀다는 걸 나중에 알게 됐다. 화장실에 들어가 테스트기 결과를 확인한 비키는 이후 생길 일들이 두려워 덜덜 떨었다고 한다.

"정말 집에 가서 크리스한테 얘기하고 싶지 않았어요. 우리 둘 다 임신을 원하지 않는다는 걸 알고 있었기 때문이죠. 만난 지 얼마 되지도 않았고 피임도 했거든요. 서로를 사랑하기는 했지만 연애 초반 감정이 강했을 때였고 임신은 우리 관계를 파괴할 수도 있었죠. 소식을 듣자마자 크리스는 정신 나간 사람처럼 자기 유전자를 물려받을 수 있는 또 다른 아이를 낳을 수 없다고 되풀이했어요. 그 마음은 이해했지만 나 역시 속상해서 펑펑 울었죠. 결국 혼자 걸으러 밖으로 나갔어요. 크리스 얼굴에 보이는 슬픔과 걱정을 더는 쳐다볼 수 없었어요.”

그 소식은 우리 둘 다 받아들이기 힘들었다. 더군다나 다음 날 아침 의료위원회와의 미팅이 잡혀 있어서 더욱 긴장이 됐다. 우리가 다투는 와중에 비키의 딸 케이티가 왔고 대화 내용을 아이가 들을까봐 대화를 중단해야 했다. 결국 그날 일찍 잠자리에 누웠고 군대에서 내린 결정을 듣기 전까지 잠시 생각을 접기로 했다.

다음 날 어두운 낯빛을 하고 아침 일찍 올더숏으로 향하면서 우리의 앞날 전부가 불확실하다는 생각을 했다. 내 아이들 전부가 치매 유전자를 물려받았을 확률이 50퍼센트라는 사실을 제외하고도 내 직업 역시 불확실했고 그 와중에 언제든 일 년간 자선기금 모금운동을 하러 떠날 계획도 하고 있었다. 비키나 아기에게는 불공평한 처사겠지만 말이다. 우리가 할 수 있는 건 위원회를 만나 어떤 결정이 났는지, 내 다음 근무지가 어디인지 확인한 후 거기서 다시 생각하는 것이었다.

의료위원회는 무미건조한 건물 내 있는 통풍이 잘 되지 않아 답답한 사무실에서 열렸고 30분도 채 지나지 않아 끝이 났다. 전날 한숨도 못 잔데다가 벌써 입덧이 시작한 비키는 그림자처럼 날 따라왔고 우리는 가운을 입은 의사 세 명을 마주한 책상에 앉았다. 날 담당한 사회복지사인 육군 대위는 사무실 끝쪽에 자리를 잡았다. 회의 전체를 진행한 사람은 한 여성 의료진으로 내가 받은 모든 검사 결과를 어떻게 분석하고, 얼마나 세세하게 평가하고, 확인한 후 재확인했는지 설명했다. 결과를 향해 움직이는 단조로운 목소리를 들으며 비키와 나는 가슴을 짓누르는 끔찍한 고통을 느끼기 시작했다.

마침내 여의사는 이런 결론을 냈다.

"검사 결과에 따르면 크리스 중사는 심각한 인지장애를 앓고 있습니다. 남은 기간은 7년 정도로 예상이 됩니다."

아울러 내가 더는 무기를 다룰 수 없는 상태라고도 했다. 군인으로서 제일 우선으로 갖추어야 할 자격이 무기를 다루는 능력인데 말이다.

"크리스 중사는 더 이상 군복무에 적합하지 않습니다. 따라서 더는 군에 머물 수 없습니다."

위원회가 내린 결론이었다.

그 말에 난 윗몸을 꼿꼿이 세웠고 비키 역시 윗몸을 곧게 일으켰다가 다시 의자로 털썩 주저앉았다. 나중에 얘기하기를 토가 나올 것 같기도 하고 오줌을 쌀 것 같기도 한 기분이었단다. 충격을 줄여줄 만한 것은 없었다. 그때까지만 해도 아무도 말해주지 않은 사실을 위원회에서 불쑥 밝혀주었다. 앞으로 7년 내에 내가 치매로 죽을 수도 있다고 말이다. 뒤에 앉아 있던 대위마저 놀라 숨을 들이마시는 소리가 들렸다.

비키와 내가 위원회의 결론을 받아들이려고 애쓰는 사이 의사는 내가 군복무 마지막 해에 군 지원 없이 진행하려고 계획한 자전거 모금운동에 관한 보험은 들어줄 수 없으며 위원회 결론에 따라 허가도 내줄 수 없다고 했다. 위원회 진행자는 거의 숨을 쉬지 않고 미소인 듯한 표정을 보이며 덧붙였다.

"물론 퇴역 후 기금 모금운동은 할 수 있습니다 … 할 수 있을 때 말이죠."

너무나 큰 충격을 받은 나머지 처음에는 한마디도 하지 못했다. 너무나도 많은 나쁜 소식을 받아들여야만 했다. 난 정말로 은퇴하는 날까지 군화를 신을 수 있게 해줄 줄로 알았다. 내가 사랑하는 군대가 내 마지막 근무 날까지 나와 함께 할 것을 의심한 순간은 단 한 번도 없었는데 말이다. 내 마음은 엉망진창이 되었다.

울고 싶었지만 울지는 않았다. 여전히 충격에 머리가 어지러웠지만 가까스로 "그런가요?" 혹은 비슷한 말을 내뱉을 수 있었다. 그에 대한 답으로 이 결정은 돌이킬 수 없으며 고용 부분을 제외한 의료위원회의 결정에 재심사를 요구할 수 없다는 말이 돌아왔다. 멍해진 나는 거의 쓰러질 것 같은 비키를 쳐다보았다.

망연해진 비키는 내가 이끄는 대로 그 끔찍한 방에서 나와 아무런 위로의 말도 하지 못하는 상태로 조용히 내게 매달렸다. 우리 둘 다 최악의 날을 보내고 있었다.

"24시간이 채 지나기도 전에 내 몸에 새로운 생명이 자라고 있다는 걸 알고 됐고 이어서 이 아기의 아버지이자 내가 사랑하는 사람이 곧 죽을 거라는 소식을 아주 잔인한 방식으로 듣게 된 거죠. 우리에게 닥친 일이 어떤 것인지 완전히 드러내준 말이었어요. 누군가 우리 머리를 세게 친 듯한 그런 기분이었어요."

우리는 더 이상 그곳에 있고 싶지 않았다. 얼른 벗어나고 싶었다. 집에 가고 싶었지만 가는 와중에 위원회에서 들은 말이 점점 더 무겁게 우리의 마음을 짓눌렀고 케이티를 데리러 학교에 갔을 땐 감정이 너무 격해져서 차를 멈춰야만 했다.

충격이 옅어지고 분노가 자리 잡기 시작하면서 누군가 배를 발로 찬 것처럼 정말로 몸이 아팠다. 사지 하나를 잃었거나 전투 신경증을 앓는 거라면 결국엔 익숙해졌을 것이다. 하지만 난 버려진 느낌을 받았다. 내가 사랑한 일을 중단해야만 했고 곧 실업자가 될 거였으며 아마도 계속해서 실업자로 살아야 할 것이었다. 군에서는 지난 몇 년간 꿈꿔온 자전거 일주 지원도 해주지 않겠다고 했다. 설상가상으로 비키는 언젠가 나처럼 끔찍한 진단을 받을지도 모르는 아이를 낳겠다고 계속 얘기하고 있었다.

여전히 충격에 휩싸인 나는 내 주장을 설명하고 비키를 설득하려고 애썼다.

"내가 자기를 사랑하지 않는다는 말도 아니고 자기와 함께 아이를 갖고 싶지 않다는 말도 아니야. 다만 이런 상황에서 아이를 태어나게 하는 건 그 아이에게도 부당한 일이야. 이미 내겐 앞날이 위험할 수 있는 아이가 둘이나 있어. 그런데 같은 처지에 놓일 또 다른 아이를 태어나게는 할 수 없어."

비키는 하염없이 눈물을 흘리면서 말했다.

"검사받으면 될 거야. 우선 태아 검사를 받아보는 거야."

난 한숨을 내쉬었다.

"그리고 결과가 나오면?"

"양성이라고 해도 아이가 마흔이 될 무렵이면 치료법이 있을 거야."

이후에도 비키는 이 말을 여러 번 되풀이했다.

"그럴지도 모르지."

눈물을 닦고 배에 손을 갖다 댄 후 비키가 한 말이 내 마음을 아프게 했다.

"자기를 잃게 될 거란 소식을 지금 막 들었어. 생각만 해도 견딜 수 없는 소식이야. 자기를 만나지 못한 삶보다는 당연히 자기와 함께 보낸 기적 같은 5분을 난 택할 거야. 하지만 우리에게 남은 시간이 이렇게 짧을 줄은 정말로 몰랐어."

그 마음은 이해한다며 말을 이어가려고 했지만 비키는 날 멈추었다.

"자기가 떠나고 나면 내게 남을 자기의 유일한 일부는 이 아이가 될 거야. 내가 만지고 안고 사랑할 대상 말이야. 이 아이마저 날 떠나게 하지 마."

난 고개를 끄덕이며 비키를 내 품에 안았다. 내가 가장 좋아하는 영화 〈쇼생크 탈출〉 대사 한마디가 떠올랐다. 팀 로빈스가 맡은 앤디 듀프레인이 희망은 좋은 거라면서 이렇게 덧붙인다.

"어쩌면 희망은 이 세상에서 가장 좋은 것일지도 모르죠. 그리고 좋은 건 절대로 사라지지 않아요."

확신이 서지 않는다면 희망을 품자.

12

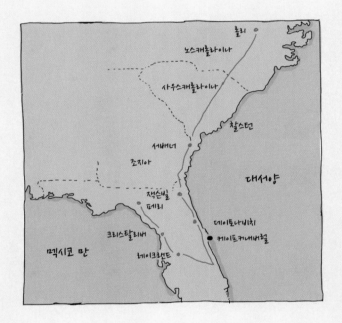

언젠가는 당신과 함께 매일 해가 뜨는 것을
같이 볼 사람을 만날 것이다.
당신 삶의 해가 질 때까지 같이 볼 사람 말이다.

——————
작가 미상

노스캐롤라이나주 롤리

2015/11/12 _____

오성급 호텔과 멋진 주택, 고급 요트가 즐비한 플로리다와 다른 남
부 여러 주를 여행할 때 딱 어울렸던 노래는 (제시 제이Jessie J의 〈프라
이스 태그Price Tag〉였다. 그보다 더 진실된 가사도 없을 듯싶다.)

　　왜 다들 그토록 집착하는가,
　　돈으로 행복을 살 수 있는 것도 아닌데

플로리다 키스에서 찍은 상황 보고용 동영상에는 맑고 푸른 바다와 비싼 배 몇 척 앞에서 햇볕을 쬐는 셜리가 나온다.

"여기 요트 수천 척이 보이네요. 참 가난한 동네군요!"

즐거운 기분으로 난 여전히 살아 있으며 잘 지내고 있다고 말했다. 크리스마스 전에 토론토에 도착해 여정을 끝낼 날을 기다린다고도 했다.

"확신이 서지 않는다면 요트를 사세요. 주머니 사정이 따라준다면 말이죠!"

비키는 셜리가 내게 윌슨 같은 존재가 되어버렸다고 놀렸다. 영화 〈캐스트 어웨이〉에서 톰 행크스가 윌슨이라는 상표의 농구공에 비이성적으로 집착하면서 농구공을 사람처럼 대하는 것에 빗대 하는 말이었다. 사실 그 말이 틀린 것도 아니었다.

"페달질 계속 해. 비행기 놓치면 안 되니까!"

비키는 이 말도 덧붙였다.

이제 5주 후면 집으로 가는 비행기를 타게 된다는 생각에 아찔했다. 보통 1마일당 페달질을 몇 번 하냐는 비키의 질문에 평균을 내서 알려줬더니 지금까지 페달질을 약 6백만 번 했을 거라고 비키가 계산해주었다. 2만3천 킬로미터나 되는 거리를 영하로 떨어지는 기온과 섭씨 50도에 육박하는 기온에서 달렸다고도 알려주었다. 내 얘기이긴 했지만 마치 남 얘기를 듣는 것처럼 잘 와닿지 않는 수치였다.

부유한 주일지는 모르겠지만 내게 플로리다는 펑크의 땅이기도

했다. 전체 여정 중 자전거 바퀴에 펑크가 난 게 총 아홉 번이었는데 그중 일곱 번이 플로리다에서 난 데다가 바퀴 내관도 고장 났다. 높은 습도는 전기 리드선에 심각한 문제를 일으켜 결정적으로 내 위치를 온라인으로 전송하지도 못하고 전기기기 배터리를 충전하지도 못했다. 휴대용 배터리 충전기는 몇 개 구입하기는 했지만 충전 시간이 얼마 되지 않았고 그렇다고 더 구입할 형편은 아니었다.

엎친 데 덮친 격으로 레이크랜드라는 마을에 위성추적장비를 실수로 두고 오기도 했다. 장비는 위치 정보를 너무 자주 쏘아댔고 적립된 돈은 바닥이 났다. 그 일 이후 난 '위치알림 절약운동' 차원에서 12시간마다 위치 정보를 보내는 것으로 설정을 바꾸어 예산을 아꼈다. 따라서 사람들은 내 위치를 옐로브릭 위치 추적 사이트에서 바로 확인할 수 없게 됐지만 어쩔 수 없었다.

플로리다의 어느 한 야영장에서 만난 독일 커플의 자전거에는 작은 발전기가 달려 있어서 페달을 밟을 때마다 전기를 생산해 여러 장비에 필요한 에너지를 충전할 수 있었다. 진작에 그 방법을 알았더라면 사정은 나았을지 모른다. 똑똑한 독일인들이다. 만약 내가 다시 장기 자전거 여행을 짜게 된다면 휴대용 발전기는 꼭 챙길 것이다. 그리고 야생 동물과의 만남에도 좀 더 준비를 잘할 것이다.

계곡 옆에 있던 같은 야영장에서 밤늦게 씻은 뒤 전등을 들고 텐트로 돌아가는데 무슨 소리가 들렸다. 전등을 이리저리 돌리자 날 쳐다보는 붉은 두 눈이 보였다. 3미터 떨어진 곳에 있는 커다란 악어의 눈이었다. 난 즉시 화장실로 돌아갔다!

마이애미를 거쳐 북쪽으로 이동하면서 케이프커내버럴을 지나갔지만 슬프게도 늘 가려고 마음먹었던 케네디 우주센터에는 들리지 못했다. 볼린로드 초등학교 시절 달 위로 발걸음을 내딛는 닐 암스트롱의 모습에 난 홀딱 반해버렸다. 모든 게 비현실적으로 느껴졌다. 그때 난생 처음으로 마음만 먹는다면 인간은 불가능한 것도 달성할 수 있다는 사실을 깨달았다. 인간이 처음으로 우주를 향해 출발한 곳을 방문하는 일은 내 버킷리스트에서도 우선순위에 있었지만 일체형 라이크라를 입고 셜리를 데리고 다녀야 하는 지금은 때가 아니었다.

달을 향해 날고 싶나, 그레이엄 중사?

네, 그렇습니다! 내일이라도 당장 가고 싶습니다! 하지만 한 가지 질문이 있습니다. 인간이 달에도 갈 수 있는 시대가 되었는데 어째서 아직 알츠하이머 치료법은 나오지 않은 겁니까?

데이토나비치 근처에도 가게 되어 유명한 모터스포츠 경기를 구경하고 싶었지만 여러 의미로 시간이 부족했다. '복숭아의 주'라 불리는 조지아주 경계선까지 가서 맛본 복숭아는 정말로 달았다. 발길을 재촉해 남북 전쟁의 온상이었던 복잡한 잭슨빌도 지났고 이후 사우스캐롤라이나와 노스캐롤라이나도 차례로 거쳤다. 특히 획 하고 지나갈 수밖에 없었던 조지아주 서배너와 사우스캐롤라이나주의 역사적인 도시 찰스턴의 특징인 〈바람과 함께 사라지다〉 스타일 저택이 마음에 들었다. 고속도로 어딘가에 영국식 술집도 발견했는데 빨간 공중전화 부스와 이층 버스도 있어 향수병이 제대로 도졌지만 문을 닫아서 더욱 아쉬웠다. 또한 존 그레이엄 센터라는 의료기관도 발견해 가던 길을 잠시 멈추고 사진을 찍은 후 돌아가신 아버지를 생각하며 잠시 묵념했다. 예전에 두 캐롤라이나주에 왔을 때 나무 위에서 아래로 축 처지게 자라는 스패니시모스를 보고 특이하고 아름답다고 생각했는데 이번에 와서 보니 나무에서 뚝뚝 떨어지는 건 주로 비였다.

롤리를 향해 점점 더 북쪽으로 이동하니 날은 더 선선해졌고 나는 옷을 더 껴입게 되었다. 워싱턴과 뉴욕을 지나는 12월은 얼마나 추울지 벌써부터 걱정이었다. 어쩌면 당초 계획대로 봄이 될 때쯤 이 두 도시를 지날 수 있도록 속도를 늦췄어야 했는지도 모른다. 어쨌든 이젠 너무 늦은 셈이다.

혹독한 날씨에 자전거를 타는 건 처음이 아니었다. 지난 해 11월 아직 군에서 재정착 준비 기간을 보내고 있었을 때 인력회복부서에서 일주일간 자전거를 타고 진행하는 자선기금 모금운동에 참여해달라고 했다. '영웅에게 도움을' 운동의 일환으로 제1차 세계대전 발발의 백주년을 기념해 리버풀에서 출발하는 행사였다. 헤들리코트에서 만난 몇몇 군인과 함께 전쟁기념비마다 들려 헌화

했고 제1차, 제2차 세계대전의 전사자를 기념하는 영령 기념 일요일이자 제1차 세계대전 발발 백주년에 요크셔에 도착했다. 언덕도 많았고 날씨도 좋지 않았으며 일부 참가자들의 신체장애로 인해 매일 이동한 거리는 내 치매 모험에 비해 짧았다. 그 행사에 참여하게 되어 매우 뿌듯했고 군에서 보내는 마지막 해에 전사자들에게 경의를 표할 수 있어서 의미가 컸다.

2014년의 대부분은 동료들과 여행을 하거나 군의 부름에 맞춰 근무하며 임기를 마쳤다. 3월에는 독일 바이에른으로 날아가 열흘간 눈 위에서 하는 전사 훈련에 참가했다. '배틀백 헤들리코트'라는 활동의 일환으로 퇴역한 군인들이 장애 군인들과 함께 하는 스키 훈련이었다. 노르웨이에서 근무하기 전부터 스키는 능숙하게 탔고 신체에는 문제가 없었기 때문에 나는 다른 장애 군인들보다 잘해냈다. 또한 몸을 움직이고 긍정적인 활동을 하게 되어 기분도 좋았다. 주변 환경도 훈련을 받는 데 이상적이었으며 날씨도 좋아서 우리 중 다섯은 뻔뻔하게도 정상에서 옷을 벗고 엉덩이를 드러낸 사진을 찍기도 했다.

웨스트미들랜즈주 릴리셜 국립 스포츠센터에 위치한 배틀백 센터 내 영국 재향 군인회 시설에서 지낸 적도 있다. 거기서 2008년 장애인 올림픽에서 금메달을 딴 실력 있는 궁수인 이종사촌 존 스터브스와 우연히 마주쳤다. 이모의 아들인 존은 이십 대에 차 사고로 다리 한 쪽을 잃고 휠체어 신세를 지게 되었지만 국제무대에서 영국의 궁술을 대표했고 대영제국 훈작사를 받기도 했다. 우리 집 안에서는 무언가를 하면 제대로 하는 편이다.

최근에 불가리아에 집 한 채를 구입한 친구를 보러 가 집 수리 일부를 돕기도 했다. 그리고 5월에는 벨기에로 전쟁터 시찰을 간 육군 단체에 합류해 이프르 실종자들을 기리는 메닌게이트 전쟁 기념비를 보고 왔다. 약 5만5천 명의 병사를 기리기 위해 밤에 모인 수많은 사람들을 보고 1928년부터 이어진 장송 나팔 솔로 연주를 듣고 있으려니 마음이 겸허해졌다. 1914년 크리스마스 이브에 독일군과 영국군이 무기를 내려놓고 캐럴을 부르기도 하고 축구도 했다는 '진흙 벌판' 사진을 찍었다. 그토록 많은 젊은이들이 학살당했다는 생각에 눈에는 눈물이 맺혔다.

여왕님이 내 군 복무를 더는 원하지 않으신다고 해도 나는 여전히 지시를 따라야 했고 때가 되기 전에 떠나야 하는 가족의 일부로서 계속 지내야 했다. 당국에서는 내가 민간인 생활을 맞이할 수 있도록 준비시켜주려 했고 내 신상과 관련해서도 앞으로 어떻게 정리해야 하는지 조언해주기도 했다. 이 조언에 따라 리지와 에인지 누나, 닐 데드맨은 헤들리코트로 날 찾아와 위임장에 어떤 내용이 들어가야 하고 인생 말기에 내가 무엇을 원할지 논의했다. 하지만 정작 당사자인 나는 그런 어려운 논쟁에 끼는 걸 힘들어했다. 서류 몇 가지에 서명을 하기는 했지만 결정된 것은 없었다.

비키와 나는 배 속에 있는 아기에게 가장 좋은 선택이 무엇인지 여전히 고민 중이었다. 계속 얘기를 해보았지만 내 생각은 바뀌지 않았고 검사 결과가 양성으로 나올 경우 임신을 중절하라고 비키를 설득하겠다는 결심도 그대로였다. 하지만 최종 결정을 함께 내리기 전에 모든 가능성을 열어두겠다고 불안해하는 비키에게 약속했다.

검사 방법은 두 가지였다. 하나는 임신 9주쯤에 융모막융모 표본 추출을 하는 것으로 자궁에 바늘을 꽂고 태반에서 피를 뽑아 DNA 검사를 하는 거였다. 다른 방법은 양수 진단으로 양수를 추출해 검사를 하는 것이지만 적어도 임신한 지 15주는 되어야 했다. 검사를 받는 것만으로도 유산될 위험이 있었으며 검사 결과가 나온 후에는 두어 주 내에 임신 중절 수술을 받아야 했다. 낙태하기로 결정한다면 말이다. 놀랍게도 산달이 임박해도 낙태를 할 수 있는 몇몇 경우가 있었는데 내 'PSEN1' 유전자를 갖고 있는 태아라면 이에 해당됐다.

어떤 절차를 거쳐 낙태가 이루어지는지 들은 비키는 충격에 몸서리를 쳤다. 임신 초반에 이루어지는 낙태도 이제는 전신 마취를 하지 않는다고 한다. 게다가 검사 결과가 나올 11주에는 수술로 하는 낙태도 불가능하다. 대신 약물을 복용하여 진통을 유도해 자궁에서 자라고 있는 아기를 꺼낸다. 만약 좀 더 시간이 지난 후에 낙태를 결심한다면 과정은 더 잔인해진다. 이 단계에 임신 중절이라는 수술을 하게 되는데 아기의 심장을 바늘로 찔러 죽인 후 분

만을 유도하여 죽은 아기를 자궁에서 꺼내는 일이다.

비키는 울면서 집으로 돌아와 그런 일을 할 수는 없다고 했다.

"아이가 완전히 건강하고 그 유전자가 없을 확률은 50퍼센트나 돼! 만약 아기를 죽였는데 몇 년 후 치료법이 나오면? 사산된 아이와 우리가 한 짓을 생각하며 남은 평생을 어떻게 살겠어?"

이 말을 듣자 비키의 말이 옳다는 걸 깨달았다. 간단했다. 우리 둘 중 아무도 이 죄 없는 아이에게 그런 짓을 할 수는 없었다. 아이를 낳아 기르겠다는 결심을 입 밖으로 표현할 필요는 없었다. 하지만 어쨌든 가능한 한 빨리 유전자 검사를 해서 결과를 알고 싶다는 결정 앞에 새로운 일련의 문제들이 우리를 막아섰고, 병원 윤리위원회와의 싸움이 시작됐다. 병원에서는 만약 검사 결과가 양성으로 나타난다면 윤리적으로 임신 중절 수술에 동의해야 한다고 했다. 그렇지 않고 아기가 태어난다면 법적으로 자신의 유전자에 대해 알 수 있는 나이가 되기 훨씬 전부터 자신에게 어떤 유전자가 있는지 아는 부모 밑에서 자라게 되며 이는 아이의 유년시절에 영향을 줄 거라는 주장이었다.

비키는 나 못지않게 화를 냈고 이렇게 말했다.

"우리 아기에게 치매 유전자가 있는 것처럼 말씀하시네요. 아기가 건강할 확률이 반이나 되는데도 말이죠. 우리는 아기에게 유전자가 있는지만 알고 싶다는 거예요. 게다가 40년 후 분명 치료법이 나올 거라고요!"

우리의 주장에도 불구하고 병원에서는 검사 결과에 따라 임신 중절 수술을 받겠다는 동의서에 서명하지 않는다면 검사를 해주지 않겠다고 설명했다. 의학적 기반에 의거하여 날 군대에서 내보내겠다는 결정과 마찬가지로 이 결정 역시 번복 요청을 할 수 없었다.

연달아 일어나는 재앙에 심적으로 매우 지친 비키와 나는 휴가를 내고 6월 21일인 하지를 스톤헨지에서 보내기로 했다. 히피도 아니고 드루이드교를 믿는 것도 아니지만 난 늘 해돋이에 매혹됐다. 비키 역시 해돋이를 좋아했기에 우리는 그곳에서 특별한 사진을 찍고 싶었다. 나쁜 소식들에 시달리고 나니 며칠 우리만의 시간을 보내고 오면 머리를 식힐 수 있을 것 같았다.

6월 20일 출발 준비를 하고 있는데 전화기가 울렸다. 에릭 아저씨 전화였다. 어머니가 집에서 뇌졸중으로 쓰러져서 입원하셨다는 소식이었다. 처음 쓰러지셨을 땐 바로 회복하셨지만 두 번째 쓰러지셨을 때는 의식을 잃으셨고, 할 수 있는 게 없다는 의사의 말이 있다고 했다.

위센쇼 병원에서 어머니 침대 옆에 서 있던 기억은 평생 남을 것이다. 어머니 도러시 그레이엄이 이 땅에서 보낸 66년은 쉽지 않은 세월이었다. 가난한 집에서 태어나 삶 대부분을 고생하며 사셨다. 너무 젊었을 때, 아주 끔찍한 상황에서 남편을 잃었고 슬픔 속에서도 최선을 다하셨다. 두 아들을 시설로 보냈다고 비난하는 사람들도 있겠지만 내 입장에서 볼 땐 내가 아동보호시설에 가지 않았더라면 군대와의 인연도 없었을 것 같다.

비키와 병원에 도착한 나는 다른 가족에게 간단하게 비키를 소개했다. 그전까지 가족이 비키를 만날 기회조차 없었다는 게 믿겨지지 않았지만 그만큼 지난 몇 개월간 많은 일이 있었다. 그전에 우리 가족이 모였던 적은 3월 초 내가 리지와 맨체스터에 살았을 때였다. 내털리와 마커스가 휴일을 포함한 긴 주말을 보내러 영국으로 와 호텔에 방을 잡고 대규모 가족 모임을 했다. 비키와의 관계가 막 시작했을 때이고 모든 게 새로울 때라 비키는 초대하지 않았다. 그날 어머니는 본인 자식들이 한곳에 모인 드문 자리에서 매우 행복해하셨다. 아쉽게도 토니 형은 상태가 좋지 않아 그 자리에 올 수 없었지만 어머니의 손주들은 대부분 와 있었으니 매우 행복하고 또 시끄러운 밤이었다. 여러 단체 사진을 찍은 후 작별 인사를 했다.

이제 마지막 작별의 시간이 왔지만 아무도 준비가 돼 있지 않았다. 66세는 많은 나이도 아니었고 우리는 지칠 줄 모르고 계속 일해온 어머니가 영원히 우리 곁에 계실 줄로만 알았다. 비키와 나는 리지와 에인지 누나, 에릭 아저씨와 이부 여동생 앨리슨과 함께 어머니 침대 옆에 앉아 점점 거칠어지는 어머니의 숨소리를 들으며 북받치는 감정과 싸웠다.

몇 시간 후, 다들 집으로 돌아가고 지친 에릭 아저씨가 병실 구석에서 주무시고 계시는 동안 나는 비키와 침대 끝에 앉아 어머니를 힘들게 한 말썽쟁이 시절을 되돌아보았다. 어른 말은 거의 듣지 않고 어린 시절 대부분을 내 멋대로 숲이나 강가에서 뛰어다니며 보냈다. 집에 있을 때조차도 화상을 입거나 침대 머리판 사이에 끼는 등 사고를 치곤 했다. 불쌍한 어머니는 그런 날 힘들게 키우셨고 그렇게 역경만 있는 삶을 사시면서 불안정하고 완고한 성격을 키우셨다. 하지만 말년에는 부드러워지고 현명해지셨으며 어머니와 내 사이가 다시 좋아질 수 있어서 감사하게 생각한다. 어머니와의 관계에서 후회하는 것도 없었고 어머니께 말하지 못한 것도 없었다.

어머니의 손을 꽉 잡으며 나는 몸을 앞으로 수그려 어머니 귀에 속삭였다.

"엄마, 곧 손주가 한 명 더 태어날 거예요. 비키가 아이를 가졌어요."

입 밖으로 이 말을 내뱉고 나니 이 사실이 내 마음에 확실히 자리 잡았다. 아기를 포기하지 않을 거라 확신했을 뿐만 아니라 이 세상 그 무엇보다 이 아기를 원하는 내 마음을 확인했다.

어머니의 숨소리가 바뀌더니 짧은 한숨이 들렸다. 어머니께서 의식을 회복하고 깨어나 축하한다는 말을 해주실 것만 같았다. 하지만 그런 일은 없었다. 그날의 일과로 지친 우리는 근처 호텔로 가 잠시 눈을 붙이기로 했다. 하지만 새벽 두 시쯤 방에 들어가자마자 에릭 아저씨가 전화해 어머니가 돌아가셨다는 소식을 들려주셨다.

다시 병원으로 돌아가 그토록 편안하게 누워 계신 어머니의 모습을 보니 돌아가셨다는 게 믿기지가 않았다. 우리는 모두 충격에서 헤어나지 못하고 있었다. 누나와 리지의 마음을 달래보려는 뜻에서 내가 조용히 말했다.

"비키가 임신했어."

이 말에 눈물로 얼룩진 얼굴에 빛이 들었다. 누나와 리지는 우리 둘을 껴안고 기뻐했다. 아기를 키우겠다는 우리의 결정에 전적으로 지지해주었다.

"언젠가 분명 치료법이 나올 거야."

비키가 자주 하던 말을 리지가 반복하면서 다시 고모가 된다는 소식에 행복해했다. 배 속에 있는 아기가 음울한 병실 안에서 한줄기 빛이 되었다.

몇 시간 후 병원에서 나오니 지평선 너머로 떠오르는 해는 마치 온 하늘을 붉게 물들이는 거대한 주황색 전등처럼 보였다. 그간 내가 본 해돋이 중 가장 아름다웠다. 눈에 눈물이 고인 채 나는 차를 세웠고 비키에게 사진을 찍어달라고 했다.

1992년 쳅스토에서 입대한 지 만 22년이 되는 날에서 일주일이 지난 날, 앨트린챔 화장장에서 우리는 어머니와 마지막 짧은 작별 인사를 나누었다. 33년 전 아버지를 떠나보낸 같은 장소였다. 토니 형도 우리와 함께 했지만 자기가 어디에 있는지도, 어머니가 돌아가셨다는 것도 모르는 듯했다. 동료 군인들이 상을 당했을 때 몇 번 관을 메본 나는 어머니의 관도 메겠다고 했다. 그리고 함께 관을 메는 사람들에게 경험에서 우러나온 조언을 했다.

"조심하세요. 관은 꽤 무거워요. 어머니를 놓치지 말아주세요."

하지만 놀랍게도 실제로는 정반대였다. 관은 너무나도 가벼워서 비어 있는 게 아닌가 의심이 갈 정도였다. 살면서 짊어지셨던 모든 짐을 내려놓으신 듯한 무게였다.

제일 앞에 뻣뻣하게 서 있던 나는 어머니가 커튼 뒤로 사라지는 것을 보았다. 그렇게 영원히 저 세상으로 가셨다는 게 믿어지지가 않았다.

"안녕히 가세요. 편히 잠드세요."

우리 남매는 어머니의 죽음을 슬퍼하기보다는 어머니의 삶을 기념하는 것으로 장례식을 치르기로 했다. 한편으로는 어머니가 토니 형이 죽어가는 모습이나 내가 천천히 앓기 시작하는 모습을 보지 않게 되어 다행이라는 생각이 들었다. 아버지 때문에 너무 고생하셨는데 같은 운명에 처한 우리 형제까지 목격하셔야 했다면 감당하지 못하셨을지도 모른다.

가족으로서 우리는 함께 작별 인사를 드리고 어머니의 삶을 기념했다. 장례식이 끝난 후 얼마 되지 않아 난 누나와 리지에게 선물을 주었다. 어머니가 돌아가신 날 아침 비키가 찍은 특별한 해돋이 사진을 캔버스에 인화한 것이었다. 위대한 여성의 영원한 순간을 담은 사진이었다.

확신이 서지 않는다면 떠오르는 태양을 보라.

13

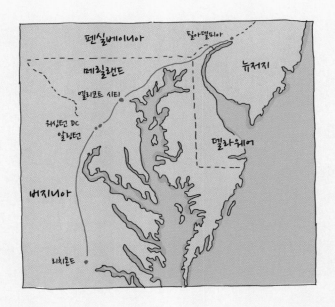

진정한 친구는 행복할 때가 아니라
힘들 때 사랑을 보여준다.

———

에우리피데스

워싱턴 D. C.

2015/11/15 _____

결승선을 향해 북쪽으로 계속 나아가면서 마지막 구간만 남았다
는 사실에 안도했지만 동시에 날씨 때문에 비참하기도 했다. 추운
데다 습하고 바람이 부는 날씨는 첫 구간인 온타리오를 연상시켰
다. 비키가 무척이나 보고 싶었다. 게다가 계좌에는 100파운드도
채 남지 않았기 때문에 얼른 집으로 돌아가야 했다.

　비키와 내가 '우리의' 노래라고 여기는 곡은 구구돌스Goo Goo
Dolls의 〈아이리스Iris〉이다. 내 재생 목록 중 가장 좋아하는 곡이다.
특히 미국 동해안을 달릴 때 자주 들었다. 필연에 맞서 싸울 수 없

268

는 상황을 노래하는 이 곡은 우리를 위한 맞춤 곡처럼 들릴 때가 있다. 특히 이 가사가 그렇다.

모든 게 부서질 운명이라면 내가 누군지만 기억해 주세요.

이것이야말로 듣는 이의 심금을 울리는 가사가 아닐까.

하지만 비키와 다시 만나기 전에 몇 군데 들릴 곳이 있었다. 워싱턴 D. C.와 맨해튼은 그중에서도 중요한 장소였다. 이 여정에서 도심을 가로질러 달리는 일을 난 가장 두려워했다. 도로는 좁았고 차량은 두려울 만큼 많았으며 셜리와 나를 위협하는 트럭, 버스, 승용차, 행인으로 가득한 길 위를 지나는 것은 악몽과도 같았다. 표지판에 시선을 뺏기는 와중에도 복잡한 사거리를 지나고 위험하게 우회전을 하고 때로는 상황에 따라 역주행을 하면서 신호등도 살펴야 했다. 도심의 정글에서 위성 내비게이션을 계속 쳐다보고 가는 것은 너무 위험해서 복잡한 길은 비키가 전화로 안내해주었다. 비키와 통화할 수 없는 시간대에는 알아서 판단해야 했지만 그건 위험한 방법이었다.

어찌됐든 가까스로 워싱턴 교외와 붙어 있는 버지니아주 알링턴에 도착해 피트 데이비스와 만나기로 한 호텔을 찾았다. 피트의 웃는 얼굴을 마주하니 나 역시 기분이 좋아졌다. 2013년 피트에게 내가 치매에 걸렸으며 자전거 일주를 계획하고 있다는 말을 했을

때부터 그는 전적으로 지지해주었다.

"같이 북미 대륙 전부를 돌아볼 수는 없겠지만 일부는 같이 갈 수 있어. 워싱턴과 캘거리에 우릴 재워줄 동료들이 있으니까 둘 중 한 군데서 만나면 되겠다."

다른 친구들도 나와 함께 달리겠다고 했지만 대부분 실현 가능한 일이 아니었다. 그들 중 실제로 일정기간 휴가를 내고 자비로 자전거를 들고 영국에서 대서양을 건널 수 있는 사람이 몇이나 되겠는가? 닐 역시 바로 그런 상황이었다. 닐은 처음부터 나와 함께할 마음이 있었지만 그거야 만나는 사람도 없고 일자리도 없었던 2014년 여름 얘기였다. 헤들리코트에서 온갖 의료 절차를 밟느라 일정은 지체됐고 2015년 4월이 되어서야 출발하게 되었지만 그때 닐은 정규직으로 일하는 중인데다 임신한 여자친구도 있었다. 모든 것을 버리고 나와 함께 가자는 부탁은 할 수가 없었다. 닐의 사정을 난 완전히 이해할 수 있었다.

그와 달리 피트는 군 복무 기간의 막바지에 있었다. 자신이 한 말은 반드시 지키는 그는 워싱턴과 필라델피아 사이 구간 중 200킬로미터를 나와 함께 달린 후 기차를 타고 워싱턴으로 돌아가 영국행 비행기를 타고 돌아갔다. 이 여정에 쓸 자전거와 바구니를 따로 장만하기도 했는데 결국 그런 노력과 비용을 들일 만한 가치가 있었다고 할 수 있을지는 모르겠다. 피트가 시차에 적응할 수 있도록 잠시 휴식을 취한 시간을 포함하여 피트와 함께 한 일정 내내 비가 내렸고 날은 매우 추웠다. 나중에 알고 보니 비키는 내가 너무 무리하게 일정을 밀어붙이는 거 같아 걱정이 되어 억지로라도 며칠 쉬었다가 출발하라고 피트에게 부탁했다고 한다.

앞으로 나아가는 것에 중점을 두기는 했지만 미국 수도에서 피트와 함께 보낸 시간도 즐거웠다. 그동안 꼭 가보고 싶었던 백악관, 링컨 기념관, 무명 용사묘, 유명한 이오지마 기념관(공식 명칭은 미 해군 전쟁 기념관) 등에 들렀고 알링턴 국립묘지에서는 제2차 세계대전에서 생을 마감한 미군에게 경의를 표했다. 우리는 예전에 같이 근무한 케브 펠링턴의 집에서 신세를 졌고 케브는 근사하게 대접해주었다. 주미 영국 대사관에서 일하는 케브는 국방 담당관 리처드 크럼웰 소장을 소개해주기도 했다. 크럼웰 소장은 우리를 따뜻하게 맞이해줬고 내 여정이 다른 이들에게 영감을 준다고 공개적으로 언급하기도 했다. 그날 밤 피트는 술집에서 찍은 나와 케브의 사진을 올리고 농담 섞인 설명도 달았다.

"훈련 중."

11월 16일 라이크라 커플 바이크복을 입은 피트와 나는 볼티모어를 향해 북서쪽으로 65킬로미터를 달렸다. 그곳에서 나는 노련한 텔레비전 진행자인 앤절라 리펀과 BBC 스태프를 만나 내 귀국에 맞춰 방송될 치매에 걸린 삶에 관한 다큐멘터리를 촬영하기로 되어 있었다.

피트는 몸 상태도 좋았고 이번 자전거 여행에 맞춰 훈련도 했지만 제대로 자전거를 탄 것은 미국으로 오기 전 일주일뿐이었다. 반면 나는 장거리 일정에 익숙해 있었고 짐수레를 끌고서도 피트보다 속도가 빨랐다. 게다가 다음 휴식 지점에 빨리 도착하고 싶어 안달하며 달리는 편이여서 피트는 나를 괴짜라고 여겼을 것이다. 피트가 내 속도에 맞춰 달릴 거라고는 생각하지 않았지만 혹독한 날씨에도 불구하고 최선을 다해 달렸다.

BBC 담당자는 볼티모어 외각에 위치한 엘리코트 시티에 있는 라마다 호텔에 우리가 묵을 방을 각각 따로 예약해두었는데 (그때까지 내가 묵은 숙박시설 중 가장 호화로운 곳이었다.) 커플 라이크라를 입은 우리를 본 호텔 직원은 2인용 방으로 안내해주었다. 퀸 사이즈 침대를 본 우리는 웃음을 터뜨렸고 화려한 침구 위에 누워 비키에게 영상 전화를 걸었다.

"자기야, 피트는 마음의 준비가 된 거 같아⋯."

나와 함께 방을 써야 하는 피트에게 비키는 조심하라고 경고했어야 했다. 나는 누우면 바로 잠드는 편이긴 하지만 자다가 내가 어디에 있는지, 누구와 있는지 모른다며 환각 증세와 정신 나간 행동을 보인 후 몇 분 지나야 다시 잠들곤 한다. 한번은 비키 옆에서 자고 있는데 내가 머리를 들더니 양쪽으로 격렬하게 흔들었다고 한다. 비키는 바로 일어나 불을 켜고 뭐 하는 거냐고 물었다.

"5종 경기 훈련 중이야."

나는 당연하다는 듯 답했다. 또 한 번은 벌떡 일어나 두 손으로 벽과 옷장, 커튼을 훑었다. 그리고 비키에게는 이렇게 말했다.

"자기는 다시 자. 난 방 둘레 좀 재고 잘게."

물론 비키는 다시 잠들지 못했다.

볼티모어 호텔에서 피트는 자다가 화장실에 가려고 일어났다. 침대로 돌아온 피트를 보고 난 벌떡 일어나 소리쳤다.

"넌 도대체 누구야?"

"피트다, 이 멍청아!"

나는 아무것도 기억하지 못했지만 피트 말로는 1~2분이 지나서야 내 혼란스러운 머리가 수개월 만에 누군가와 침실을 같이 쓰고 있다는 사실을 받아들이고 진정했다고 한다.

다음 날 아침 녹화가 시작했다. 피트나 나나 다큐멘터리 촬영은 처음이어서 단 몇 분짜리 방송 영상을 녹화하는 데 그토록 오랜 시간이 걸릴 줄은 몰랐다. 피트는 따뜻한 커피숍에서 케이크와 차를 쉬지 않고 먹고 마시며 스태프와 담소를 나누었다. 그동안 나는 가파른 언덕을 자전거로 오르락내리는 장면을 백 번은 찍었나보다. 우리 둘 다 여정을 이어가고 싶은 마음이 커서 그런지 촬영은 영원히 끝나지 않을 것만 같았다. 하지만 결국에는 그렇게 고생해서 찍을 만한 가치가 있었다. 새롭고 좋은 경험이었고 스태프들도 매우 친절했다.

야생으로 돌아간 우리는 '자유의 주' 메릴랜드를 떠나 억수 같은 비를 맞으며 펜실베이니아주 필라델피아로 출발했다. 차가운 비에 흠뻑 젖은 채 60킬로미터를 달린 후 햄버거 하나를 사 먹은 뒤 다시 50킬로미터를 달려 어느 모텔에 들어가 몸을 말렸다.

다음 날 아침 우리는 일찍 출발했다. 나의 길 찾기 실력에 의지한 채 나는 피트보다 몇 미터 앞서 달렸고 계획과는 다르게 필라델피아 공항에 다다랐다. 물론 길을 잃었다고 시인하지는 않았다. 확신이 서지 않는다면 전부 부정하면 된다. 이후 원래의 목적지로 가는 방향을 찾기는 했지만 실수로 피트를 빈민가와 부두로 잘못 데려갔다. 그런 다음 델라웨어강을 가로지르는 일곱 개 차선 도로인 벤저민 프랭클린 현수교를 건넜다. 비는 세차게 내리고 강풍이 불고 있던 터라 주변 광경을 즐길 수도 없었다. 피트는 불평을 해댔다.

"참 볼 만 하네."

그의 표정은 〈외국에 간 바보An Idiot Abroad(영국인이 외국에 가서 극한 체험을 하는 영국 리얼리티 쇼-옮긴이)〉에 나오는 칼 피킹턴을 연상시켰다.

"내 인생을 맡길 정도로 크리스를 믿기는 해도 그날 바지에 오줌을 쌀 정도로 무서웠어요. 크리스는 닌자처럼 이리저리 날 데려갔죠. 자전거를 타고 빈민가를 지나자마자 최악의 날씨에 포스만 교(橋)를 건넌다고 생각해보세요. 비싼 자전거를 몰고 다니는 백인 둘이서 말이죠. 멋진 자연을 즐길 생각이었는데 본 거라고는 비와 부두뿐이었어요."

나 역시 다리가 위험했다고 인정한다. 둘 다 발을 페달에 고정시켰기 때문에 언제든 바람에 밀리거나 누가 밀어 쓰러질 수 있었다. 피트는 우리가 너무 높은 곳에 올라와 있으며 자전거로 건너지 말아야 하는 다리 위에 있다는 것을 깨달았다. 피트는 불평하기 시작했다.

"너 불법으로 날 다리에 데려왔어! 날 죽일 셈이야!"

우리는 다리 위에서 미친 척하며 사진도 찍었다.

피트는 나중에 이렇게 말했다.

"시작부터 끝까지 무서웠어요."

게다가 무언가에 대해 논의할 때 내가 했던 말을 여러 번 반복하기도 하고 며칠인지, 어디에 있는지 물어보며 때로 혼란스러워하는 날 보며 걱정도 했다고 한다. 내가 잊어버린 것은 없는지 매일 아침과 밤에 두세 번씩 장비를 살펴보는 강박장애 습관도 목격했다.

"그런 상황에서도 크리스가 얼마나 대단한 일을 하고 있는지 다시 확인할 수 있었고 그렇게 밖에서 혼자 다니며 얼마나 외로웠을까,라는 생각도 들었어요."

그날 거의 죽을 뻔했던 다리가 보이는 모텔에서 하룻밤을 보냈다. 다음 날 날이 개고 해가 난 것을 보니 우리의 기분도 크게 나아졌다. 미국의 독립 선언이 낭독되고 독립을 알리는 자유의 종이 울린 필라델피아에 점점 가까워지면서 피트와 함께 하는 시간도 점점 줄어갔다. 피트는 일급 준위장으로 24년간 해온 부대 생활의 마지막 달을 보내러 돌아가야 했다.

피트는 사우스세르니에서 장교 제복을 갖춰 입고 부대 지휘관이 모든 동료들 앞에서 자신을 칭찬해주는 근사한 환송 저녁 식사를 앞두고 있었다. 나 역시 군화를 벗을 때가 되면 그런 자리를 갖게 되리라고 늘 생각해왔지만 올더숏에서 의료위원회의 결정을 확인한 이후 더는 그런 일을 바라지 않게 되었다. 어쨌든 피트에게는 축하할 일이었다. 피트는 내게 굉장히 많은 것을 베풀어주었다. 도로 위를 달리는 날 지지하러 오는 일에 기꺼이 모든 비용을 지불했을 뿐만 아니라 내 주머니 사정을 알고는 미국에 와서도 내가 돈을 쓰지 못하게 했다.

피트가 온 길을 되돌아가기로 한, 맑고 서리 낀 아침에 우리는 모텔 밖에서 근황 동영상을 찍어 올렸고 나는 공개적으로 그에게 감사 인사를 했다. 피트가 우는 척 하자 나는 "공주님, 눈물은 닦으시와요."라고 했다. 한 시간 후 필라델피아의 주 교차로에서 피트는 기차역을 향해 왼쪽으로 방향을 돌렸고, 나는 뉴욕을 향해 오른쪽으로 돌렸다. 떠나는 피트에게 잘 가라고 손을 흔들며 감정이 벅차오르는 걸 느꼈다. 옆에 날 응원해주는 피트가 있어 참 행복했다. 그때 이후 누차 말했듯 "피트는 참 멋진 사람이다."

피트는 나와 함께 한 모험을 절대로 잊지 못할 거라며 "훌륭한 친구와 한 약속을 지킬 수 있었다는 게 가장 의미가 컸다."고 글을 올렸다. 영국에 도착해서는 이런 글도 올렸다.

"내 친구 크리스 그레이엄이 자선기금을 목적으로 2만6천 킬로미터에 해당하는 거리를 자전거로 달리는 중입니다. 이 대단한 친구의 사심 없는 희생에 일부이지만 함께할 수 있어 기뻤습니다. 온라인으로 크리스가 달린 거리와 현재 있는 위치를 확인하거나 크리스와 함께 하는 자선단체에 기부하는 것으로 응원해주세요. 보스턴과 토론토 사이에 있는 분이라면 크리스가 지나갈 때 미소나 차 한 잔으로 간단히 친절을 베풀어 주세요. 인류애를 다시 한 번 믿게 해주셔서 감사합니다."

감사합니다, 보스.

피트와 헤어지고 며칠 뒤, 크리스마스 한 달 전인 11월 25일에 내가 올해의 스포츠 자선 도전상을 받았다는 놀라운 소식을 듣고 부족했던 기운을 다시 얻었다. 비키는 잘 차려 입고는 나 대신 상을 받으러 그로스브너하우스 호텔로 갔다. 이번에는 제 시간에 도착했다.

"자기야, 축하해. 가슴이 터질 만큼 벅찬 기분이야!"

유리 트로피를 들고 있는 비키의 사진에 친구들과 낯선 사람들이 여러 축하 메시지를 남겨 주었다.

사람들이 나에 관해서나 이 여정을 통해 내가 이룬 것에 대해 칭찬을 하면 난 어떻게 받아들여야 할지 모를 때가 있다. 이 도전은 내가 늘 하고 싶었던 일이고 다른 사람들을 돕는 것 못지않게 날 위해 하는 도전이기도 했다. 실제로 이 일을 이룰 수 있는 것은 대단한 특권이라고 생각한다. 이 도전에 일 년이라는 시간과 군대에서 받은 급여를 투자할 수 있어서, 그리고 내게 남은 시간이 점점 줄어들고는 있지만 도전이 가능할 만큼 아직은 건강하다는 부분에서 감사하게 생각한다.

내 앞에 어떤 일이 기다리고 있으며 의학이 내 앞날에 어떤 영향을 주게 될 것인지에 관해서는 2010년부터 주변에서 꾸준히 알려주었다. 토니 형의 사례와 동일시되면서 유전자에 결점이 있는 불행한 환자로 취급받게 된 나는 에인지 누나 그리고 리지와 함께 같은 어려움과 마주하고 있는 전 세계 여러 가족을 대상으로 한 알츠하이머병 치료 실험에 참가하게 되었다. 내 아이 세 명과 토니 형 아이들 둘에 다른 친척 아이들 넷까지 합하면 '미친 유전자'를 물려받았을 가능성이 있는 아이들은 아홉 명이 된다. 따라서 이 실험이 본격적으로 시작하면 우리에게 우선적으로 임상실험 기회가 주어지길 바랐다.

안타깝게도 나이가 들어 '산발적으로' 알츠하이머병에 걸린 환자의 대다수는 일단 눈에 띄는 증세가 보여야 전문가를 찾는데, 이미 병이 커진 상태에서 병을 관리하는 것은 더 힘들어진다. 환자가 되돌아오지 못하는 선을 넘기 전에 과학자들과 의사들이 환자에게 접근할 수 있다면 병의 초기 징후를 살필 수 있을 것이다. 이렇게 초기에 환자를 연구할 수 있다면 이론상으로는 병이 환자의 죽음까지 어떻게 진행되는지 추적할 수 있고 이 과정은 '일반' 알츠하이머병 환자를 다룰 때보다 더 짧은 기간에 완료할 수 있다. 아울러 새로운 치료법이 환자에게 미치는 효과를 좀 더 가까이 지켜볼 수 있으며 그 결과를 활용해 다른 종류의 치매도 연구할 수 있게 된다. 이런 연구를 통해 차차 병을 더 빨리 진단하고 실제로 효과를 나타낼 해결책을 제시할 수 있게 되기를 전문가들은 기대한다. 이상적으로는 증세가 나타나기 전에 병을 진단하고 치료할 수 있게 되기를 바라고 있다.

하지만 이 연구에 참여하기 위해서는 인간 실험쥐가 되어야 한다는 부분이 처음에는 마음에 들지 않았다. 나는 런던 칼리지 병원의 치매연구센터에서 필립 웨스턴 박사와 함께 활동 중인 닉 폭스 교수 팀에 배정됐다. 아버지가 돌아가신 지 10년 후인 1991년, 이 병원 연구진이 고심해서 연구한 끝에 처음으로 유전적 치매FAD: Familial Alzheimer's Disease 유전자를 식별했다. 알츠하이머병은 1906년에 처음으로 독일 의사인 알츠하이머가 발견했으며 1930년대에 일부 가족에게서 알츠하이머병이 유전된 것을 의사들이 확인하면서 결함이 있는 우성 유전자를 보유할 경우 빠르면 삼십 대에 이 질병이 나타날 수 있다는 사실이 드러났다.

폭스 교수진은 미주리주 세인트루이스에 위치한 워싱턴 의과대학에 거점을 둔 우성 유전성 알츠하이머병 네트워크DIAN: Dominantly Inherited Alzheimer Network에서 국제연구 제휴단체 구성원으로 연구를 진행 중이다. 폭스 교수는 알츠하이머병이 매우 일관성 있는 방식으로 나타난다고 말했다.

"특정 유전자 돌연변이가 있는 가족에게 알츠하이머병이 오십 대에 나타났다면 다른 가족 구성원 역시 오십 대에 증세를 보일 가능성이 높아지고 이런 식으로 발병 패턴이 되풀이됩니다. 동일한 유전자에서 동일한 결점이 나타나고 따라서 동일하게 비정상 단백질을 생산하게 되며 뇌에는 동일한 변화가 일어납니다. 하지만 같은 가족 안에서도 35세에 발병하는 사람과 45세에 발병하는 사람이 있는 경우도 있어요. 어느 정도의 차이는 생길 수 있다는 것도 염두에 둬야 합니다."

런던 칼리지 병원과 케임브리지에 있는 어덴브룩 병원을 오가며 난 정기적으로 여기저기 찔리고 쑤시는 검사를 받았다. 처음에는 에인지 누나와 리지도 검사를 받았지만 시간이 너무 오래 걸려 가족을 돌보는 데 힘이 들어 중단해야 했다. 군에서 익힌 심문 기술과는 다르게 나는 이름, 직위, 인식 번호 외에 더 많은 정보를 병원 측에 제공해야 했다. 검사 중 가장 싫었던 것은 단백질과 세포 손상 확인을 위해 뇌척수액을 뽑으려고 요추에 속이 빈 가는 침을 찔러 넣는 천자였다. 내가 폐쇄 공포증을 유발하는 뇌주사 장치에 누워 있는 동안 정맥에 색소를 넣어 뇌에 아미로이드단백질이 얼마나 확산했는지 확인하는 검사였다. 피검사용으로 쉴 새 없이 피를 뽑아가기도 했고 끔찍한 음악이 흐르는 시끄러운 기계에 들어가야 하는 CAT 스캔도 수없이 많이 받았다.

폭스 교수는 가족 단위로 질병에 대한 연구를 할 때마다 마음이 무거워진다고 했다. 가족 병력은 전부 다 탓하며 다음 세대에 영향이 가지 않도록 애쓰는 모습이 짠하다고 했다. 내 가족 역시 그랬을 것이다.

"병을 물려받을 수도 있다는 사실은 아이들에게 큰 짐이 될 겁니다. 또한 사랑하는 사람을 만날 수 있을지 두려워하기도 하고 증세가 나타날 나이가 가까워지면 우울해지기도 합니다."

폭스 교수 연구팀은 20년 넘게 연구를 진행하면서 획기적인 성과를 거두었는데 특히 알츠하이머병 유전자를 지닌 사람의 뇌 구조 변화를 실제 증세가 나타나기 5년 전부터 감지할 수 있다는 점을 발견했다.

"사람의 뇌는 나이가 들면서 차츰 쪼그라듭니다. 하지만 우리 팀은 기억력에 해당하는 특정 뇌 부분이 쪼그라드는 현상을 초기에 발견했죠. 이 변화는 증세가 나타나기 전에 시작됐고 시간이 흐를수록 뇌의 다른 부분으로까지 빠르게 퍼졌습니다. 보통 사람이 나이가 들면서 기억력이 약해지는 속도에 비해 최고 다섯 배 빠르게 기억력이 감소하는 것을 발견했습니다."

이는 치매 유전자가 '켜지면' 환자는 갑자기 '벼랑 아래로 떨어진다'는 일반적인 치매에 관한 추측이 틀렸다는 것을 의미했다.

"이 발견이 중요한 이유는 그 변화에 개입할 수 있는 여지를 발견했기 때문입니다. 병을 치료하는 데 이상적인 시기는 병의 존재는 확인했지만 병 때문에 생기는 피해는 아직 입지 않았을 때입니다. 증세가 나타나기 전에 환자를 치료하는 것이 최고의 방법입니다. 환자 대부분은 아무 말도 못 하고 누워만 지내야 하는 상황까지 가지 않고 아직 건강할 때 치료를 받고 싶어 합니다."

특히 조기 치매를 앓는 경우 이 '무자비한 질병'이 뇌를 파괴해도 몸은 젊고 건강하기 때문에 나이가 들어 치매를 앓는 환자보다 더 오래 시달려야 한다고 했다.

"이렇게 드문 형태의 치매가 발견된 가족들은 연구에 매우 큰 기여를 해주었습니다. 앞으로 우리 팀에서 발견할 치매 치료법은 대부분 이런 가족들의 유전자를 통해 알게 된 정보를 토대로 마련될 것입니다."

단백질을 공격하는 항체를 활용한 치료의 첫 실험은 내가 자전거 일주를 하는 동안 이루어졌기 때문에 기회를 놓쳤지만 다음 기회에 참여할 수도 있을 듯하다. 질병에 관해 알려지지 않은 부분을 조금이나마 밝히고 다음 세대에, 내 아이들에게 도움이 될 수만 있다면 기꺼이 치료를 받고 약을 복용할 준비가 되어 있다.

가장 지루했던 부분은 내가 마인드 게임이라고 부르는 실험으로 전문가와 함께 거의 종일 앉아서 퍼즐을 맞추거나 장난감 나무 블록처럼 생긴 도구를 이용하는 실험이었다. 다양한 표정의 사람들을 찍은 80여 개의 사진을 보고 사진에 나온 사람의 기분이 어떤지 답하는 지능 민첩성 테스트라는 것도 있었다. "이 사람 기분이 어떤 거 같나요?"라는 질문을 받으면 나는 "행복해요." "화가 났네요." "슬퍼요." 라는 식으로 답을 했다.

주어진 사진을 다 훑어본 후 다시 일부를 보여주면 전에 본 얼굴인지 확인하는 단계도 있었다. 모든 게 끝날 때쯤이면 머리 위로 모락모락 김이 나는 듯했고 밖으로 나가 바람을 쐬며 차 한 잔 마시고 싶은 기분이 들었다.

비키는 점점 배가 불러와 먼 거리를 이동하는 데 불편해했지만 나와 함께 런던으로 가 이 선구적인 과학자들이 무엇을 얻고자 하는지 알기 위해 검사에 참관했다. 하지만 그녀는 검사가 얼마나 지루한지, 그리고 기회가 생기면 내가 얼마나 장난을 치는지 곧 깨달았다.

비키는 내가 검사받는 방 한 쪽에 앉았고 내 맞은편에는 조사관이 앉았는데 이 조사관은 바보같이 질문지를 끼운 서류판을 책상 위에 올려두었다. 검사를 시작한 지 몇 초 지났을까, 나는 그 서류판에 적힌 답을 몰래 보았다. 그러곤 이를 지켜본 비키에게 살짝 윙크를 했다. 비키는 웃음을 참느라 숨을 제대로 쉬지 못할 정도였다. 나는 아인슈타인이 자랑스러워할 만한 답을 댔고 조사관은 별도의 종이에 내가 말한 답을 적었다.

검사가 끝나자 조사관은 미소를 지으며 날 바라보았다.

"잘하셨어요! 지난번보다 훨씬 잘하셨네요."

결국 비키는 코웃음을 터뜨렸고 그 소리가 너무 컸던 나머지 나와 조사관은 동시에 비키를 쳐다봤다. 비키는 별일 아니라는 듯 어깨를 으쓱했지만 나와 눈은 마주치지 못했다.

"죄송해요. 호르몬 탓이에요. 잠깐 화장실 다녀올게요."

비키가 웃는 소리는 복도를 따라 사라졌다.

이 구르카는 사실 커닝한 게 아닙니다. 훈련받은 대로 상황에 따라 전략을 세워 행동한 것뿐입니다.

확신이 서지 않는다면 적응하고 극복하라.

14

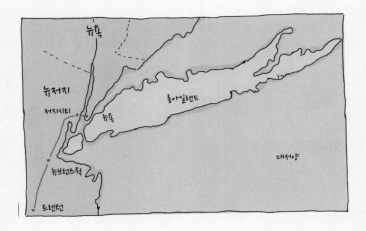

내가 태어난 날, 나의 죽음은 걷기 시작했다.
죽음은 내게로 걸어온다. 서두르지 않고.

장 콕토

매사추세츠 주 보스턴

2015/11/26 _____

대부분의 사람들은 자신이 어떻게 죽을지 혹은 언제 죽을지 꼭 생각하지 않아도 된다. 그런 생각 자체를 거부하거나 피할 수 없는 죽음을 부인하기도 한다. 그래서 그런지 많은 사람들이 유서를 남기지 않은 채 죽음을 맞이한다.

    살면서 죽음을 가장 가까이서 마주한 것은 1995년 보스니아에서였다. 내가 승객으로 타고 있던 트럭이 겨울날 미끄러운 언덕을 달리다 방향을 잃어 크로아티아 남부 항구도시인 스플리트에서 멀리 떨어지지 않은 60미터 길이 협곡 아래로 떨어질 뻔했다.

"젠장! 우린 이제 죽었어요!"

의자를 부여잡은 채 난 소리쳤지만 당시 운전하던 돔은 무거운 짐을 실은 트럭이 협곡 아래로 미끄러지는 걸 멈추고 가파른 바위 앞으로 방향을 틀었다.

이후로도 난 트럭과 악연으로 얽히곤 했다. 뉴저지 저지시티에서 뉴욕으로 가는 길에 마음이 불편해질 만큼 가까이 다가온 금속 괴물 때문에 네 번이나 치여 죽을 뻔했다. 트럭이 일으키는 후류에 휘말리지 않으려고 애를 썼지만 그러다가 바퀴에 깔리는 건 아닐까 하는 생각이 든 게 한두 번이 아니었다. 단순히 겁이 나는 수준이 아니어서 가던 길을 멈추고 잠시 숨을 돌린 후 실제보다 훨씬 더 명랑한 어투로 동영상을 찍어 올렸다.

"이 도시에서 과연 살아남을 수 있을지 모르겠어요. 만약 살아남지 못한다면 아무에게나 제가 가진 전 빚을 넘기겠습니다."

맨해튼에 도착하자 위험은 늘어났다. 난 정말이지 엠파이어스테이트빌딩이 드리운 그림자 속에서 죽게 될 거라 생각했다. 뉴욕에 유전적 치매 연구소가 있어서 여행 일정에 뉴욕은 반드시 넣고 인사 가려 했다. 하지만 야심찬 계획은 결국 수포로 돌아가 연구소 근처도 가지 못했고 목표 일정에 맞게 달리느라 쉴 새도 없었다.

비키는 자칫 차 사이에 짓눌릴 수 있는 복잡한 차도가 아닌 더 조용하고 안전한 자전거 도로를 이용해 도시를 가로질러 가라고 안내해주었다. 문제는 자전거 도로 대부분이 공원에 나 있는데 겨울에는 대부분 저녁 7시 반에 문을 닫아 이용할 수 없다는 것이었다.

어쩔 수 없이 어둠을 뚫고 다시 차도 위를 달려야 했다. 춥고 피곤하고 배도 고팠다. 몇 시간째 아무것도 먹지 못하고 움직였기 때문에 얼른 끼니를 해결하고 잠을 자야 했다. 짜증이 난 상태에서 달리다 보니 허드슨강 근처 주택가가 나왔다. 하지만 교차로 앞에서 비키는 내가 반대 방향을 바라보는 것으로 생각하고 왼쪽으로 가라고 안내했고 본의 아니게 난 오른쪽으로 방향을 틀었다.

지치고 혼란스러운 상태에서 지시에 따라 가다 보니 어느 새 빠르게 달리는 6차선고속도로 가장자리에 올라와 있었다. 내 인생에서 경험한 가장 무서운 장소였다.

"이런, 젠장 할!"

셜리와 나를 흔들며 옆으로 휙 지나는 차들이 내는 소음 너머로 소리쳤다. 사실상 갓길 없는 도로 위에서 시속 100킬로미터로 달리는 차와 나 사이의 간격은 30센티미터도 되지 않았다. 그곳에 있다가는 정말 죽을 수도 있겠고 이렇게 서 있는 자체가 불법일 거란 생각에 자전거에서 내려 좁은 갓길 옆에 있는 담을 넘었다. 불쌍한 셜리는 차도 옆에 버려두고 말이다.

"이제 어쩌지? 정말 큰일이야. 여길 산 채로 벗어나긴 힘들 거 같은데."

나는 신경이 곤두선 채로 비키에게 말했다.

"좀 기다려봐. 자기가 어디에 있는지 확인 좀 해보고."

비키는 날 진정시키려고 애를 썼다. 영국은 새벽 4시였으니 나 못지않게 피곤했을 터였다.

"다음 우회로까지 갔다가 길 건너서 500미터 정도 더 가면 동네가 나올 거야."

흥분하지 않고 내가 자기 말에 집중할 수 있게 하려는 비키의 노력이 느껴졌다.

하지만 어디로 가라는 말인지 알 수 없었다.

"반대편으로 길을 건널 방법이 없어!"

나는 화가 났다. 그렇게 거친 숨을 내쉬며 도로 위를 서성이며 어떤 계시라도 내리기를, 아니면 비키가 다른 좋은 방안을 마련하기를 한 시간은 기다렸나보다. 사실 시간이 얼마나 지났는지는 몰랐지만 한참이 지난 후 고속도로 반대편에서 뉴욕 경찰차 한 대가 속도를 줄였고 운전석에 있는 무장한 경찰은 날 사나운 표정으로 쳐다보았다.

"이런, 경찰이야. 내 쪽으로 돌아와 날 체포할 거 같아!"

주변 어둠을 미친 듯이 둘러보니 내 뒤로 가로수가 있는 가파른 둑이 보였다. 비키가 말한 우회로인 게 분명했다.

"가자, 병사여. 앞으로 행진!"

난 자신을 다그치며 바구니를 하나씩 들었다.

길바닥을 더듬거리고 손과 무릎을 긁히며 바구니 네 개를 하나씩 담 너머로 옮겼다. 그런 다음 다시 도로변으로 가서 자전거와 연결된 짐수레를 풀고 바구니를 놓은 곳으로 갖다 놓은 뒤 마지막으로 셜리도 옮겼다. 예상했던 것처럼 경찰이 내 쪽으로 차를 돌려왔을 땐 난 이미 수풀 속에 숨어 있었다. 경찰은 손전등을 켜고 주변을 살폈지만 내 털끝조차 찾을 수 없었다. 다행이었다. 뉴욕 경찰서에서 하룻밤을 보내는 일은 피하고 싶었다.

자전거와 장비 전부를 원래 있어야 하는 곳으로 옮기면서 비키와는 계속 통화하고 있었다. 숨을 헐떡이며 담 너머로 모든 걸 나른 후 내가 갑자기 "아, 안녕하세요."라고 말하자 비키는 걱정하며 물었다.

"누구야?"

도로 가에서 인도대마를 피우던 두 마약중독자가 들을 수 있어서 바로 답하지 못했다. 이들이 겉으로 보이는 것과는 달리 친절하길 바라며 내가 물었다.

"이거 옮기는 것 좀 도와줄래요?"

놀랍게도 둘은 그 말에 일어나 (약간 비틀거리기는 했다.) 바구니와 짐수레, 자전거를 언덕 위 두 번째 담 너머로 옮겨주었다. 난 자전거와 장비를 다시 끼워 맞춘 후 지친 다리를 가능한 한 빠르게 움직여 그 둘로부터 멀리 벗어났다.

다시 도로 위를 달리는 내게 비키가 말했다.

"좋아. 무서운 건 끝났어. 이제 여관을 찾을 차례야."

비키가 말하는 방향으로 움직이긴 했지만 곧 분위기가 심상치 않다는 것을 발견했다.

"여기 좀 이상한데. 강도가 나타날 듯한 동네야."

내비게이션을 보니 브롱크스 한가운데에 있었다.

"괜찮아. 걱정하지 마. 3킬로미터만 더 가면 모텔이 있어. 그쪽으로 데려다 줄게."

안심하라는 듯 비키가 말했다.

마침내 밤 11시쯤 모텔에 도착했다. 밖에 셜리를 둬도 될지 불안해하며 안으로 들어갔다.

"안녕하세요. 빈 방 있나요?"

껌을 거칠게 씹고 있던 프런트 직원에게 물었다.

"한 시까지만 쓸 수 있어요."

"한 시요? 전 자러 왔는데요!"

대화를 듣던 비키는 자기가 날 매춘 업소로 안내했다는 것을 깨닫고는 빠르게 말했다.

"괜찮아, 자기야. 거기서 나와. 길 건너 다른 데가 있어."

비키가 시키는 대로 장소를 옮겨 마지막 힘까지 끌어모아 셜리를 들고 건물 계단을 올라 같은 질문을 했다.

"최대 세 시간 쓸 수 있어요."

무뚝뚝한 답이 돌아왔다. 주변을 돌아보니 그날 밤 특별 상품이 적힌 '메뉴판'이 보였다.

"비키, 정말 왜 그래! 날 어디로 데려 온 거야?"

"거기도 안 되겠다. 다른 두어 군데 더 찾아놨는데…."

다음으로 찾아간 곳 문에는 번쩍거리는 불빛으로 '환상의 방'으로 안내하는 문구가 적혀 있었다. 마침내 비키는 강도가 들지도 않고, 창녀와 하룻밤을 보내지 않아도 되며, 두 시간 후 쫓겨나지 않아도 되는 깨끗하고 안전한 곳을 찾아주었고 난 즉시 잠들었다.

브롱크스에서 살해당하거나 교통사고로 죽는 위험 외에도 내게 죽음은 다른 사람들보다 더 빨리 찾아올 운명이었고 어떻게든 피하고 싶었다. 대부분의 사람들은 한 번도 고민하지 않아도 되는 문제를 나는 DNA에 잠복해 있는 결함 유전자 때문에 고려해야만 하기도 했다. 바로 내가 직접 내 삶을 중단하는 방안이다.

아버지, 고모, 사촌이 어떻게 생을 마감했는지 이제는 더 명확하게 이해하게 되었고 토니 형의 불행한 말년을 직접 목격하다보니 이 문제를 염두에 두지 않을 수 없게 되었다. 내 정신이 완전히 이상해지기 전에 기적적으로 치료법이 나올 거라는 좀처럼 사라지지 않는 희망에도 불구하고 내 앞날이 어떻게 될지 정확히 아는 피할 수 없는 상황에 놓여 있다. 출구 없는 감옥에서 천천히 죽음을 맞이하는 운명 말이다. 그런 일이 일어나지 않도록 할 수 있는 모든 것을 하겠지만 이런 무모한 마음가짐도 어느 날 무너질 수 있는 거였다.

운동신경원질환에 걸린 영국인 사이먼 비너에 대해 다룬 〈어떻게 죽을 것인가〉라는 BBC 다큐멘터리를 같이 보자는 비키의 말에 난 별로 내키지 않았다. 할 수만 있다면 적나라한 사실을 대면하고 싶지 않았다. 하지만 획기적인 시각으로 굉장한 용기를 보여준 주인공과 가족의 이야기를 다룬 프로그램이었고 끝까지 볼 수 있어서 좋았다.

사이먼은 오십 대의 성공한 사업가였지만 운동신경원질환으로 인해 언어 활동과 운동 기능을 잃었다. 비교적 일찍부터 사이먼은 의료진의 도움을 받아 스스로 목숨을 끊는 조력자살을 고집했다. 운동신경원질환 역시 끔찍한 질병이긴 하나 환자의 정신은 멀쩡하게 유지되기 때문에 적어도 본인의 말년을 결정할 수 있는 선택권이 있었다. 반면 치매에 걸린 사람들은 판단력을 전부 잃게 된다. 부인 데비는 사이먼이 내린 결정에 대해 사이먼의 마지막 날까지 매우 괴로워했지만 결국 사이먼의 몸에 마취약이 투여되자 이를 지켜본 가족, 친구와 함께 남편의 손을 잡아주었다.

난 거의 울지 않는다. 하지만 이 프로그램을 보고는 자제력을 완전히 잃었다. 비키도 마찬가지였다. 내게 그런 결정을 내릴 수 있는 권한이 주어진다면, 우리 역시 같은 경험을 해야 할지도 모른다는 생각에 크게 낙심했다. 생을 마감하겠다는 결정을 내리고, 그 결정을 굳게 지키며, 사랑하는 사람들과 작별 인사를 하는 식사 자리까지 마련한 대단한 용기를 나는 상상조차 할 수 없다. 단 몇 분 안에 이 땅에서의 삶을 마감하게 해줄 약을 투약하는 용기는 또

295

어떠한가. 하지만 토니 형을 방문해 형이 유지하는 삶의 질을 목격할 때마다 그런 사이먼의 결정이 이해하기 힘들지만은 않는다.

만약 내가 사이먼 비너처럼 조력자살을 고려하게 된다면 언제 자살을 할지도 큰 고민이 될 것이다. 사이먼은 날짜를 정해두었다가 주변 사람들이 아직 자신을 보낼 준비가 되지 않았고, 삶의 질 역시 나쁘지 않을 때여서 시기를 미룬 바 있다. 정확히 며칠에 사이먼이 자살해야 할지를 두고 가족과 고통스러운 논쟁을 벌이는 장면은 보기조차 힘이 들었다. 게다가 영국에서는 금지된 조력자살을 하려고 천여 킬로미터 떨어진 스위스로 이동해야 하는 문제도 있었다.

내가 계속 군인이었다면 적절한 때에 총을 사용했을 것이다. 하지만 그때가 언제인지는 결정해야만 한다. 이 주목할 만한 다큐멘터리를 보고 나니 때를 미룰 이유는 늘 생길 거라는 것을 깨달았다. 비키의 생일이나 내 생일 때문에 미룰 수도 있겠고 아이들이 자라면서 맞이하는 중요한 시기나 시험해볼 수 있는 새로운 약이 발명될 수도 있다. 죽기 좋은 때는 언제일까? 그런 게 있기는 할까? 그리고 이 세상에 남을 사람들, 비키와 아이들만이 아니라 누나와 리지, 다른 가족과 친구들은 어떻게 될까? 내가 자살한다면 그들은 어떤 느낌일까?

"〈어떻게 죽을 것인가〉는 우리한테 중요한 메시지를 전해주었어요. 고려조차 하지 않기로 마음먹는다 해도 우리에게 주어진 가능성에 대해 생각을 나눌 기회가 된 거죠. 우리가 바라는 건 크리스가 가능한 한 오래 정상적인 생활을 하고 품위를 유지하는 거예요. 크리스는 그럴 만한 자격이 있어요. 죽음에 대해 혹은 품위를 잃은 후의 삶에 대해 말하고 싶어 하는 사람은 없겠지만 적어도 얘기는 해보는 게 중요한 거 같아요."

내 입장으로는 이 논의는 끝이 났다. 적어도 지금으로서는 그렇다. 사이먼과 대단한 가족에 대한 기억은 머릿속 어딘가에 보관해두고 운이 좋다면 잊어버릴 수도 있겠다. 의사 능력을 전부 잃게 되기 전까지 내가 할 수 있는 것은 긍정적으로 생각하고 앞날을 작게 쪼개어 내다보는 것이다. 더군다나 난 감사해야 할 게 많은 사람이었다. 그중에서도 덱스터 말이다.

비키와 나는 덱스터와 애칭 '덱스'라는 발음이 마음에 들어서 이 이름으로 정했다. (연쇄 살인자가 주인공인 드라마 〈덱스터〉와는 아무런 관계가 없다.) 한동안 올리버라는 이름을 염두에 두고 있었지만 나중에 아이가 학교에 가면 '바보Wally'라고 놀림을 받을 거 같아 바꾸기로 했다. 형을 생각해서 아들일 경우 미들 네임을 앤서니 Anthony(토니는 애칭으로 본명은 '앤서니'이다)로 정해두었다. 아들이라는 소식을 듣기 전에 딸의 퍼스트 네임은 생각해놓지 않았지만 미들 네임으로는 도러시로 결정해두었다. 어머니도 마음에 드셨을 것이다.

덱스터의 예정일이 2015년 2월 11일이라는 것을 확인한 후 그

날 내가 집에 있을 수 있도록, 자전거 일주를 떠나기 전에 두 달은 비키 옆에서 육아를 함께 할 수 있도록 비키와 나는 일정을 짰다. 중요한 날을 앞두고 정리해야 할 것은 많았고 동시에 비키는 일을 하고 사진기법을 공부하느라 바빴다. 비키의 첫 전공 코스 전시 주제는 '폐허'였다. 비키가 처한 상황을 봤을 때 매우 적절한 주제가 아니었나 싶다! 그녀답게 비키는 학위를 받았을 뿐만 아니라 우등으로 졸업했다.

첫 임신했을 때 비키는 임신중독증과 태아 주변에 양수가 너무 많이 생기는 양수과다증으로 힘들었다고 했다. 많은 양수 때문에 케이티를 임신했을 땐 몸무게가 45킬로그램이나 더 늘었고 아기는 모로 나와 위험할 정도로 출혈을 많이 하기도 했다. 덱스터를 임신하면서 비키의 몸무게는 30킬로그램이 늘었는데 더 늘지 두고 봐야 할 일이었다. 비키는 자기가 아이들이 올라타 뛰는 호피티공이 되어버렸다고 했다. 비키의 배는 몹시 커져서 내 홈페이지 작업을 할 때 내가 비키 앞에 노트북을 받치고 있어야 했다. 배가 비키 무릎까지 가려 노트북을 둘 자리가 없었기 때문이다. 초음파로 살펴보니 꼬마 그레이엄은 가로로 누워 있어서 출산이 더 힘들어질 것으로 보였다. 따라서 진통이 시작되면 바로 제왕절개 수술을 받기로 했다. 내털리와 마커스가 태어났을 때 각각 노르웨이 보스와 영국 글로스터셔주 첼트넘에서 함께 했었다. 덱스터가 세상에 나오는 날 역시 비키 옆에서 덱스터를 맞이하겠다고 결심했다.

1월 22일 굉장히 아프다는 비키를 병원에 데려갔다.

"오늘 밤에 나올 거예요!"

비키는 자기 앞에 있는 사람 누구에게나 이 말을 했지만 아무도 믿어주지 않았고 의사 역시 자궁이 열리지 않았고 아직 몇 주 더 기다려야 한다고 했다. 난 케이티를 챙기러 집으로 돌아갔는데 다시 진통이 왔고 비키는 얼른 병원으로 오라며 전화했다.

침대에 누워 있는 비키를 보고 "정말 나올 거 같네요!"라는 말이 절로 나왔지만 밤 11시까지도 아무 일이 없었다. 병원에서는 날 집으로 보냈다. 실망과 고통을 동시에 마주한 비키는 자정 시각에 다진 고기를 으깬 감자에 싸서 구운 셰퍼드 파이 하나를 먹어치웠다. 빈 접시를 치우러 간호사가 왔을 때 비키는 다시 엄청난 진통에 시달렸고 울음을 터뜨리기까지 했다. 몇 분 사이 본격적으로 시작한 진통을 참으며 비키는 소리쳤다.

"크리스한테 전화 좀 해주세요! 지금 당장 오라고요!"

아무 데서나 잘 자는 내 능력은 유명하다. 앞서 말했지만 온타리오에서 회색곰이 쓰레기통을 흔드는 소리에도 난 깨지 않았다. 따라서 새벽 두 시 비키가 진통 중이라고 알려준 간호사의 전화도 난 꿈이라고 여겼고 바로 다시 잠들었다. 비키는 내가 올 때까지 버티겠다며 산소 호흡기를 들고 진통을 무시하려고 애를 쓰며 조산사의 도움도 거절했다. 그 정도로 비키는 고집을 부릴 때가 있다.

"다시 전화해 보세요! 도로 잠들었을 게 분명해요!"

두 번째 전화를 받고서야 난 잠에서 깼다. 벌떡 일어나 카레이서 루이스 해밀턴이 약물을 복용한 듯한 속도로 옥스퍼드까지 30분 만에 도착했다. 경찰차를 추월하기도 했지만 감사하게도 경찰은 날 보지 못했나보다. 병원에 도착하자 비키는 분만실에서 수술받을 준비를 다 끝낸 상태였고 간호사는 내가 바로 팔을 넣어 입을 수 있도록 가운을 들고 있었다.

"자기야, 괜찮아?"

나는 빨개진 비키의 얼굴을 보며 미소를 지은 후 바로 카메라를 찾았다. 갑자기 모든 일이 빠르게 진행됐다. 그때만큼 많은 양의 피를 본 적도 없었다. 의사가 탯줄을 잘랐고 간호사는 내가 사진을 찍을 수 있도록 3.6킬로그램으로 태어난 덱스터를 안아 올렸다. 피부색이 빨간 덱스터를 보고 난 웃으며 비키에게 말했다.

"맨유 유니폼을 입고 있는 거 같은데!"

덱스터를 안고 있던 간호사는 비키의 출혈을 막으려는 다른 의료진을 돕기 위해 여전히 웃고 있는 내게 갑자기 덱스터를 맡겼다.

"정신 차리세요!"

의사 중 한 명이 말했다.

"정신 멀쩡해요!"

나한테 하는 소리인줄 알고 내가 답했다. 고개를 들어보니 뭔가 심각하게 잘못되고 있었고 비키는 의식을 잃은 상태였다. 꿈틀거리며 온 힘을 다해 우는 아들을 안은 채 서로에게 고함을 지르며 지시하는 의료진을 보고 있자니 비키에게 큰일이 일어났음을 알 수 있었다.

"혈액 교차 시험할 시간이 없어요! O형 혈액 주세요!"

나는 한쪽에 무력하게 서 있었다.

"제기랄. 비키가 여기서 그대로 가버릴 수도 있어."

삶을 끝내는 방법과 죽음을 준비하면서 내려야 하는 결정에 관해 수없이 얘기했으면서도 그간 내 죽음에 대해서만 얘기했지 비키가 나보다 먼저 죽을 수도 있다는 가능성은 한 번도 고려하지 않았다.

감사하게도 위기는 넘겼다. 내가 덱스터를 안은 채 수술실에 계속 있었다는 것을 깨달은 누군가가 덱스터를 받아 안았고 날 밖으로 내보냈다. 비키가 수술실에서 나와 병실로 옮겨지기까지 기다리는 시간은 매우 길었다. 병실에서 마주한 비키는 무척 초췌했다. 의사가 실수로 방광을 베어 비키는 다른 치료를 추가로 받아야 했다. 패혈증과 결합 조직염도 생겨서 비키는 당분간 입원해 있어야 했다.

2015년 2월 14일 매우 창백한 얼굴로 비키는 덱스터와 함께 마침내 집으로 돌아왔다. 앤디 해리슨의 환송 파티에서 우리가 만난 지 거의 일 년이 지난 날이었다. 단 일 년간 너무나도 많은 일이 생겼고 나만 그랬는지는 모르겠지만 그 모든 것을 받아들이기가 힘들었다. 우리는 사랑에 빠졌고, 자전거 일주를 계획했고, 비키가 임신했다는 걸 알게 됐고, 치매 증세가 시작됐다는 걸 발견했고, 군에서는 나쁜 소식을 들려줬고, 어머니가 돌아가셨고, 비키까지 잃을 뻔했다.

이제 덱스터와 함께 집으로 돌아왔으니 우리는 안도의 한숨을 내쉬며 드디어 모든 것을 지나간 일로 넘길 수 있었다. 그해 2월 14일은 당연히 최고의 발렌타인데이였다. 비키가 퇴원했다는 것에 매우 기뻐하며 서로를 껴안은 채 우리는 우리 사이에서 태어난 덱스터 앤서니 그레이엄을 경이에 찬 눈으로 바라보았다.

덱스터의 유전자가 어떻게 구성되었든, 우리 앞에 어떤 날이 기다리고 있든, 우리는 서로에게 일주년과 발렌타인데이를 기념하는 최고의 선물을 준 셈이 되었다.

확신이 서지 않는다면 삶을 한 번에 하루씩 살도록 하자.

15

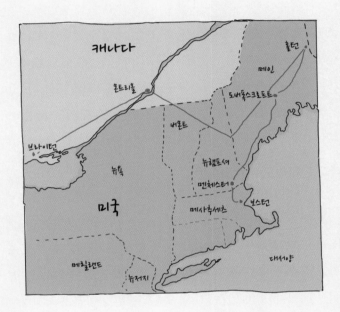

어디로 가고 있는지 모른다고 해도 길을 따라가면
어디론가 도착할 것이다.

───────

루이스 캐럴

캐나다 온타리오주 브라이턴

2015/12/12 _____

8개월을 도로 위에서 보내다보니 하루 빨리 나의 작은 가족 곁으로 가고 싶은 마음뿐이었지만 이 기나긴 여정 중 가장 북동쪽 끝에 있는 목적지, 노바스코샤주 핼리팩스는 반드시 들려야 한다는 결심은 바뀌지 않았다. 이것은 마지막으로 달성해야 할 목표가 되어버렸다.

분명 비키를 비롯해 다들 내가 미쳤다고 생각했을 것이다. 돈은 없는데다 정서적으로나 신체적으로나 지쳐 있었다. (비키 역시 그랬겠지만.) 얼어붙은 북쪽 땅에 가야겠다고 고집부리다가 크리스마스에 맞추어 집으로 돌아가지 못할까봐 비키는 걱정했다. 하지만 늘 그랬듯 비키는 불평하지 않았고 모든 면에서 나의 결정을 지지해 주었다.

11월 26일 보스턴에 있는 한 친구의 장모 댁에서 묵은 후 맨체스터를 지나 뉴햄프셔주를 향해 북쪽으로 올라갔다. 내 고향에서 따온 이름에 걸맞게 미국 맨체스터 역시 훌륭했다. 미국에서 살기 좋은 곳 13위에 올랐다고 하는데 고작 13위? 확실해요?

이후 '소나무의 주'라 불리는 메인으로 이동했다. 11월 말에 올린 상황 보고에는 막 도착한 메인 주 표지판 옆에서 덜덜 떨고 있는 내 사진과 얼굴이 마비될 정도로 춥다는 항의 섞인 글이 들어갔다.

"확신이 서지 않는다면 꽁꽁 얼어붙을 수밖에!"

북동쪽으로 이동할수록 날씨는 점점 더 추워졌다. 뉴브런즈윅주의 표어는 '다시 찾은 희망'이라고 하지만 노바스코샤까지 가겠다는 내 희망은 그곳에 가까이 갈수록 점점 엷어졌다. 얼음장처럼 차갑던 비는 질퍽한 진눈깨비로 변하더니 완전한 눈이 되어 버렸다. 작은 도로 대부분은 이미 겨울을 나기 위해 폐쇄됐고 고속도로는 자전거로 달릴 수 없어서 영하의 날씨에 눈이 10센티미터나 쌓인 길을 이용하는 수밖에 도리가 없었다. 그레이하운드 버스에 셜리를 싣고 자전거로 달릴 수 있는 길이 나올 때까지 이동하는 방법이 있었지만 대신 국경 근처 홀턴이라는 마을에 내려 여행자 쉼

터로 갔다. 날씨는 더 악화됐고 눈은 30센티미터나 쌓여서 짜증이 제대로 났다.

뒤로 돌아!

"작은 문제가 생겼어요. 보시죠"

12월 4일 나는 침울한 목소리로 말을 하며 카메라를 돌렸다.

"차라리 비듬이었으면 좋겠지만 보시는 건 눈입니다. 어떻게 해야 할지 모르겠네요. 우선 여기서 하룻밤을 보내고 내일 아침 다시 고민해봐야겠네요. 지금 할 수 있는 건 눈사람 만드는 거뿐이네요. 뭐, 겨울이니까요."

억지로 명랑한 척했지만 결국 500킬로미터 넘게 달려 핼리팩스까지 가는 건 실현 불가능해졌다. 눈 때문에 더 많은 도로가 폐쇄됐고 제설차나 사륜 구동차가 아니면 이동은 힘들었다. 자전거는 고려할 여지조차 없었다. 결국 난 패배를 인정했다.

다음 날 아침 셜리와 나는 무거운 마음으로 '화강암의 주'라 불리는 뉴햄프셔를 향해 남서쪽으로 달렸다. 버몬트주 산맥을 가로지른 후 잠시 퀘벡에 들렸다가 온타리오로 내려와서 가상의 결승선이 기다리는 브라이턴으로 돌아갈 것이었다.

딘과 니콜 스토크스 부부가 사는 동네를 다시 찾아가기까지 천백여 킬로미터밖에 남지 않았다는 사실이 믿겨지지 않았다. 날씨만 도와준다면 일주일 안에 갈 수 있는 거리였다. 뉴브런즈윅 경계선에서 출발해 스토크스 가족 베이스캠프로 가는 구간은 다른 구간에 비해 느낌이 매우 달랐다. 퀘벡주의 표어 '기억합니다'와 어울리게 추억에 빠진 채 달렸다.

단순히 집으로 돌아가는 시간이 아니었다. 다시 영국으로, 가족에게로 돌아가 이제 공식적으로 군인이 아닌 민간인의 신분으로 새로운 생활을 시작하는 시점이 온 것이다. 영국에 도착해서 열흘 후인 1월 4일은 내 마흔 번째 생일이었다. 남들은 사십 대가 되기까지 잘 살아왔다는 안도감과 중년이 되었다는 전율을 동시에 느낀다는 기념비적인 생일이었다. 하지만 나의 경우 매우 다른 느낌으로 이번 생일을 맞이하게 되었다. 아버지는 마흔 두 살에 돌아가셨고 토니 형은 지금 마흔 셋에 죽어가고 있었다. 2014년에 내게 남은 날이 7년이라고 했으니 2016년이 되면 이제 허락된 삶은 5년으로 줄게 되는 것이다.

고작 5년이다. 그것도 형처럼 쓰러지지 않거나 발작을 일으키지 않았을 때의 얘기다. 5년 후 내털리와 마커스는 막 성인이 되겠지만 덱스터는 아버지가 돌아가셨을 때의 내 나이 정도가 될 것이다. 세제통을 들고 마시는 아버지의 모습 외에는 아버지에 관한 기억이 거의 없다시피 한데 덱스터는 나에 관한 어떤 기억을 안고 살아가게 될까? 부디 그런 기억은 아니길 바란다.

한 가지 확실한 건 어머니가 아버지와의 추억이 그냥 사라지게 내버려 둔 것과는 달리 비키와 에인지 누나, 리지는 내게 그런 일이 일어나지 않도록 막아줄 거라는 점이었다. 추억을 간직해줄 사

307

진, 동영상, 물품이 있고 당연히 이 책도 내 뒤에 남을 것이다. 언젠가 아이들이 이 책을 읽고 날 자랑스럽게 생각해주길 바란다. 아니면 '정신 나간 인간이었잖아!'라고 할지도 모르겠다. 어쨌든 내가 진단을 받고 남은 시간을 무력하게 보낸 게 아니라 최대한 살아갔다는 사실을 알아주길 바란다. 말년에 자신을 의학 발전에 기여하고 질병에 대한 인식을 높이고 아이들의 미래에 도움이 될 연구비 모금운동을 하는 데 최선을 다했다는 점도 알았으면 한다.

북미 대륙을 순회하는 이 여정은 내게 분명 일종의 집착이 되어버렸고 우리가 최근에 마주한 공포로부터 잠시나마 주의를 돌릴 수 있게 해주었다. 온타리오에서 딘과 헤어진 이후 난 혼자서 온갖 역경을 딛고 싸우기로 결심했다. 커다란 레저용 자동차와 거대한 주먹코 피터빌트 트럭의 위협에서 살아남았다. 곤충 무리를 뚫고 달리느라 광기를 일으키기 직전까지 가기도 했다. 곰에게 먹히지도 않았고, 연쇄 살인범의 손에 죽지도 않았으며, 번개를 맞지도 않았고, 전립선염에 걸리기는 했지만 입원까지는 가지 않았고, 강도당하지도 않았으며, 들소 무리에 쫓기지도 않았고, 전갈에게 찔리지도 않았는 데다 사막 위에 몸이 바짝 그을리지도 않았다. 넘어져 부러진 뼈도 없고, 방울뱀에 물린 적도 없고, 탈수로 죽지도 않았고, 식중독에 패배하지도 않았다.

비키의 도움이 큰 역할을 해주어서 나는 고속도로와 샛길, 뒤안길과 자전거 도로가 얽힌 복잡한 2만6천 킬로미터 거리를 일주할

수 있었다. 여정에서 만난 대부분의 사람들은 날 왕처럼 대접해주었다. 그들이 베풀어준 친절과 들려준 치매와 관련된 사연에 난 겸손해졌다. 전혀 모르는 사람들이었지만 날 집이나 차로 데려가 음식을 나눠주고 모금에 참여하고 비용을 지불하는 데 도움을 주기도 했으며 먼 곳에서 응원의 말을 남겨주기도 했다. 매우 지친 비키를 대신해 비키의 부모님은 아이들을 봐주셨고 경제적으로 힘이 들 때 지원도 해주셨다. 피트 데이비스와 크레이그 콜더를 비롯한 동료들도 대단히 큰 도움을 주었다. 모르는 사람들이 달리기나 자전거 일주를 통해 기금을 모아 전해주기도 했다. 이 모든 사람들이 베풀어준 성의가 내게 주는 의미는 매우 커서 감사하다는 말로 마음을 표현하는 것은 부족하다.

자전거 여행을 하며 학교에서 지리학 수업을 들었을 때부터 탐험하고 싶었던 지구의 엄청난 크기에 압도당하기도 했다. 별빛 아래 야영을 하며 잊지 못할 광경을 보기도 했고 인간의 꿈과 희망과는 상관없이 단호히 뜨고 지는 태양이 이루어내는 장관을 보며 소년 시절 품었던 야망을 실현했다. 나는 거대한 대륙 위를 맹렬하게 달리는 작은 인간에 불과했다. 자연과 한 몸이 되어 결코 상상하지 못한 방법으로 야생과 교감을 나누었다.

무엇보다 8개월간 혼자 지내다 보니 늘 굶주리며 지냈던 보던베일 시절부터 아버지를 잃고 여러 아동보호시설을 전전하다가 군대에 들어가 지낸 지난 39년의 인생을 되돌아볼 기회가 되었다.

분홍빛 인생은 결코 아니었지만 잊지 못할, 의미 있는 모험이었던 것은 분명하다. 우편물을 배달하고 총알을 피하며 오두막집을 지어주고 초록색 베레모를 받는 동안 세 아이의 아버지가 되어 매우 감사하고 굉장히 자랑스럽기도 하다. 아이들이 다른 건 물려받지 않더라도 낙관적인 천성과 완고한 결심, 끝없는 호기심과 모험을 바라는 마음은 물려받았으면 한다. 아이들과 비키가 함께 해주었기에 내 자신과 우리에게 닥칠 앞날을 바라보는 내 마음에 평화를 얻을 수 있었다.

캐나다로 돌아가니 믿을 수 없게도 남은 것은 결승선뿐이었다. 몬트리올 바로 남쪽과 붙은 온타리오주 경계선을 다시 건너면서 남쪽으로 날아가는 엄청나게 많은 거위를 보며 놀랐다. 불쌍한 비키는 놀라워하는 목소리로 같은 말을 반복하는 내 전화를 여러 번 참아내야 했다.

"세상에, 말도 안 되는 장면이야. 거위가 더 늘었어. 수백 마리야. 마치 영국 본토 항공전(독일 비행선의 공습으로 하늘에서의 전쟁이라고도 불림-옮긴이)을 보는 거 같아. 거위 소리 좀 들어보라고!"

이와 관련해서 동영상도 올렸다.

"다시 캐나다로 돌아왔습니다. 돌아오니 참 좋네요. 요즘 좀 시끄럽긴 하지만요. 특히 아침에 좀 시끄러운데요, 캐나다 거위 수천 마리가 겨울을 피해 서둘러 따뜻한 아프리카로 날고 있어서 그래요. 사실 거위 탓을 할 수는 없어요. 그런 삶도 괜찮네요. 공짜로 하늘을 날 수 있고, 비행기에 누가 폭탄을 설치해 터트릴까 걱정할 필요도 없고, 좌석도 참 편하죠. 참 똑똑하게 이동하는 거 같아요. 저도 다음 생엔 거위로 태어날까 봐요."

비키는 얼마 안 있으면 내가 집으로 간다는 소식에 너무 흥분한 나머지 내가 어떤 모습으로 환생하려고 하는지는 신경 쓰지 않았다. 비키는 내 페이스북 페이지에 이렇게 썼다.

"관제센터에서 알려드립니다. 현지 시각 오후 3시(영국 시각 저녁 8시) 크리스는 온타리오주 브라이턴 결승선을 향하고 있습니다. 이제 눈 문제, 자전거 고장 문제, 도로 찾는 문제에서 벗어나 12월 11일 금요일에 결승선을 통과할 것으로 보입니다. 300킬로미터 남았어요!! 마지막 구간도 함께 해주세요."

밤낮 할 거 없이 내가 가는 길을 함께하며 내게 기운을 북돋아주려고 비키가 얼마나 많은 노력을 했는지 아무도 모를 것이다. 서로에 대해 잘 알지 못한 연애 초반부터 나와 사망 선고나 다름없는 치매 진단과 (남은 시간이 점점 줄고 있는데도) 일 년간 자기와 아이 곁을 떠나 있겠다는 내 계획을 맹목적으로 받아주었다. 이 무모한 모험이 함께할 시간 중 5분의 1일을 앗아갔는데도 비키는 한 번도 불평하지 않았다. 반대로 여정의 마지막 순간까지 지지와 용기를 주었다.

내가 남긴 사진을 보고 비키는 이런 글을 남겼다.

"어머, 아침에 일어나 보니 이 사진이 올라와 있네. 사진 보고 울음을 터뜨렸어. 이 사진은 나도 좋아하는 거야. 내 온 마음과 영혼을 다해 자기를 사랑해. 온 세상을 준다 해도 이 여정이나 자기와 바꿀 수는 없을 거야. 얼른 집으로 와."

　나 역시 바로 집으로 가고 싶었지만 남은 며칠 마지막으로 힘껏 페달을 밟아야 했다. 몬트리올 남부 도로부터는 내리막길이었다. 차가운 바람을 맞으며 남서쪽으로 랭커스터, 콘월, 윈체스터, 인베러리라는 마을을 지나갔다. 날씨는 끔찍이도 나쁜데다 이런 지명까지 발견하니 고향이 더욱 그리웠다(네 곳 전부 영국에 있지만 미국, 캐나다에도 동일한 명칭이 있는 장소명이다-옮긴이). 미국은 아직 12월 10일인 날에 비키는 귓가에 걸린 미소를 보이며 동영상 하나를 올렸다.

　"안녕하세요, 치매 모험 친구 여러분. 관제센터 비키입니다. 이번이 위치 확인 글이든 업데이트든 뭐가 됐든 제가 올리는 마지막 글이라니 정말 믿겨지지가 않네요. 이제 여덟 시간 후면, 그러니까 영국 시각으로 7시 반에서 8시 사이, 현지 시각으로는 2시 반에서 3시 사이에 크리스는 결승선에 도착할 겁니다. 전화로 크리스에게 길을 안내하며 마지막 순간을 함께 할 거예요. 크리스를 단순히 자랑스럽다고만 표현하는 건 충분하지 않아요. 이 여정을 함께 해주신 수백 명 여러분도 동의하실 거라 생각합니다. 크리스는 엄청난 일을 해냈어요. 이제 밤에 뭘 하면 좋을지 모르겠네요. 다른 사람들처럼 텔레비전을 볼 수 있겠죠. 저희 꼬맹이 덱스터가 아빠를 다시 만날 날을 무척 기다리고 있어요 … 카운트다운은 시작했지만 그렇다고 이게 끝은 아닙니다 … 지원해주신 모든 분들께 감사드려요. 여러분이 없었다면 저희는 이 일을 해낼 수 없었을 거예요. 메리 크리스마스."

이후 비키는 결승점까지 남은 시간을 올렸고 마지막으로 밴드 유럽의 노래 〈마지막 카운트다운The Final Countdown〉을 올렸다. 그동안 나는 이 상황은 알지 못한 채 브라이턴 표지판을 보며, 브라이턴 표지판이 보인다는 걸 신기하게 여기며, 계속해서 페달을 밟았다. 마지막 밤을 보내러 브라이턴에서 200여 킬로미터 떨어진 온타리오주 브록빌에 있는 딘의 장모님 댁에 들렀다. 나는 장모님이 차려주신 음식을 배가 터질 때까지 먹고 먹고 또 먹었다. 다음 날 아침, 다시 푸짐한 아침 식사로 배를 채운 뒤 난 특별히 서두르지 않고 브라이턴에서 15킬로미터 떨어진 트렌턴으로 가서 4월에 셜리를 친절히 봐준 자전거 수리점을 찾아갔다.

"일정 마치고 집에 돌아가는 길에 들릴게요. 차 한 잔 하며 어땠는지 말씀드릴게요."

주인 샌디와 수리공 크레이그에게 이렇게 말했고 둘은 날 기다리겠다고 했다. 2016년 4월이 되기 훨씬 전에 날 볼 수 있을 거라고는 생각하지 않은 그들은 70킬로그램짜리 근육으로 다져진 몸으로 수리점 문 앞에 서서 차 한 잔 달라고 하는 날 보고 크게 놀랐다. 내 여행담을 열성적으로 들어주는 둘을 보며 들리기 잘했다고 생각했다.

　한편 딘과 비키는 머리카락을 쥐어뜯으며 오지 않는 날 기다리고 있었다. 난 몰랐지만 딘은 환영식을 준비했고 딘의 집 앞에는 승리의 귀환을 기다리는 사람들이 서 있었다. 딘과 비키는 내가 특정 시각에 딘의 집에 도착할 수 있도록 일부러 다른 곳에 들르게 했는데 내가 계획에 없던 자전거 수리점에 가는 바람에 환영식이 엉망이 된 것이다.

　비키는 급히 내게 전화를 걸었다.

　"지금 뭐 하는 중이야, 크리스? 어디야? 당장 딘 집으로 가!"

　난 헬멧을 쓰고 발을 페달에 고정한 뒤 느릿느릿 마인스트리트를 달리다 왼쪽으로 방향을 틀어 온타리오스트리트로 갔다. 나무가 많은 익숙한 주택가가 나왔다. 딘의 집이 있는 도로로 방향을 바꿀 무렵에는 마음이 많이 편해졌지만 이 치매 모험이 끝에 다다랐다는 사실은 실감하지 못했다.

　비키는 마치 내 옆에 있는 듯 내가 어디에 있고 딘과 니콜의 집에 도착하려면 얼마나 남았는지 전화로 실시간 확인했다.

　"웬일이야, 크리스. 거의 다 왔어!"

　비키는 비명을 질렀다.

　모퉁이를 돌자 마주하게 된 광경 때문에 난 페달질을 멈출 뻔했다. 거리에는 손을 흔들고 미소를 보내고 사진을 찍는 사람들로 가득했다. 풍선과 장식 리본, 기자들과 지역 학교 학생들이 보였다.

딘은 전단지를 인쇄해 친구들과 달리기를 함께한 사람들을 불러 모았다. 그리고 동네 사람들을 집집마다 찾아가 내 이야기를 했고 날 환영하는 자리에 와달라고 했다. 소식을 들은 대부분의 사람들이 와주었다.

무어라 말할 수 없는 감동에 빠진 채 셜리와 함께 결승선을 의미하는 보라색 리본을 지났다. 다들 박수를 치고 환호성을 지르며 휘파람을 불었다. 비키는 그 모든 것을 들으며 눈물을 흘렸다.

"정말 축하해, 자기야!"

비키 역시 내 귀에 환호성을 질렀다.

그 순간 내가 느낀 뒤섞인 감정을 표현하는 것은 매우 어렵다. 일생일대의 경험을 이루어 흥분에 들떠 있기도 했지만 이 여정의 끝이 무엇을 의미할지 궁금하기도 했다..너무 많은 낯선 사람들을 보니 놀라서 잠시 말문이 막혔다.

딘과 니콜은 서둘러 내게로 포옹을 하며 날 반겼다. 2010년 시에라리온에서 내 병에 관한 얘기를 처음 들었을 때부터 딘은 전폭적인 지지를 보냈다. "나이 든 사람들만 치매에 걸리는 줄 알았는데?"라는 딘의 반응에 난 내 상황을 설명했다. 이 소식은 딘에게 매우 큰 충격이었다. 씁쓰레하며 그가 물었다.

"왜 착한 사람들은 일찍 세상을 떠나는 걸까?"

난 딘에게 걱정하지 말라고 했고 그때부터 우리는 내가 기억하는 것과 기억하지 못하는 것으로 농담하며 웃어넘겼다. 나한테

10파운드를 빌려준 적이 있다고 우기는 것처럼 말이다!

딘은 내게 브라이턴 시장을 소개해주었고 나와 시장이 악수하는 장면을 촬영하는 사람도 있었다. 지역 신문 기자도 와 있었다. 난 미소를 유지하며 엄지를 들고 "소시지!"라고 외치며 포즈를 취했다. 베일 출신 입장에서는 참 당혹스러웠다.

박수 소리가 멎자 다리 사이에 계속해서 자전거를 붙들고 있는 자세로 그 자리에 와준 사람들을 향해 이렇게 말했다.

"와주신 모든 분들께 감사드립니다. 정말 고맙습니다. 이 자전거 여정을 하게 된 건 치매 연구의 중요성에 대해 경각심을 높이고 싶어서였습니다. 지구상에 있는 사람들 셋 중 한 명이 알츠하이머병이나 다른 치매에 걸리게 될 거라는 연구 결과가 있습니다. 따라서 더 많은 사람들이 이에 대해 알고 양로원 같은 시설에서 병을 앓고 있는 사람들이 좀 더 나은 치료를 받았으면 하는 바람입니다. 일부 별로 좋지 않은 시설도 있는데 치매 환자들은 그런 곳에서 천천히 죽어가고 있습니다. 사회적인 관점에서도 매우 큰 문제며 각 나라에서 부담하는 비용도 굉장히 높습니다 … 그리고 모든 면에서 장애가 되기도 합니다. 곧 치료법이 나왔으면 좋겠어요. 전 계속해서 자금 모금운동을 할 겁니다. 언젠가는 치매를 치료할 수 있는 날이 오겠죠. 메리 크리스마스, 그리고 새해 복 많이 받으세요!"

딘과 니콜은 모인 사람들이 들 수 있도록 음식과 음료를 마련했고 다들 부족함 없이 즐겼다. 나는 무사히 돌아왔다는 사실에 매우 행복해서 미소가 떠나지 않았다. 무사 귀환을 기념하는 의미에서 술도 한 잔 마셨다. 비키가 온라인으로 계속 함께하고 있다는 것을 알게 된 시장은 비키에게도 말을 건넸고 비키는 당황해서 어쩔 줄을 몰라 했다. 시장은 몰랐지만 사실 그때 비키는 덱스터에게 젖을 물리고 있었다.

던은 이웃인 스티브도 소개해주었다. 오십 대인 스티브는 나와 비슷하게 조기 치매를 앓게 됐고 이미 병이 나보다 더 진행된 상태였다. 스티브는 제대로 걷지 못했지만 나를 환영하러 가족과 함께 나왔고 우리는 잠시 대화를 나눴다. 겸손해지면서도 한편으로는 씁쓸한 만남이었다. 그 순간을 떠들썩하게 기념하고 있었지만 스티브의 공허한 눈빛을 보니 또다시 토니 형과 곧 다가올 내 미래가 떠올랐기 때문이다.

모든 흥분이 가라앉고 며칠 몸과 마음에 휴식을 취하고 나니 지난 8개월간 내가 이룬 일이 드디어 실감이 났다. 늘 그랬듯 비키가 잘 정리해서 올려주었다.

"2만6천 킬로미터. 이 거리를 가늠할 수 없다면 다음 수치와 비교해보죠. 영국과 호주 사이 왕복 거리는 2만9천 킬로미터이고 적도 길이는 4만 킬로미터입니다. 북극에서 남극까지의 거리는 2만 킬로미터이고요. 기온은 더울 땐 영상 50도까지, 추울 땐 영하 23도까지 기록했습니다. 238일간 자전거 위에서 8,000,568번 페달질을 했고요. 한 사람이 자전거 한 대로 성공한 미션이었습니다!"

그렇게 표현하니 새삼 내 자신에 대해 기쁘면서도 다시 한 번 나와 함께 해준 비키가 자랑스러웠다. 우리가 함께 한 일들은 아마도 대부분의 관계를 깨뜨렸겠지만 우리 관계는 더 튼튼해졌다. 2주 후 집으로 돌아가 비키에게 직접 고맙다는 말을 할 날을 나는 손꼽아 기다렸다.

하지만 그 전에 둘러볼 곳이 있었다. 여섯 살 때 영화 〈슈퍼맨 II〉에서 슈퍼맨 클라크 켄트가 나이아가라 폭포로 떨어진 아이를 영웅답게 구해내는 장면을 본 이후로 나이아가라 폭포에 꼭 가보고 싶었다. 눈 내리는 날 셜리를 타고 갔다면 성공하지 못했겠지만 딘은 내가 어린 시절 꿈을 이룰 수 있도록 기꺼이 왕복 800킬로미터 되는 거리를 태워주었다. 폭포는 날 조금도 실망시키지 않았다. 시끄러우면서도 놀라운 장관이었다. 게다가 내 2만6천 킬로미터 여행을 기리는 첫 기념품을 드디어 살 수 있었다. 그렇다. 냉장고용 나이아가라 폭포 자석이다. 다른 더 좋은 기념품이 있겠는가?

그렇게 하고 싶은 일 목록에서 하나를 지운 후 내게 남은 일은 예매한 비행기표 날짜를 기다리며(크리스마스 기간이어서 애석하게도 표를 바꿀 수 없었다.) 크게 늘어난 신진대사를 가라앉히는 것뿐이었다. 내 몸은 여전히 과열된 상태여서 난 계속해서 4인분 음식을 먹어댔다. 8개월간 정상 섭취량의 몇 배가 되는 음식을 먹었더니 한 번에 한 끼만 먹는 습관을 들이는 데 시간이 좀 걸릴 듯했다. 다행히 딘과 니콜은 손이 커서 늘 푸짐한 식사를 차려줬고 나는 이 둘이 내 앞에 내미는 음식을 먹어 치우며 어느 정도 정상 수준으로 돌아갔다.

동트기 전에 일어나 다음 구간을 계획하는 생활 습관도 일주일 정도 지나서야 벗어날 수 있었다. 내 아래 돌아가는 바퀴 없이 한 발 한 발 앞으로 내디디며 걷는 것도 이상한 느낌이 들었다. 그 외에 다른 할 일은 없어서 땀에 절은 라이크라 바이크 옷을 빨고 짐을 꾸리고 크리스마스에 맞춰 집으로 돌아갈 준비를 했다.

좌향좌!

대규모 가족모임과 더불어 BBC 아침 방송인 〈브렉퍼스트〉를 비롯해 여러 방송 출연이 기다리고 있었다. 마침 알츠하이머병 연구재단에서 알려준 소식에 따르면 이번 여정으로 목표 금액인 4만 파운드를 달성했을 뿐만 아니라 1만1천 파운드를 초과 달성했으며 계속해서 기부금이 늘어나는 중이었다. 적어도 5만1천 파운드를 모았다니! 믿기 힘들었다.

"이제 어떤 일을 할 건가요?"

다들 내게 묻기 시작했다. 나 역시 긴 여정을 마친 후 무료해지기 시작하면서 같은 질문을 나 자신에게 하고 있었다. 줄어든 활기에 집으로 갈 날을 기다리는 일만 더해졌다.

"좀 더 가까운 곳에서 할 수 있는 일이요. 이번에는 스폰서를 받았으면 하고요. 영국 최남단 랜즈엔드에서 최북단 존 오그로츠까지 마라톤 같은 거요?"

치매 모험을 하고 나니 그런 마라톤은 너무 재미없는 일처럼 들렸지만 다른 어떤 일이 알츠하이머병 연구재단 기금 모금에 도움이 될지 궁금해졌다.

비키는 어떤 말에도 당황하는 법이 없어서 다음 모금운동 얘기를 꺼내는 내 말에 꿈쩍도 하지 않았다. 비키가 늘 말했던 것처럼 우리는 같은 콩깍지에 있는 콩 두 알과도 같은 사이인데다 단기간에 많은 일을 겪었기 때문에 '정상적인 일상'으로 돌아가면 약간은 불안하기도 했다. 게다가 내게 남은 마지막 몇 년을 내가 정하는 데로 보내는 것에 비키는 백 퍼센트 동의했다.

비키가 유일하게 충격과 공포에 숨을 멈춘 적은 캐나다에 있을 때 스카이프로 영상 통화를 하다가 내가 지나가는 말로 이렇게 말했을 때이다.

"가장 큰 섬 주변을 자전거로 달리는 건 어떨까?"

"뭐? 어딜 말하는 거야? 설마 호주?"

비키의 눈이 휘둥그레졌다.

"맞아. 호주 일주도 굉장한 일이 될 거 같은데."

"내 눈에 흙이 들어가기 전엔 안 돼! 그러다가 자기 눈에도 흙이 들어가게 될지 몰라. 나보고 또 내비게이션 노릇을 하라고?"

"적어도 지금은 자전거를 탈 수 있고 지도도 능숙하게 읽을 수 있도록 익히면 되지 않을까? 어때?"

비키는 단호히 반대했다.

"안 돼! 그리고 호주는 너무 멀어. 집에서 가까운 곳을 생각해봐."

비키가 다른 계획을 세우는 데 그리 오래 걸리지 않았다. 며칠 후 비키는 이렇게 말했다.

"좋은 정보를 알아냈어. 영국 주변에 사람이 사는 섬이 267개나 된대…"

"그래?"

"응. 그리고 자기 카약 타는 거 좋아하잖아."

맞는 말이었다. 웨일즈에서 모험 훈련을 받으며 카약을 탔었고 포클랜드에서 근무할 때 남대서양에 있는 어센션 섬에서도 카약을 탄 적이 있었다. 카약을 타고 능숙하게 전진할 수 있었고 한두 번 배가 뒤집어져도 살아남을 자신이 있었다. 더 필요한 게 있을까?

"적어도 영국 주변에서 배를 탄다면 우리도 자기를 보러 갈 수 있고 잠깐 같이 배를 탈 수도 있잖아."

"좋은 계획이야!"

마침내 내 머릿속 전구가 켜진 듯 난 소리쳤다.

확신이 서지 않는다면 노를 저을까?

322

Epilogue

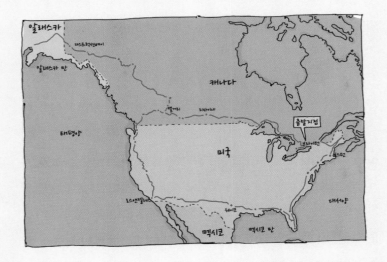

하늘 아래 다음 멋진 모험을 떠나라.

잭 케루악

영국 브라이즈 노턴 관제 센터

2016/여름 _____

군에서 제대한 날은 요란하지도, 소란스럽지도 않았다. 모범 표창장을 받았고 중사들 회식은 거절했으며 정장용 군복은 자선단체에 기부했다. 그렇게 내가 사랑한 삶을 떠났다.

　해산!

　내가 군복을 벗기 전 마지막 의료 검사를 해준 영국 공군 의사는 내 건강 상태가 매우 좋으며 공군 소속이었더라면 아마도 더 오래 임무를 맡았을 거라는 말을 해 내 슬픔과 실망을 줄이는 데 도움이 되지 못했다.

의료 보험과 기타 급여 등을 계산해 군대에서 내게 준 최종 금액은 3만8천 파운드로 대부분 자전거 여정 비용으로 들어갔다. 만약 내가 병 진단을 받지 않고 준위로 승진할 때까지 군복무를 계속했더라면 6만 파운드 정도 받았을 것이다. 어쨌든 그렇게 받은 금액과 군대에서 보낸 시간을 드러내주는 보스니아, 코소보, 아프가니스탄, 이라크 육군항공대 등에서 근무하면서 받은 종군 훈장 여덟 개와 지휘관 표창장 두어 개로 만족해야 했다.

비키는 나 모르게 내 환영회와 마흔 번째 생일 파티를 계획하고 있었다. 한 번도 생일파티를 크게 치른 적이 없는 날 위해 말이다. 비키에게도 얘기한 적이 있지만 생일이 1월 초인 사람은 안 좋은 시기에 태어났다고 봐야 한다. 주변 사람들과 함께 생일을 기념하려고 하기에는 다들 크리스마스와 새해를 보내느라 너무 지쳐 있고 경제적으로도 여유롭지 않기 때문이다.

비키는 피트에게 사우스세르니 회식장을 쓸 수 있냐고 뻔뻔스럽게 물었고 피트는 장소를 제공했을 뿐만 아니라 부대 인원도 모으는 등 둘은 제대로 된 파티를 준비했다. 내 마흔 번째 생일에서 닷새가 지난 2016년 1월 9일 피트와 비키는 '몇몇 동료들과 술 한 잔' 하러 가자고 날 데려갔고 우리가 도착한 곳에는 내가 그간 살면서 만난 지인 130여 명이 날 기다리고 있었다. 피트는 내 여정과 군 경력을 보여주는 사진으로 짧은 동영상도 만들어 유튜브에 올려 파티를 알리기도 했다. 동영상 제목은 "크리스 그레이엄-레전드가 돌아왔다"였다.

비키보다 몇 발짝 앞서 들어간 나는 (물론 그때도 약속 시각보다 늦게 도착했다) 그런 모임이 있으리라고는 예상하지 못했다. 박수와 카메라 플래시, 환호성 부대를 이루는 수많은 인원을 눈앞에 보고 있어도 믿겨지지가 않았다. 몹시 놀라기도 했고 당혹스럽기도 했지만 앞으로 굴러 분위기를 띄웠다.

많은 가족과 친구가 함께 한 환상적인 파티였다. 누나와 리지도 가족을 데리고 맨체스터에서 먼 길을 왔다. 토니 형의 전 부인 젠은 웨일스에서 찾아왔고 레이철 커웬을 비롯한 옛 동창들도 많이 와 있어서 전부 기억하느라 솔직히 애를 먹기도 했다. 바와 춤 출 수 있는 무대, 자선기금 모금용 복권도 마련되어 있었다. 벽에는 자전거 여정, 군 초반 생활, 내 어린 시절 등의 모습을 보여주는 사진이 빼곡히 붙어 있었고 피트가 고용한 공식 사진사가 그날의 추억을 담기 위해 쉴 새 없이 셔터를 눌렀다.

군 생활 내내 날 지켜봐주고 수년 전 내가 특공대 과정을 받을 수 있게 힘 써준 이언 부스 소령은 이렇게 시작하는 매우 짓궂은 연설을 했다.

"크리스와 비키의 성생활 못지않게 짧게 한마디 하겠습니다 … 모두 즐거운 시간 보내세요!"

'꼬마 구르카 우편집배원'을 그만 놀리겠다던 그의 약속은 지켜지지 않았다. 그의 연설 막판에 난 목이 메었다.

"우리는 그간 크리스가 군대에서 이룬 놀라운 업적과 자전거 모험을 끝내고 무사히 돌아온 것을 기념하기 위해 이곳에 모였습니다. 물론 크리스에게 마땅히 받아야 할 환송회도 해줄 겸 말이죠."

이언은 가장 최근에 그토록 많은 우편집배원을 본 건 군법 회의에서였다며 나에 대해서는 이렇게 말했다.

"크리스가 마치 치즈처럼 숙성되는 걸 목격할 수 있었습니다. 어둠 속에서 천천히 성장했죠. 승진을 했다가도 다음 시험에 떨어지기도 했고 다시 승진을 한 후 실패하기도 했고요. 이렇게 여러 번 왔다 갔다 하다가 결국 훌륭한 군인이자 자랑스러운 아버지가 되었습니다."

이언은 내가 의지가 강한 데다 어려운 일을 겪어도 곧 기운을 차렸다며 말했다. 또한 스스로를 무적이라고 여겼기 때문에 군 경력 대부분을 '네팔 산맥을 마치 자기 고향 맨체스터인양 오르락내리락하며 보냈다'고 했다.

외국에서 술에 취해 생긴 에피소드도 얘기했는데 노르웨이 어느 나이트클럽 경호원들과 치고받고 싸운 얘기도 들려주었다. 결국 노르웨이 경찰이 우리를 체포했는데 내가 "날 가둘 수는 없을걸요! 난 맨체스터 사람이라고요!"라는 말을 지껄이며 풀어달라고 했던 얘기까지 했다. (놀랍게도 그 말은 먹히지 않았다.)

이언 부스 소령은 이런 말도 했다.

"크리스는 군인으로서 굉장한 경력을 쌓았습니다. 오늘 우리가 이렇게 모인 이유는 크리스가 우리 마음에 얼마나 큰 자리를 차지하고 있는지 확인하기 위해서입니다. 그 누구도 크리스를 좋아하지 않을 수 없을 겁니다."

그 자리에 있는 사람들 중 아무도 기억나지 않는다는 내 농담에 이어 이언은 계속해서 말했다.

"비키, 당신은 완전한 사랑을 주고 당신에게 헌신하며 당신을 보호해줄 인생의 파트너를 만났습니다. 이곳에 있는 대부분의 사람에게 그랬던 것처럼 크리스는 당신을 정신없게 만들었을 테고 계속해서 정신없게 만들 겁니다. 하지만 당신 아이의 아버지로, 힘들 때 옆에 있을 사람으로 더 나은 사람을 만나지 못할 거라고 아마 여기 모든 분들이 동의할 거예요. 다만 계산은 시키지 말아요. 그런 건 못하니까요."

이언이 무슨 얘기를 할 때마다 그랬듯 사람들은 이번에도 웃음을 터뜨렸다. 하지만 그의 맺음말에 난 큰 감동을 받았다.

"크리스, 우리 모두 자네와 같은 친구를, 동료를 둘 수 있어서 매우 자랑스럽다네. 남을 돕기 위해 자네가 실천한 일이 우리에게 큰 영감을 주었다네. … 자네에게 구르카라는 별명이 붙은 건 외모가 비슷해서 뿐만이 아니라 자네는 충실하고 헌신적이고 극도로 용감하고 자신만만해서야."

그리고 뻔뻔하게도 이렇게 말을 끝냈다.

"여러분, 너그러운 크리스가 여기 계신 모든 분께 술 한 잔씩 쏘

겠답니다! 레전드인 크리스 그레이엄을 위하여!"

나는 끝에 있는 사람까지 날 볼 수 있도록 의자 위에 올라가 감정에 북받쳐 이언의 연설에 대한 답을 했다.

"전 치매에 걸렸습니다. 가족력이죠. 이런 엿 같은 일은 일어납니다. 그냥 앉아서 우울해하는 대신 자전거에 올라 타 달리는 게 제가 할 수 있는 일이라고 생각했습니다. 기금을 모으면서 건강을 유지하고 싶었던 거죠. 전 무엇보다 군인입니다. 사람들은 흔히 대단한 일은 할 수 없다고 포기부터 하지만 만약 그 일을 하루에 할 수 있는 더 작은 일로 쪼개서 실천한다면 결국엔 하고자 했던 일을 이룰 수 있을 겁니다. 건강을 지키는 운동도 하면서 기부에 동참할 수 있는 활동도 함께 해주시기 바랍니다."

그날 밤 모든 이들에게 얘기한 것처럼 계속해서 기금을 모으면서도 건강을 최상의 상태로 유지할 수 있는 방법을 찾는 것이 내 앞으로의 계획이었다. 아직은 멀쩡했고 가족 내력을 거부하고 있었다. 단기 기억력은 장기 기억력만큼 좋지 않았지만 같은 나이 때의 토니 형에 비하면 기억력 감퇴는 훨씬 느리게 진행 중이었다. 의사들은 그 이유를 명확히 설명하지 못했지만 난 내 강인한 체력 때문이라고 본다. 나는 매일 긴 시간을 달리고, 가능한 한 몸에 좋은 음식을 먹으며, 술은 아주 가끔 마시고, 전문가들이 추천하고 비키가 챙겨주는 뇌에 이로운 화학물질을 만들어낸다는 보조식품을 전부 섭취했다.

자전거 여정이 끝날 때까지 약은 전혀 복용하지 않았으나 영국으로 돌아와 찾아간 폭스 담당의는 알츠하이머병 환자용 완화제인 도네페질 혹은 아리셉트로 더 잘 알려진 약을 처방해주었다. 치료약도 아니고 병의 진행을 늦추지도 않지만 인지기능을 개선해준다고 한다. 구역질과 복통, 그리고 내 경우 특히 더 잘 나타나는 생생한 꿈같은 부작용도 있다. 그러니 딱히 새로운 해결책이라고는 볼 수 없다.

약을 복용한 후로 아침에 내 정신이 더 맑은 것 같다고 비키는 말했지만 나는 크게 달라진 점을 발견하지 못했다. 복용량을 늘릴까도 했지만 몸이 견뎌내지 못했고 머리는 윙윙거렸다. 좀비가 된 기분이 들 정도여서 매일 5밀리그램만 복용하고 있다. 시간이 지나 적어도 현 상태를 유지해주는 새로운 치료법을 시험해볼 수 있는 기회가 오길 바란다.

그동안 내가 할 수 있는 것은 현실적으로 실천할 수 있는 다음 일을 궁리하는 것이다. 기금 모금 외에 말이다. 셜리는 분해하여 창고에 보관해두었다. 내내 그랬던 것처럼 셜리를 데리고 나가 이야기를 건네고 싶은 유혹을 애써 참아야 했다. 집에 도착하자마자 셜리를 팔아 추가 수익을 올려야 했을지도 모르겠지만 그간 우리가 함께 한 시간을 생각하면 아직은 그럴 수 없었다.

2016년 3월 자전거 운동을 통해 치매 연구에 대한 대중의 관심을 높인 열성적인 기금 조달자이자 대변인이라며 영국 알츠하이머병 연구재단으로부터 챔피언상을 받았다. 자선단체는 이렇게 발표했다.

"옥스퍼드셔 출신인 마흔 살인 크리스 그레이엄은 스스로 도전한 모험을 완료했습니다. … 자전거 한 대, 텐트 하나, 필수품 몇 가지만을 갖춘 채 영하의 기온에서 50도가 넘는 극한의 날씨를 견뎌내며 말입니다. 그런 여건에서도 크리스는 일정을 4개월 앞당겨 당초 예상한 일 년이 아닌 8개월 만에 여정을 끝냈습니다.

"이 상으로 크리스의 뛰어난 지원과 치매를 정면으로 마주한 용기를 표창하고자 합니다. … 크리스가 보여준 노력에 대해 감사드립니다."

나는 치매 퇴치라는 임무를 맡은 알츠하이머병 연구재단을 돕고 필요한 자금을 모금하는 데 '뛰어난 노력'을 보여준 챔피언으로 뽑힌 다른 34명과의 모임에 참석했다. 재단장 힐러리 에번스는 내가 달성한 도전이 깜짝 놀랄 만큼 대단했다고 말했다.

내 대답은 명백했다.

"앞으로 다가올 날에 제게 어떤 일이 일어날지 알고 있지만 지금은 목표가 생겼습니다. 병과 싸우기 위해 무언가를 하고 싶습니다. 할 수 있는 동안 최대한 하고 싶습니다. 제겐 간단한 문제였습니다. 적을 직접 맞서야 했습니다. 그래서 연구재단을 지지하는 의미로 2만6천 킬로미터에 해당하는 거리를 자전거로 달렸습니다."

챔피언으로 선정된 것도, 몇 주 후에는 육군 단체에서 주는 상에

후보로 올라간 것도 굉장한 일이었지만 급여를 받을 수 있는 일자리를 얻게 해주지는 못했다. 악화된 기억력 탓에 민간 우체국에서 일하는 것도 불가능해졌다. 여전히 운전은 했지만 언젠가는 운전도 그만두어야 하는 날이 올 거라는 사실을 알았다. 비키를 아내로 맞이하고 싶은 마음이 있었지만 언제가 좋을지 고민해야 했다.

캐나다에서 돌아온 지 얼마 되지 않아 비키와 미래에 관해 얘기하던 중 갑자기 내가 진지하게 말했다.

"우리 결혼하자."

"아, 그래? 그럴까?"

비키는 웃으며 대꾸했다.

두어 주 후 SNS 뉴스 피드에 팝스타 카일리 미노그가 약혼했다며 반짝이는 다이아몬드 반지 사진을 올렸다. 카일리 소식을 들은 지 꽤 됐다는 생각에 나는 별 뜻 없이 그 사진을 비키에게 보여줬다.

"반지 참 예쁘네."

비키는 속상한 듯 말했다.

나는 바로 고개를 들고 외쳤다.

"이런, 자기야! 나 프러포즈하는 걸 깜빡한 거지?"

비키는 고개를 끄덕이며 날 용서한다는 미소를 지었다.

"괜찮아. 자기 최근에 신경 쓸 일 많았잖아."

비키는 너그럽게 말했다.

"하지만 프러포즈도 안 했고 좋은 반지도 사줄 수 없는 걸. 무슨

이 따위 놈이 다 있지. 날 때리고 싶으면 때려도 좋아."

"그럴 필요 없어."

비키는 사랑스럽게 답하며 스무 해 전에 돌아가신 할머니 얘기를 꺼냈다.

"엄마가 나 주려고 할머니 반지를 보관하셨어. 그 반지 쓰면 돼."

난 벌떡 일어나 반대했다.

"안 돼! 자기만의 반지를 장만할 거야. 제대로 된 걸로. 시간이 좀 걸릴 테고 카일리 반지 같은 건 아니겠지만 그래도 내가 주는 반지를 준비할게. 영원히 간직할 만한 걸로."

"좋아. 그렇지만 서두르지 마."

몇 주 후 나는 프러포즈할 순간을 결정했다. 비키가 원했던 만큼 낭만적이지는 않았어도 더는 기다릴 수 없었다. 새벽 1시, 비키는 잠옷 차림으로 거실 바닥에 앉아 8개월간 내가 처리하지 못한 행정업무를 처리하고 있었다. 일을 다 마친 비키는 서류 더미에서 물러나 몸을 뒤로 젖히며 뿌듯한 듯 말했다.

"다 했다!"

"이제 앞으로 몇 년간 뭐 할 거야?"

내가 미소를 지으며 물었다.

미친 짓 같았던 자전거 여정이 끝나고 엉망이 된 내 삶이 어느 정도 정리되었으니 시간 여유가 생긴 거 아니냐는 말로 받아들인 비키는 웃음을 터뜨렸다. 나는 비키 할머니의 반지와 내가 준비한 루비 약혼반지를 꺼내 내밀었다.

"내 아내로 사는 건 어때?"

형편없는 타이밍에 고개를 절레절레 흔들다가 동시에 울고 웃으며 비키는 두 팔로 날 감싸 안았다.

"당연하지! 나 아니면 누가 자기를 받아들이겠어?"

바로 결혼식 날짜를 잡지 않았다. 먼저 생계를 해결해야 했기 때문이다. 비키는 사진 일을 비롯해 다른 일을 하면서도 덱스터, 케이티 그리고 나까지 돌봐야 했고, 나는 다음 모험이 무엇이 되든 간에 이를 지원해줄 스폰서를 찾으며 의미 있는 일을 해보고 싶었다.

수수께끼 같은 인생이었지만 몇 가지는 결정했다. 우선 내가 정관 수술을 받기로 했다.

"자기를 위해 내 불알을 바치겠어."

이렇게 농담하긴 했지만 이 수술이 얼마나 중요한지는 우리 둘다 동의했다. 나는 용기를 내어 수술실로 들어가 부분 마취를 받고 수술 과정 전체를 보며 수술의에게 물었다.

"수전증이 있으신 건 아니죠?"

수술 후 집으로 돌아가 누워 지내며 나는 비키의 수발을 받았다.

"아내 연습 제대로 할 기회네."

내가 놀렸지만 비키는 재밌어하지 않았다. 난 이런 장난도 쳤다.

"S 다음에 오는 글자가 뭐지?"

"T?"

점심 식사를 준비하던 비키가 답했다.

"아, 고마워. 티tea에 우유랑 설탕 두 스푼도 넣어줘!"

놀랍게도 이런 나와 결혼하겠다는 비키의 결심은 변함이 없었다. 언제 결혼할지 정하지는 못했어도 피로연은 의미가 있는 곳에서 샴페인을 마시며 해 뜨는 것을 보기로 했다. 그리고 마침내 결혼 날짜는 13일 금요일로 결정했다.

이 아이디어는 비키의 어머니가 제안했다.

"너희 둘은 불운이라도 없었으면 아무런 운도 없었을 거야!"라고 어머니는 종종 말장난을 하셨다.

맞는 말이었다. 재미있는 모순으로 받아들인 우리는 가장 운이 나쁜 날만큼 더 운 좋은 날짜는 없다고 생각했다. 즉 더 이상 나빠질 게 없을 거라는 소리였다. 그리고 비키를 옆에 둔 나는 세상에서 가장 운 좋은 남자라고 생각했다.

다시 한 번 〈쇼생크 탈출〉의 앤디 듀프레인의 대사를 인용해본다. 인생은 간단하게 이 둘 중 하나를 택하는 것이다.

'사느라 바쁘든가 죽느라 바쁘든가.'

확신이 서지 않는다면?

단언컨대 확신을 따질 만한 시간은 없다.

그냥 삶을 살도록 하자.

감사의 말

자전거 여행뿐만 아니라 전반적인 내 삶에 도움을 준 많은 사람들에게 감사의 인사를 전하고 싶다. 그 누구보다 먼저 비키 홈스에게 고맙다. 우리가 사랑에 빠진 날부터 날 위해 해준 모든 것에 감사한다. 비키의 지원과 격려가 없었더라면 절대로 이 모험을 완료하지 못했을 것이다. 비키의 기대에 계속 부응하며 살기를 바란다.

날 지지해주고 내가 부린 말썽을 다 용서해준 누나 에인지 메독스와 동생 리지 폭스에게 평생 감사의 빚을 지고 있다. 매형 콜린과 매제 케브, 이부 여동생 앨리슨에게도 감사한다. 젠 그레이엄과 제인 치담에게 토니 형을 잘 돌봐줘서 고맙다는 말을 전하고 싶다. 사랑스러운 조카 리처드와 제임스에게는 응원의 말을 보낸다.

여정의 시작과 끝에서 환상적으로 날 대접해준 딘과 니콜 스토크스 부부의 환대에 늘 감사할 것이다. 기대 이상으로 도움을 준 크레이그와 오필리아 콜더 부부에게도 감사를 전한다. 여정의 일부와 기금 모금운동을 함께 하기 위해 북미로 날아와준 피트 데이비스는 내게 대단한 영웅이며 그가 날 위해 해준 일을 잊지 않게 되길 바란다. 학창 시절부터 우정을 함께 한 닐 데드맨과 레이철 커웬도 큰 도움을 주었고 매번 응원의 말을 아끼지 않았다. 비키의 부모님인 린과 켄 역시 굉장한 도움을 주셨으며 비키의 딸 케이티는 자기 앞에 나타난 이 구르카 때문에 많은 것을 참아내야 했다.

지난 수년간, 특히 내가 알츠하이머병 판정을 받은 이후 정신적으로나 물질적으로 도움을 준 많은 이들에게도 감사 인사를 드린다. 제이슨 마셜, 칼 콕스, 이언 부스 소령, 제이슨 개릿, 앤디 해리슨과 제니, 마틴 기니, 프랭크와 파스칼 핸비 부부, 스탠 호그, 조앤 라쿠아, 닐 프레인, 덴 스그, 제이미 클라크와 가족, 케브 펠링턴, 주미 영국 대사관 직원들, 마크와 얼리샤 프레셔스 부부, 더그와 제니 메이슨 부부, 필리스 다 실바, 맨디와 앤서니 차일즈 부부, 이언 맬컴 윌리스, 재키와 레 맥컬러프 부부, 데릭 먼로, 이언 무어, 재키 윌슨, 캐나다 영국 육군 훈련 부대 여성 자원 봉사단, 피터 투르코, 크리스틴 뮬러-와그너, 클로드 리처와 그의 아들, 존 라이트, 첼시와 케빈 클리블랜드 부부, 애슐리와 케빈 브래드베리, 진 티그핀, 켈리 스캔런, 존 라이트, 에밋 켈리, 로렌 피셔, 조너선 그레이, 헤들리코트 직원들, 프랜시스 폭스, 마크 블랙, 크레이그 비베이,

마운틴 마니아 자전거 전문 판매점, 캐나다 트렌턴에 있는 트라이 앤드런 자전거 수리점, 마크 스위프트, 스콧과 비브 리스터, 애덤 돌런, 마크 브래그, 콜린 틸과 육군 자선기금 직원들, 폴 루이 페누, 발 골딩, 조앤 힐, BBC 방송사, 영국군 방송 서비스, 닥 맥키, 아이슬란드 항공사 등이다.

닉 폭스 교수, 필립 웨스턴 박사, 런던 치매연구센터 팀, 앨리슨 클라크 상담사, 맨체스터 의료진과 영국 알츠하이머병 연구재단에 특별히 감사의 말을 전하고 싶다. 그리고 내 대신 코츠월드 24시간 경주에 참가한 모든 이들과 리지웨이 자전거 경주에 참가한 휘트니 로터리 클럽 회원들, 특히 로지와 리처드 하우 부부에게도 감사를 드린다.

퍼니스 로턴 에이전시의 저작권 대리인인 로리 스카프의 따뜻한 안내와 리틀, 브라운 출판사 애덤 스트레인지의 열정이 없었더라면 이 책은 나오지 못했을 것이다. 작가 웬디 홀든은 나와 일을 하면서 구르카 스타일의 지구력과 인내심을 보여주었다. 어떻게 내 머릿속에서 이토록 많은 정보를 꺼냈는지는 알 길이 없다.

아마도 잊고 미처 언급하지 못한 사람들이 있을 듯하지만 고의가 아니었음을 알아주길 바란다. 알다시피 내겐 혼동할 만한 이유가 있으니까!

확신이 서지 않는다면 사과하자.

가사 저작사

눈물과 비 Tears and Rain

제임스 블런트(James Blunt), EMI 뮤직 퍼블리싱, 2003.
제임스 블런트, 가이 체임버스(Guy Chambers) 작사.

내게 필요한 것 Something I need

벤 헤이나우(Ben Haenow), 코발트 뮤직 퍼블리싱,
유니버설 뮤직 퍼블리싱 그룹, 2014.
라이언 테더(Ryan Tedder), 벤저민 레빈(Benjamin Levin) 작사.

목소리를 내 You're the Voice

존 판햄(John Farnham), 워너/채플 뮤직, 1986.
앤디 콴타(Andy Quanta), 키스 리드(Keith Reid), 매기 라이더(Maggie Ryder),
크리스 톰프슨(Chris Thompson) 작사.

해피 Happy

퍼렐 윌리엄스(Pharrell Williams), 피어 퍼블리싱, 2013.
퍼렐 윌리엄스 작사.

당신을 따라 어둠 속으로 I Will Follow You Into the Dark

데스 캡 포 큐티(Death Cab For Cutie), 워너/채플 뮤직, 2006.
벤저민 기버드(Benjamin Gibbard) 작사.

우리는 사랑을 발견했다 We Found Love

리애나(Rihanna), 유니버설 뮤직 퍼블리싱 그룹, 2011.
캘빈 해리스(Calvin Harris) 작사.

아이리스 Iris

구구돌스(Goo Goo Dolls), 워너/채플 뮤직, 1998.
존 르제즈닉(John Rzeznik) 작사.

옮긴이 손영인

연세대학교에서 영어영문학을 전공하고 글밥 아카데미 출판 및 영상 번역 과정을
수료했다. 현재 '바른번역'에서 번역가로 활동하고 있다. 좋은 책이 주는 긍정적인
영향을 전파하기 위해 오늘도 즐겁게 노력한다. 주요 역서로는 《어덜팅》 등이 있다.

나의 오늘을 기억해준다면

1판 1쇄 인쇄 2017년 9월 4일
1판 1쇄 발행 2017년 9월 11일

지은이 크리스 그레이엄, 웬디 홀든
옮긴이 손영인

발행인 양원석
본부장 김순미
편집장 김건희
책임편집 박민희
디자인 RHK 디자인팀 조윤주, 김미선
일러스트 최광렬
해외저작권 황지현
제작 문태일
영업마케팅 최창규, 김용환, 이영인, 정주호, 양정길, 이선미, 신우섭, 이규진, 김보영, 임도진

펴낸 곳 ㈜알에이치코리아
주소 서울시 금천구 가산디지털2로 53, 20층 (가산동, 한라시그마밸리)
편집문의 02-6443-8859   **구입문의** 02-6443-8838
홈페이지 http://rhk.co.kr
등록 2004년 1월 15일 제2-3726호

ISBN 978-89-255-6224-7 (03840)